U0724618

前情提要：

风城被围，九国联军合力攻城，李牧羊所化的黑龙在众多星空强者的围攻下，最终抵挡不住，坠落在地。性命攸关之际，星空学院院长太叔永生力挽狂澜，并将自己在红怒江所钓的三十一缕龙魂打入黑龙的身体。黑龙不仅死而复生，还因祸得福，晋升成了白龙。

逃过一劫之后，李牧羊以黑袍罩身，在边关小镇结识了新的伙伴，加入屠龙小队，踏上昆仑墟，以寻找开明兽，化解难以承受的幽冥之毒。

尽管隐瞒了身份，可他表现出的强大实力瞒不过人族修行者的眼睛。十万强者聚昆仑，只为屠龙。

为了摆脱人族强者的追踪，李牧羊和屠龙小队的伙伴们误入一个隐蔽的山洞，没想到山洞内藏着进入龙窟的阵眼。几人破阵而入，在龙窟中各自寻找机缘。

神农匕、上古琴谱、虔诚战锤……龙窟中数不清的宝物，让屠龙小队的大师兄吴山计丧失了最后一点良知。李牧羊揭穿吴山计的真面目，扶善惩恶……

柳下挥／著

逆鳞

NI LIN

11

时代出版传媒股份有限公司
安徽文艺出版社

图书在版编目（CIP）数据

逆鳞. 11 / 柳下挥著. — 合肥：安徽文艺出版社，
2022.4
ISBN 978-7-5396-7375-2

Ⅰ. ①逆… Ⅱ. ①柳… Ⅲ. ①长篇小说－中国－当代
Ⅳ. ①I247.5

中国版本图书馆CIP数据核字(2021)第276937号

NILIN 11

逆鳞11

柳下挥 著

出 版 人：姚 巍
责任编辑：宋潇婧 李 芳
装帧设计：曹希予

....

出版发行：安徽文艺出版社 www.awpub.com
地 址：合肥市翡翠路1118号 邮政编码：230071
营 销 部：(0551)63533889
印 制：湖南天闻新华印务有限公司 电话：(0731)88387856

....

开本：710 mm×1000 mm 1/16 印张：18 字数：270千字
版次：2022年4月第1版
印次：2022年4月第1次印刷
定价：34.80元

....

(如发现印装质量问题，影响阅读，请与出版社联系调换)

版权所有，侵权必究

目录

CONTENTS

第292章
无心之谷

"砰！"

"哐！"

"咔嚓！"

静室中，李牧羊一次又一次地翻滚，撞着石壁。

坚若金铁、屹立千万年不倒的青金石大块大块地掉落，有些地方甚至被李牧羊的脑袋磕出了巨大的凹槽。

李牧羊眼睛血红，浑身上下伤痕累累。即便如此，他还是浑然不觉一般继续撞着石壁，一次比一次凶狠，一次比一次用力。

与此同时，李牧羊的嘴里还嘶吼不休，诅咒不已。

"啊——"

"宋孤独你这个老匹夫，我定要将你挫骨扬灰！"

只要能够缓解自己的疼痛，任何方式他都愿意尝试。

在这种痛苦加身的时候，李牧羊还能不能保持神志是一个未知数。或许他现在呈现的都是他身体的本能反应。

痛！

太痛了！

幽冥之气确实不是一般人可以承受的，每一次发作都让李牧羊痛苦不堪，就像骨髓里长出一根根铁刺，体内被敲入无数根钢针。

每当子夜，便是幽冥之气发作之时。从被宋孤独打入八根幽冥钉开始，李牧羊的这种痛苦便夜夜不休，从来不曾间断。

今夜也不例外。

可是，为了揭穿吴山计的丑恶嘴脸，破坏其杀人夺宝的计划，救下秦翰、文弱弱等人的性命，李牧羊不得不站出来，在关键时刻重新回到龙窟。

为了让自己看起来和白天一样，他用龙族秘术回龙观强行将幽冥之气压在体内，不让它们钻出来。

确认没问题后，他若无其事地回到龙窟，站在了吴山计的面前，鼓动秦翰出手对付吴山计。那个时候，他鼓动秦翰站出来也是没办法的事，因为秦翰不出手的话，他就得自己出手。

如果秦翰不出手，他就要一边用回龙观强压体内的幽冥之气，一边耗费精神和吴山计战斗。到时候他稍有不慎，幽冥之气就会汹涌而出。

而一旦幽冥之气汹涌而出，不用吴山计出手，他就会被折腾得生不如死。

所以，李牧羊不能出手，必须找一个人冲到前面。

屠心给自己的静室设了禁制，就算有人在外面大喊大叫他也不会听到，所以秦翰便是最好的选择。

幸运的是，虔诚战锤就像那个叫作鹜的老友一般，从来不曾让人失望。

不幸的是，天道法则是不能随意更改的。

幽冥之气犹如洪荒之水，而治水一道，堵不如疏。

用砌高墙的办法拦截洪水，只会让洪水积蓄起来，直至淹过高墙。

那样的话，洪灾就会比之前更加恐怖。

同理，李牧羊现在承受的幽冥之气比其他任何时候都要厉害，让他比以往痛苦无数倍。

"砰——"

"咔嚓——"

"嗷——"

因为龙族有嗜睡的特殊习惯，一睡就是三年五载甚至更长的时间，所以龙窟内永远不会有天色大亮的时候。

不过，和其他龙不同，鹜喜好读书、写字、研读人族秘籍，所以，鹜留下的龙窟四周遍置铜炉。这些铜炉里面也不知置放的是什么燃料，过了数万年之久竟仍然在熊熊燃烧，似乎永恒不灭。

静室中，文弱弱躺在秦翰怀里睡得正香。

"啪——"

外面什么东西发出清脆的响声，将他们惊醒。

文弱弱睁开眼睛，向秦翰问道："现在是什么时辰？"

昨天晚上发生了那样的事情，两人都情绪不佳，说了大半宿的话。也不知道谁先睡着，最后两人抱在一起睡到了现在。

"不知道。"秦翰摇头，见虔诚战锤就在自己身边，这才放下心来。

从此以后，这虔诚战锤便是他的命。虽然他还不知道如何将虔诚战锤的神通发挥到最大，但是他知道虔诚战锤是神器，是他见过的最厉害的武器。

文弱弱推开秦翰，故作气愤地说道："还不放手？已经搂了一晚，还没够啊？"

"没够。"秦翰憨厚地笑着，"搂一辈子都不够。"

"哼，傻瓜。"文弱弱娇声说道，"出去看看。"

"好。"秦翰点头答应，顺手抄起了旁边的虔诚战锤。

文弱弱嘴角浮现一丝冷笑，嘲讽道："现在这锤子比我还重要了吧？"

"不，它没有你重要。我只是要用它来保护你。"

文弱弱这才露出柔媚的笑容，说道："傻样儿。没想到此番出来，你倒像开了窍一样。以前你就跟一个闷葫芦似的，一天说不了三句话。"

"人总是会变的嘛。"秦翰说道，"不过，你没变，我也没变。"

"好了好了，别一大早就说这些肉麻的话了。我们出去看看，刚才我听到外面有动静。"

两人走出静室，见屠心正在龙窟中四处搜索。

这龙窟中的每一样东西屠心都想带走，可是将所有东西一次性全部带走几乎是不可能的，所以，他就想着先把里面最重要的且自己目前最需要的带走。

看到秦翰和文弱弱走出来，屠心不好意思地笑笑，说道："身处宝室，难以安眠，便早早起床想要再检查一遍龙窟里的宝贝。刚才我不小心碰掉了一个药瓶，是不是吵醒你们了？"

"你说呢？"文弱弱没好气地说道。

看到屠心怀里抱着一大堆刚刚寻到的宝贝，文弱弱说道："书呆子，你这是一晚上没睡觉呢？龙窟这么大，怕是一晚上搬不完吧？"

"自然是搬不完的。"屠心并不在意文弱弱话里的针刺，笑着说道，"身在宝山，能多带一些出去就多带一些出去，不过也要量力而行。只要我们守住宝山的秘密，这宝山对我们的家族来说就世世代代取之不尽、用之不竭。"

"万一别人发现了这龙窟呢？"

"不可能。"屠心摇头，"龙族狡猾至极，它们的洞穴不仅极难寻找，而且阵眼重重。我们是误打误撞才闯进来的。只要我们四人守口如瓶，我不信其他人能够进来。"

"话是这么说……但不怕一万，就怕万一。"

"是啊，要是别人也误打误撞闯进来了呢？"

屠心无奈地看了这两人一眼，说道："我怎么感觉你们俩恨不得别人闯进来啊？"

"当然没有。我们只是担心，做最坏的打算。"

屠心点了点头，说道："那我们离开时再对龙窟做一些伪装，多设几道禁制好了。"

"万万不可。"文弱弱赶紧出声阻止，"龙族实力强大，在所有禁制中，它们设的禁制最高明，也最难被人发现。倘若我们来给这里设禁制，那不是此地无银三百两吗？不可不可。"

"那你们说怎么办？"

"我们问问相马公子。"文弱弱说道，"相马公子是我们之中最睿智的，我想他一定有办法。对了，你见到相马公子了吗？"

"没有。"屠心摇头，"相马公子应当还没有起床吧？"

"早就起床了。"李牧羊披着一件黑袍走了过来，笑着说道，"我不仅早就起床了，还找到一个池子泡了个澡。龙窟里面必有水，而且那水必然是好水，不然的话，龙族是不会将此地作为栖息之所的。我在龙池里泡了个澡，果然神清气爽、惬意无比。龙池就在沿着峡谷一路向东的地方，你们也可以去试试。"

文弱弱心动不已，说道："当真？自从进了这昆仑墟，我有几日不曾洗澡了，还真想去泡一泡。"

"我陪你。"秦翰说道。

"谁要你陪？"文弱弱娇喝。

"我不是那个意思，我是说……你泡澡的时候，我可以在旁边保护你。"

"这还差不多。"文弱弱脸上的红晕不退，声音倒是柔和了许多。

"相马公子接下来有什么打算？"屠心无视身边两人的打情骂俏，看着李牧羊问道。

"我正想和你们商议呢。你们有什么想法没有？"李牧羊笑着问道。

"大师兄不在了，我们一时间没有了主心骨，都不知道接下来应该何去何从。"屠心轻轻叹息，"不过，经历了这么多事情，又找到了这处龙窟，我们也需要时间好好消化一番。相马公子准备何去何从？"

李牧羊稍微沉吟后说道："龙还是要屠的，不然就违背了我们的初衷。"

"不怕相马公子笑话，之前我也是抱着屠龙的念头出来寻龙的，但是闯进这龙窟之后，我才发现龙族实在是太强大了，我们上去怕是只能送死……再说，我们哪里找得到那条恶龙呢？虽然我们猜测那李牧羊进入了昆仑墟，但是昆仑墟浩瀚无比，仿若一个冰雪世界。我们又如何能将他从昆仑墟里找出来呢？"

"既然你们不愿意屠龙了，我也不会勉强。"李牧羊笑着说道，"不过，龙，我还是要屠的。"

"相马公子要屠龙，我便陪你屠。"秦翰说道。

"我也是。"文弱弱说道。

屠心大笑，说道："看来我们有主心骨了。既然相马公子要屠龙，那怎么少得了我呢？我陪你们一起。"

李牧羊笑着点头，说道："大家既然都起床了，就再搜索一番吧，看看有什么东西是自己需要的，能够带走的就尽量带走。弱弱不是要泡澡吗？可以去试试龙池的水。"

"好，我去泡澡。"文弱弱高兴地说道，朝李牧羊指引的方向飞了过去。

"我去望风。"秦翰紧追不舍。

李牧羊看着屠心，笑着问道："不勉强吗？"

"勉强？勉强什么？"屠心一脸迷惑。

"我是说，既然已经找到了龙窟，又在这龙窟里收获满满，应该拿的拿了，不应该拿的也拿了，你当真还要跟我们去屠龙？屠氏是寻龙家族，你应该清楚，屠龙是一桩危险的活计。"

"我想，相马公子对我们屠氏有一点点误解。我们屠氏不是寻龙家族，而是屠龙家族。我们寻龙，便是为了屠龙。不错，我确实在这龙窟中找到了不少宝贝，既然有这些宝贝相助，我不更应当去屠龙吗？"

李牧羊点了点头，说道："希望你不要后悔。"

"定然不会。"屠心斩钉截铁地说道。

李牧羊笑笑，朝远处的书架走了过去。

屠心看着李牧羊远去的背影，嘴角的笑意渐渐敛起。

冰原中，一群黑影飞掠而来。

"嚓——"

一个身穿黑袍的男人在一座冰山旁边停了下来，伸手察看冰层的断裂处后喊道："禀告我王，这里有线索。"

"哗啦啦——"

数道黑影朝冰山飞了过来，看着那冰层断裂之处。

一个嘶哑的声音响起："有何线索？"

"昆仑冰山万年不化，坚硬如铁。这里不见人迹，不见兽影，这冰块怎么会断裂呢？我想，应当是有人飞行时在这里借力，脚上的劲道太猛，将这块冰踩断了，所以我们才会看到眼前之景。"

全身隐藏在黑雾中的男人沉吟片刻后说道："看来那条小龙来过此地……上

次让他侥幸逃脱，这次他竟然还敢杀我鬼将，是欺我鬼域无人乎？此次我们定要将他斩杀。"

"师父，此番我们定要慎之又慎。"一名同样身穿黑袍的少年说道。

这少年五官精致，但是气息过于阴冷，让人不喜。

少年说道："上次九国强者合力屠龙都未能成功，这一次，谁知道他又成长到了一个什么样的境界。"

"怎么，你怕了？"隐藏在黑雾中的男人声音嘶哑，而且阴森恐怖，带着一股子让人起鸡皮疙瘩的寒意，就像在地底世界飘荡了千年才传到人的耳朵里。

此人便是鬼域之主，被神州人称为"鬼王"。站在他身边的冷峻少年便是他的徒弟崔见心。

"怕？"崔见心嘴角浮现一丝冷笑。

他不笑还好，一笑起来，就像一座亘古不化的冰山，比不笑时还让人感觉冰冷。

崔见心冷冷地说道："我以身侍鬼，在世人眼里早就是一缕冤魂，还有什么可怕的？"

"既然如此，你为何这般小心翼翼？"

"我只是不想再次失败而已。"崔见心直言不讳，即便那黑雾中之人是他的师父，他也绝不妥协，"风城之战，九国皇室一起出动，当时军队万万，强者万千，结果呢？那条恶龙直到现在仍然活得好好的。"

"他本已经成为一条死龙，倘若不是星空学院的太叔永生横插一脚，用自己钓来的龙魂填充他的身体，怕是他早就肉身腐烂、神魂溃灭了，哪里还有机会在世间行凶？"说到这里，鬼王又开始骂太叔永生，"太叔永生如此逆天而行，难道就不怕遭报应？"

"……"

崔见心沉默不语，心想，谁敢去报复太叔永生？除非整个人族群起而攻之。

但是，不要忘了，太叔永生是星空学院的院长。

在崔见心还没有出生的时候，太叔永生已经是星空学院的院长了。

而且，据说，在崔见心爷爷还没有懂事的时候，太叔永生就已经是星空学院的院长了。

没有人知道太叔永生有多大岁数，也没有人知道太叔永生的修为有多高。但是只要提到太叔永生的名字，所有人就会心悸不已，知道这个人是自己招惹不起的。

这个人曾一鞭子抽死了一国之君，结果呢？那个国家一声都不敢吭，整个皇室当作什么事情都没有发生过，连派遣一名使者去星空学院说几句严重抗议的话的表面工作都懒得去做，迅速推举出了一位新的君主……

当然，这样的话，崔见心是不会当着师父的面说出来的。

"师父可不要忘了，当初我们还把李牧羊的家人当作人质，布下天罗地网，就等着来一个瓮中捉鳖。现在李牧羊是龙族的事世人皆知，他无须再隐藏、再顾忌什么。如今他独来独往，可以肆无忌惮地下手。面对这样的李牧羊，我们难道不应当更加慎重一些？"

黑雾里的鬼王沉吟片刻后，声音嘶哑地说道："见心言之有理。看来上次屠龙失利，倒让你快速地成长起来了。"

"知耻而后勇。"崔见心说道。无论是为了家族延续，还是为了自己心神通达，他都必须把李牧羊杀掉。

鬼王十分满意，说道："如此甚好。上次我们无功而返，这次他就没有那么好的运气了。他的行踪已经暴露，神州九国的强者齐聚昆仑墟。这一回，就算他再次化龙，等待他的也只有被世人屠戮的命运。

"我们要做的，就是抢先一步，在其他人之前找到那条恶龙的踪迹。到时候，我们师徒联手屠龙。那条恶龙全身都是宝贝，无论是龙心龙肝还是龙鳞龙骨，都是上好的材料，或可以做药引，或可以打磨成神器。特别是龙筋，倘若由我们获得，我便可用它来完成我的鬼王弓。到时候，何人能避开我鬼王弓的射杀？"

"那就祝师父一战功成，此战必胜。"

"追！"鬼王声音嘶哑地吼道，"继续寻找恶龙留下来的痕迹。"

"是。"

十几名身着黑袍之人应了一声，再次朝前方冲去。

白雪漫漫，寒风猎猎。

一群白袍剑客立在冰山之巅，脚下便是万丈悬崖。

悬崖下雾气弥漫，一眼看不到尽头。

狂鲨长老的死讯传至藏白剑派后，藏白宗主大发雷霆，据说连他最喜欢的玉髓杯都被摔得粉碎。

藏白宗主原本想亲自赶到昆仑墟，将那条屡次羞辱藏白剑派、屠杀藏白精英的恶龙斩于剑下，但是遭到众多长老劝阻。

"宗主还需要镇守藏白，有什么事情是藏白十万剑客解决不了的？"

"就由我替宗主去取那条小龙的头颅！"

"些许小事，哪用得着宗主亲自出手？这不是为那小子扬名吗？"

……

在众人的纷纷劝说下，藏白宗主终于放弃了亲自出手的打算。不过，他知道那条小龙不是那么好对付的。

连钟无言和狂鲨长老都折在他的手上，也就是说，不是随便派遣一名长老过去就能够带回他的脑袋的。

藏白宗主犹豫再三，亲自前往藏白山的圣虚之所，请动了藏白剑派最神秘且实力最强大的白云长老，由其代自己前去屠杀恶龙，洗刷藏白之耻。

"禀告长老，前方有脚印。"一个身穿白袍、腰佩长剑的年轻男人疾步跑回。

"可是那恶龙留下的？"众人中间，一名腰佩长剑的老者沉声问道。

"不知。"

佩剑老者白眉微扬，说道："昆仑墟已不复宁静，什么牛鬼蛇神全都拥了进来，每个人都嚷嚷着要屠龙。前方有几个人的脚印？据说那条恶龙幻化成人形，和星空学院的几个愚蠢小子走在一起。倘若只有一个人的脚印，不一定是那条恶龙留下的，说不定是和我们一样的屠龙者所留。"

"禀告长老，那些脚印大小不一，有五个人的，正好与那条恶龙和星空学院学生的人数相匹配。"

佩剑老者眼神微凛，脸上杀机乍现，说道："我等搜寻多日，终于找到了他们的踪迹。不管此番有多少人想要屠龙，那条恶龙一定是我们藏白剑派的。如果我们取其心肝献与宗主，宗主定会重赏。"

"是。"众人齐声应道。

"要不要知会白云长老一声？"佩剑老者身边的另一名老者问道。

佩剑老者微微沉吟，然后说道："白云长老来无影去无踪，胸中自有丘壑。说不定我们寻找到的足迹，她早就发现了。我们暂时不说，等真正找到那条恶龙后再知会她，想必她会立即来和我们会合。"

"明白了。"

"将军，我见到有数拨人朝东南方向赶去，他们应当是发现了那条恶龙的行踪。"

"那里是何地？"

"无心谷。"

"传我命令，所有人向无心谷前进。"

"是，将军。"

"什么？所有人都赶去了无心谷？难道那条恶龙在无心谷？"身穿锦衣、体形伟岸的中年男人问道。

"应该是这样。大家皆为屠龙而来，还有什么事情能够引起如此大的动静？"身背巨剑的大汉沉声说道，"要不就是昆仑墟又有什么天材地宝出现？又或许，有人发现了昆仑神宫？"

"无论如何，总要过去瞧上一眼才放心。"锦衣男人沉声说道，"我们悄然尾随而来，为的就是单独屠龙，取得龙筋龙骨。没想到那条恶龙连番出手，以至于他出现在昆仑墟的消息已传遍神州。现在昆仑墟聚集无数强者，人员复杂至极，是友是敌难以分辨。所以，我们一定要小心谨慎。通知下去，让我们的人尽可能地隐藏行踪，等到时机成熟再出手屠龙。不能龙没屠着，反而因为和其他势力起冲突而损兵折将。"

"是，城主。"

锦衣男人立在风雪之中，眼神如鹰如狼，凶狠狡诈。

他沉声说道："李牧羊啊李牧羊，原本我以为你这个来自江南城的布衣少年只是比其他人聪明一些、运气好一些才取得了一点点成就……还真是没想到啊，你竟然被恶龙附身，早已不是人族。

"更没想到，九国合力都没能将你这条小龙除掉，反而让你化作白龙，飘然离去……此番风起云涌，神州强者齐聚昆仑，为的还是你这个当年从我眼皮子底下溜出去的小小少年。李牧羊，你这一生可真是不凡啊！

"这一回，你还有那么好的运气逃离吗？你还能像上一次那样招来太叔永生那样的强者为你撑场站台吗？上一次他已经惹了众怒，难道他当真以为神州九国对他们星空学院无可奈何，没有一点儿办法？

"再说，就算太叔永生再次亲至，怕是这一回也救不了你。他哪里还有那么多的龙魂来填补你的身体？李牧羊，与其被别人所屠，不如便宜我这个故人吧……还真是期待与你的再次相见啊！"

第293章
龙窟曝光

西风，天都城。

白色的天都樱肆无忌惮地开放，阵阵清香从家家户户的门前或者院子里散发出来，朝天都的上空汇集，整个天都就像下了一场香雪。

崔小心坐在小院的一棵天都樱下。

百年老树枝叶茂盛，就像一把巨伞遮挡着天空中的骄阳，无声地展示着这个家族悠长的历史和无上的荣光。

桌上一本《樱花考注》摊开着，凉风随意地翻阅着书页，崔小心眼里的字一片模糊。

此时的崔小心陷入了沉思，心思早就不在面前的介绍樱花历史的书上了。

身在崔家，她总能够比普通人知道更多的消息。

消失了半年之久的李牧羊再次出现了，而且一出手就是大动作——接连杀了大武国世子武裂以及藏白剑派的钟无言，据说连成名数十载的狂鲨长老也折在了他的手上。

现在，神州九国的强者聚集在昆仑墟，为的就是斩杀在历史上消失了数万年之久的恶龙。

"李牧羊怎么可能是龙呢？他哪一点像龙了？

"他又没有做什么恶事，为什么那么多人都要与他为敌？

"这个傻瓜，怎么就不知道跑啊？难道他不知道那么多人聚集在昆仑墟，就是为了对付他……"

"小姐！小姐！"

崔小心猛地抬头，发现丫鬟桃红站在她旁边，正一脸惊讶地看着她。

"小姐，又走神了？"桃红笑着问道。

"看书乏了，休息片刻。"崔小心面无表情地说道。

桃红心里了然，也不说破，只是说道："宁师父来了，想要见小姐呢。"

崔小心大喜，说道："快快请来。"

"是，小姐。"桃红转身离开。

只过了片刻工夫，宁心海便在桃红的引领下来到了小院。

"见过小心小姐。"宁心海对着崔小心躬身行礼。

"都是自家人，宁叔不要客气。桃红，奉茶。"崔小心说道。

"是，小姐。"桃红应了一声，却并不离开。

小姐正值妙龄，独自和一个男人待在一起容易惹来闲话，就算那个男人是小姐绝对信任的人也不行。

柳绿送上两杯香茶，对着宁心海福了一福，说道："宁师父请用茶。"

"谢谢。"宁心海应了一声，端起茶杯抿了一口茶。

"宁叔前来所为何事？"崔小心看着宁心海，一脸笑意地问道。

宁心海看了崔小心一眼，轻轻叹了一口气，说道："我来并无他事。但是我知道小姐找我肯定有事，所以我就来了。"

崔小心神情愕然，转瞬间脸上又恢复了笑意，说道："有些日子没有和人聊天了，宁叔来得正好，就给我讲讲天都局势以及神州逸事吧。"

崔小心被崔家禁足，不可轻易外出。有资格进入崔家和她聊天的人少之又少，之前有宋晨曦，后来又有一个从星空学院回来的楚宁公主。

可是这段时日，宋晨曦身体不佳，没办法再出门走动。楚宁公主倒常来，崔家人却不允许她和一个废公主来往太密切。

所以，崔小心想找一个知心人说几句话都是一件难事。幸好她的小姑近段时日一直在天都，不然她早就闷出病来了。

宁心海知道崔小心想听的并不是什么天都局势和神州逸事，于是直入主题："他进入了昆仑墟，现在正被神州九国的高手搜捕。这件事情已经传遍天都，想必你让下面的丫鬟出去打听到了。"

"他会不会有危险？"崔小心敛起脸上的笑容，沉声问道。

"有死无生。"

"……"

"上一次他就死过一回，倘若不是星空学院的院长太叔永生出手，他怕是早就消失于世间了，龙骨做了长枪，龙筋做了神弓……小姐，你已经知道了他是一条龙，整个神州都知道了。难道你还对他念念不忘吗？"

"我没有亲眼看见，实在难以相信他是一条恶龙。"

"你没有亲眼所见，但是无数人亲眼见证了，包括相马的母亲以及你的堂哥崔见心。很多见过他龙形的人都死了。他是龙族，这一点毋庸置疑。虽然我之前也和你一样怀疑，以为是别有用心的人故意诋毁他，但是现在我坚信不疑。"

见崔小心脸色难看，宁心海不忍再说下去，轻声安慰道："你是人族，他是龙族，你们永远不可能走到一起……更何况他现在自身难保，能不能渡过此次危机还是未知之数。"

"我想不明白，他到底做错了什么，为什么那么多人要杀他？"

"因为他是龙族……"

"就算他是龙族，他做错了什么？世人皆称龙族为恶龙，它们到底做了什么恶事？李牧羊又做了什么恶事？你知道吗，在江南城的时候，虽然他的零用钱没有几个，但是见到乞儿等可怜人，他必会出手相助。"

"或许他什么都没有做错，"宁心海轻轻叹息，"但他是龙族就错了。非我族类，其心必异。"

"他是人族的时候，有人要杀他。现在他是龙族了，还是有人要杀他。"

"小姐，放手吧。"宁心海慈爱地看着崔小心。

只过了半年时间，崔小心就瘦得眼窝深陷，瓜子脸变得更小了，灵动的眸子总是蒙着一层雾气，仿佛随时有眼泪要溢出来一般。

她心里很苦，却用瘦弱的身体强撑着。

她不哭不闹，一句重话都不曾说过。

这样的崔小心真是让人心疼。

"小姐，你和宋停云的婚期将近，以后你就是宋家的媳妇，再有这样的念头很危险。"

"是啊！"崔小心眼里的神采又被抽走了几分。

崔小心无力地说道："命运已经注定，再说这些还有什么意义？我自顾不暇，又能为他做些什么呢？"

"你能这么想就最好。心放宽些，日子才会好过一些。你看新瓷小姐，当年她也不认命，现在不也过得好好的？未尝不比跟了那个人幸福，是不是？"

"是啊。"崔小心点头，"说不定宋停云也是如意郎君呢。"

"小姐……"

"宁叔，能不能帮我一个忙？"

"小姐请讲。"

"能不能……给他提个醒啊？"崔小心一脸为难地说道，"总得让他知道，有很多人赶过去要杀他。总得给他提个醒，让他赶紧逃啊。"

"小姐！"宁心海厉色道，"他是一条恶龙，知道自己在做些什么！我们远在天都城都知道有无数高手赶往昆仑墟，为的就是屠龙。难道他一点儿也不知道吗？"

"是啊。"崔小心点了点头，说道，"我是关心则乱。或许，他什么都清楚。他一直那么聪明。"

"……"

宁心海放下手里的茶杯，起身朝小院外走去。

走到门口的时候，他突然停住了脚步。

"有一件事情我忘记告诉小姐了。"

崔小心神色黯然，视线没有任何焦点，随口应道："什么事情？"

"晨曦小姐病了……"

"她的身子一直不好。"

"这次怕是……过不去了。"

天色苍茫，冷风呼啸。

浩瀚的高空中，突然飞过来一群颜色艳丽的彩鸟。

有这样一群耀眼的生物点缀，整片天空仿佛都有了亮色。

每一只彩鸟背上，都有一个头插彩羽的战士。他们手握弯月刀，身披孔雀服，威风凛凛，仿若天兵天将。

在最大的彩鸟背上，坐着一个身穿白衫、头插白羽的女子。

女子看起来年纪不大，但是顾盼间姿态雍容，带着王者之气。

女子姿色靓丽，神态从容，衣袂飘舞，看起来比天上的仙子还要美上三分。

在这名白衫女子的带领下，这群彩鸟向下翱翔，朝昆仑墟地界俯冲而去。

"啾——"

孔雀轻鸣，声震长空。

只是，这山太大了，这声音便给人一种苍凉寂寥的感觉。

它们落在一座高山的顶峰，望着这晶莹剔透、一望无垠的冰雪世界。

一只彩鸟从远处飞翔而来，是早早就被派遣出去的负责刺候的战士回来了。

"公主，"彩鸟上的战士向赢千度行礼，朗声说道，"发现线索。无数人正朝昆仑墟无心谷聚集，据说牧羊公子正在此地。"

"无心谷？"赢千度眼里闪过一丝忧虑，喃喃自语，"李牧羊，你到底想要做什么呢？"

"咔嚓——"

"咔嚓——"

两道人影深一脚浅一脚地在雪地中行走，地面上留下了两行歪歪斜斜的脚印。

"你说，李牧羊到底去了哪里？昆仑墟群山相连，有'明千山，暗千山'之说，我们这么找下去也不是办法。"高大男人说道。

"是你要出来找的。"他身边的女人面无表情地说道。

女人同样身材高大，又披着一件黑色的大氅，假如她不开口说话，一眼看过去很容易将她当成一个男人。

"你不是也同意了吗？"男人的脸上堆满笑容，"再说，出来喘一口气也好。咱们屠龙系一共只有七名学生，原本就是神州第一小系，现在倒好，一下子就少了五个。"

男人继续说道："李牧羊是一条龙，差点儿被九国联手屠了。楚浔变成了西风的皇子，应该也不会回来了。听说楚浔本来要继承皇位的，不过被陆行空挖了双眼，怕是这皇位和他没有关系了。谁会让一个瞎子做皇帝呢？

"千度寻找李牧羊去了，林沧海又寻找千度去了……更神奇的是陆契机，没想到她竟然是凤凰，难怪当初脾气那么火暴。你说当时我怎么一点儿都没看出来呢？现在整个屠龙系只有咱们两个学生，其他人都走了。羊师受到李牧羊牵连，被罚到星空图书馆做杂役，就连咱们的院长都因为出手让李牧羊起死回生而在学院里承受着巨大的压力。

"虽然没有人当众站出来批判院长，但是学院里暗潮涌动，据说不少座师都对院长的行为持质疑态度。他们不明白院长为何会帮助一条龙，甚至怀疑他是不是和龙族有什么牵连。学院里有九国皇族的人，还有各大门派的势力，他们想要闹出一点儿动静压制院长也是可以理解的。不过，院长好像完全不在意。也不知道这些大人物的心里是怎么想的。"

原来这两人也来自星空学院，而且是李牧羊之前的同窗铁木心和蔡葩。

"你又是怎么想的？"蔡葩问道，"在学院的时候我便问过你是怎么想的。"

"你还记得咱们在弱水之境里的经历吗？"

"记得。"蔡葩说道。

"李牧羊救过我们的命。"

"所以，他是不是龙族，你都不在意？"

"我在意什么？我有什么好在意的？不管李牧羊是人族还是龙族……就算他当真是龙族，他救了我的性命是事实，而且一次又一次。与之相反，很多人族同胞却想要杀我。你说说，人族和龙族在我眼里有什么区别？倘若不是李牧羊，我怕是早就被埋在弱水之境里出不来了，还有机会思考他到底是人是龙的问题？"

"可是，他毕竟是龙族。"蔡葩沉声说道，"不管他在我们眼里是好人还是坏人，或者是好龙还是恶龙，只要他是龙族，就是人族的公敌。神州强者齐聚昆仑墟，就是为了屠龙。"

"这些人实在太不知廉耻了。九国强者联手对付一个晚辈，还有什么事情他们干不出来？"

"不要忘了，你也是人族。"

"所以我才要来拯救李牧羊。人族同胞对李牧羊犯下的错误，我铁木心前来弥补。"

"你也要成为全民公敌？"

"那倒不至于。"铁木心说道，从怀里摸出两块黑巾，将其中一块递给蔡葩，"我早有准备。和人动手的时候，咱们就以黑巾遮面。那样的话，就算咱们帮了李牧羊，那些人也不知道咱们是谁，一举两得。"

"功法会泄露你的身份。"

"那就没办法了。"

蔡葩沉默不语。她觉得铁木心的想法很危险。倘若铁木心当真站到李牧羊那边，怕是整个人族都会将他当作生死大敌……

到时候不仅他自己，就连他的家人及他的宗族都要受到牵连。

毕竟，在这个世界上，每个人都不是绝对独立的个体，要与人沟通、交往、走动，和其他人有方方面面的牵扯。

铁木心投龙，那些痛恨龙族的皇族和门派岂会放过他的家人？

"你也不要担心。"铁木心握住蔡葩的手。

蔡葩抽动了两下，没能抽开，也就不声不响地任他握着。

一个女人跟着一个男人跑到这人迹罕至又凶险无比的昆仑墟来拯救一条龙，除了爱情，还能是什么原因？

"你想想，羊师宁愿去星空图书馆整理书籍，都不愿意当众道歉，承认自己的学生是龙族。还有孔师和夏侯师等名师也纷纷帮腔，说李牧羊是一个好学生，不应当被人称为星空之耻。院长就更厉害了，为了李牧羊，一出手就斩杀一国之君……他们都不怕，咱们怕什么？大人物在前面行事，后面总要有一群帮手摇旗助威。咱们俩就是大人物后面的帮手……"

"你才是帮手，我不是。"蔡菔没好气地说道，但终究没舍得将铁木心的手甩开。

铁木心嘿嘿地笑，说道："好，你不是，我是……我不仅是大人物后面的帮手，也是你后面的帮手。"

蔡菔正要说话，就见到高空中几道人影"嗖嗖嗖"地朝某一个方向掠去。

两人对视一眼，铁木心说道："我们跟上去看看。说不定其他人先我们一步找到了李牧羊。"

两人展开身法，跟在那些人影身后朝东南方急速冲去。

双脚挪动，踏雪无痕。

昆仑墟，无心谷。

因为山峰太多，所以昆仑墟大部分的山头都没有名字。

有名字的，要么风景独特，要么有大来历、大背景。

无心谷之所以得名，是因为地形奇特，中心位置就像被人挖去了一颗心脏。

而且据说，无心谷是昆仑神宫所在的地方。在口口相传中，有一回神宫现世，就是在无心谷附近的无心崖。

虽说每一个寻找神宫的人都会来无心谷转上一圈，但是像今日这般各路英雄在这里聚首的事情还是头一回发生。

寒风呼啸，大雪漫天。

这些人分布在无心谷四周，分成若干群体，少的只有一人一剑，看起来倨傲不凡，再多点则三五成群，再多则数十上百。

"都说那条恶龙在无心谷，可是我们兄弟把整个无心谷翻了一遍，哪里见到那条恶龙的影子？"

"谁说那条恶龙在无心谷？我们是根据沿途发现的足迹一路尾随而来的……我们是不是上当了？"

"我们会不会中了那条恶龙的埋伏？毕竟，龙族狡诈。他故意把我们引诱至此，然后来一个一网打尽……"

"你是白痴啊？"一个白衫佩剑的男人冷冷地说道，"那条恶龙再厉害，也不过是一条恶龙而已。他能够将这里的数千人一网打尽？不要忘了，上一回九国皇室联手屠龙，调用的高手不及今日之多，不照样将那条小龙屠了？"

"你是什么东西？敢在我们真空宗面前口出狂言！"

"西门启。"

"原来是剑神家族的后人。"真空宗的那人气势立即弱了几分，"倘若不是故意引诱我们至此，那条恶龙为何要暴露行踪？其中必然有诈。"

"实力为尊，一切阴谋诡计都是弱者的可笑把戏。"

"那待到恶龙出现，还要靠西门兄多多出力。"

"我辈屠龙，用得着别人指手画脚？"

"……"

"天宝真人，风城一别，我们有些时日不曾见面了，没想到今日在这冰山雪谷中再次相见。"

"见过莲花大师。久别重逢，幸甚之至！这是南华师妹。"

"阿弥陀佛，见过南华真人。道门派遣两位真人前来屠龙，此番那恶龙定然再难逃一死。"

"见过莲花大师。"南华真人是一个慈眉善目的老太太，也是道门七真人之一，"大师可有什么线索？"

"不曾。"莲花大师轻轻摇头，"我今日方至昆仑墟，听人言那条恶龙现身无心谷，所以赶来一看，不过，到了这里只看到大家都在寻找恶龙，那恶龙却不见踪迹。是信息有误，还是别有用心的人故布迷阵？"

"等等看吧，我倒要看看那条恶龙这回又能玩出什么新鲜花样。上回让他侥幸逃生，没想到他依旧不知悔改，反而变本加厉地祸害人间。此番我倒要看看他还怎么活！"

"阿弥陀佛，善哉善哉……"

正在这时，有人突然惊声喊叫："这里有一个山洞！"

"哗啦啦——"

听见的人纷纷朝那喊叫之人所在的地方簇拥了过去。

龙族嗜睡又好洁，睡醒之后的第一件事情就是找一处优质水源泡个澡，将自己清洗得干干净净。

所以，人们看到的龙族都是体面的。

按照李牧羊的指引，文弱弱果然寻到了位于峡谷里的大池子。

池水碧绿，一条小溪从远处朝池子流淌而来，但是这池子像永远填不满似的，溪水片刻不息地流了数万年，仍然没有水漫龙窟的情况发生。

由此可见，这池子底下还有暗洞，及时将涌进来的溪水排出去了。

文弱弱伸手试了试水温，高兴地说道："水是热的，还带着石英的气味。我进去洗澡，你在旁边帮我把风，不许偷看。"

秦翰一脸憨厚地笑着说道："我也好久没有洗澡了，要不我陪你一起下水？你一个人下去我不放心。"

"你跟我一起下去我才不放心呢。"

"嘿嘿……"

"嘿什么嘿！赶紧去给我把风。"文弱弱扫视一圈，指着池子旁一块一人多高的大石头说道，"你站到那块大石头后面去，不许朝池子偷看，但是也不要走远，我要随时能够听到你的声音。"

秦翰无奈，只得听从文弱弱的指挥，走到大石头的后方将自己的眼睛遮起来。

文弱弱这才开始窸窸窣窣地脱身上的衣服，然后走进了池水里。

"三哥！"文弱弱将整个身体浸泡在池水中，只留脑袋露在外面，这才出声唤秦翰。

"哎——"秦翰赶紧从石头后跑了出来，关切地问道，"弱弱，你叫我？"

"我是怎么说的来着？没有我的允许，你不许越过石头。"文弱弱双手捂胸，没好气地说道。

"好好好，我回去。"秦翰只得退了回去。

"这还差不多。"文弱弱这才满意，"三哥，你说藏白剑派的人能够找到这龙窟吗？"

"难。"秦翰的声音从石头后传了过来，"要是龙窟那么容易被人找到，哪里还有咱们的份？这龙窟存在了数万年之久，直到现在还没有被人破开，证明找到它并不是一件容易的事情。而且龙族阵法诡异强大，就算有人找到了龙窟，也没办法破开阵法。"

秦翰背靠着大石头，注视着头顶的倒悬冰柱，柔声说道："弱弱，你放心吧，无论发生什么事情，我都会留在你身边保护你。"

文弱弱感受到秦翰的真心，声音也轻缓温柔了许多："三哥，谢谢你。我知道，以你的性子是不愿意出来冒险的。做一个农夫，喝一点山泉，再有一点田，一心一意修行破境，这才是你想要的生活。你是因为我才出来的，我心里有数，也会记着。"

"嘿嘿——"秦翰又咧开嘴巴笑了起来，"我愿意。再说，要不是跟你出来，我哪能进入这龙窟，又怎能得到虔诚战锤？所以说，你是我命中的贵人。"

"哼，我看你是有了锤子就什么都不在意了。"

"我还在意弱弱。"秦翰红着脸说道。

"呸，我才不信呢。"

"我可以对天发誓。"

"好了好了，我信你还不行吗？你这人动不动就喜欢发誓，好像违背了誓言当真就会被天打雷劈似的。"

"我说的都是真的。"

文弱弱轻轻叹了一口气，说道："三哥你说，怎么就咱们的运气这么好？"

"弱弱，你什么意思？"

"你刚才说过，这个龙窟存在数万年之久都没有被人发现，怎么偏偏就被咱们发现了呢？你说……这会不会有什么问题？"

"你怀疑相马公子？"

"我倒不是怀疑他，也知道他是好人……可是，我总觉得他太神秘了，而且无所不通，好像没有什么事情能够瞒得了他……"文弱弱轻声说道，"还有，你可能没有注意到进入龙窟后相马公子的表情。"

"什么表情？"

"伤感、缅怀，还有痛苦……好像他对这个龙窟有很深的感情似的。虽然那只是一瞬间的反应，但是很难逃过女人的眼睛。"

"有这样的事情？"

"你这个大老粗怎么可能发现？"

秦翰认真地想了想，说道："弱弱，我知道你受到了大师兄的影响，也对相马公子的身份产生了怀疑。但是你想过没有，倘若相马公子当真是龙族，怎么可能一次又一次地将我们救出险境，还赠送我们奇珍异宝？你的神农匕，还有我的虔诚战锤，是多少钱都买不来的神器，他眼睛都不眨一下就送给我们了。他明明知道我们是屠龙小队，进入昆仑墟就是为了屠龙……他若是龙族，为什么要这么做？难道他想用这些神器来武装我们，再让我们用这些神器去杀他？

"昨天晚上的事，证明大师兄的人品是不值得信任的，相反，和我们相识不久的相马公子倒是一直在尽心尽力地帮助我们。倘若不是他，我们怕是已不明不白地死在大师兄手上了。那样的话，我们现在还能探究他的真实身份吗？"

"我明白……"文弱弱郑重地点头，"我也很喜欢相马公子——我说的不是那种喜欢——甚至还有些尊重他。我从来没有见过比他更优秀的年轻人。算了，不想那些乱七八糟的事情了。既然我们认定了相马公子，那就与他同舟共济吧。"

"相马公子救下你一条腿，所以，我欠他一条命。相马公子送了我虔诚战锤，我又欠下他一条命。龙窟中，相马公子把你我从大师兄手里救下来，我又欠下他两条命……弱弱，我这条命已经是相马公子的了。所以，无论如何，我都会站在他这边。"

"就算大师兄说的是真的，就算他是一条龙？"

秦翰咬了咬牙，说道："对，就算他是一条龙。"

这是两人第一次认真谈论对待李牧羊的态度，也是他们第一次表达出要与李牧羊同进共退的决心。

也是从此时起，他们俩正式成为李牧羊的铁杆心腹和战斗伙伴。

石壁拐角处，身穿黑袍的李牧羊站在那里，静静地听着两人倾谈。

听到秦翰说就算自己是一条龙，他也站在自己身边时，李牧羊微微动容，脸上浮现一丝愧疚之色。

"人心啊……还真是复杂。"

龙窟中不知日月。

大家饿了就吃里面的丹药仙果，渴了就饮山泉之水。

当然，以几人的修为，他们就算十天半个月不吃不喝也完全没事。

不过，看到各种各样的丹药仙果，大家都不愿意浪费。

再说，丹药仙果有伐筋洗髓和巩固根基的作用，有的甚至能让人直接破境晋级。

修行难，难于上青天。

谁不希望自己早日成为星空强者？

在李牧羊的带领下，文弱弱、秦翰、屠心几人又在龙窟里搜寻了一遍，尽可能不让极品丹药、神兵利器和功法秘籍在这里蒙尘。

三人再次收获满满，对李牧羊更加感激涕零。

而且，因为李牧羊此举，他们将李牧羊可能是龙族的怀疑完全抛之脑后，反而认为藏白剑派是为了报复李牧羊才诬蔑李牧羊是龙族，而吴山计说李牧羊是龙族就是嫉妒李牧羊。

除了搜寻宝贝，大家其他时间都在静室内练功打坐。

秦翰每日都抱着虔诚战锤研究来研究去，对着那丹书上的几个图形看——反正什么都没看明白。

"相马公子，你说这丹书怎么就这么难呢？我看来看去，它们就是一个个字，完全看不到功法啊！相马公子帮帮我吧！"秦翰苦恼地向李牧羊求教。

"看你那傻样儿！相马公子早就说过，功法只能靠自己感悟。你自己悟不出来，别人如何教你？"文弱弱踢了秦翰一脚，没好气地说道。

李牧羊一脸笑意，看着感情日趋深厚的秦翰和文弱弱说道："确实是这样。修行破境，有时候便在一念之间。你自己看不到，别人也没办法将自己看到的告诉你，就算说了你也不明白。再说，这虔诚战锤是龙族神器，我也不懂里面隐藏的招式。有些东西便是如此，看到了，便是看到了；悟到了，便是悟到了。如果看不出来，那这于你而言不过是一张白纸、一把石锤而已。"

秦翰深以为然，感激地说道："谢谢相马公子，我一定会努力的。既然你将此锤赠送与我，我就绝对不能让宝器蒙尘。"

"我相信你。"李牧羊笑着说道。

"轰隆——"

龙窟外传来一声巨响。

山摇地动，整个龙窟颤抖不停。

李牧羊脸色大变，说道："有人破了阵眼，闯进龙窟。"

"什么？"秦翰和文弱弱大惊。

"龙窟那么隐蔽，他们是怎么找到的？"

"是啊。数万年都找不着的龙窟，怎么现在都找着了？难道是我们进来的时候留下了什么破绽？我明白了，咱们进入山洞的时候没有将山洞隐藏起来，进入龙窟后也没有将走过的痕迹清理干净……"

屠心从静室中跑了出来，着急地问道："发生了什么事情？"

"有人闯进来了。"秦翰说道。

"什么？"

"哗啦啦——"

宝山所在的方向传来一阵阵清脆的响声。

那响声越来越大，频率越来越高。

随着进来的人越来越多，宝山终于不堪重负，上面的金银珠宝"哗啦啦"地朝峡谷流淌，就像崩溃的冰山似的。

金银满地，宝石耀眼，整个峡谷都被这倒塌的宝山填满了。

"天啊，好多金子！好多宝石！"

"我发财了，我要发财了！"

"真是不虚此行，不虚此行！这是我的，这是我的！"

……

"阿弥陀佛，善哉善哉！各位施主切莫因为这些黄白之物忘记初衷。"莲花大师口诵佛号，朗声提醒众人。

他用了狮子吼，虽然声音并不大，但是每一个字都清楚地传入了每一个人的耳朵里。

人群瞬间安静。

金银珠宝不停向下流淌的"哗啦啦"的声音没了遮掩，再次响亮起来。

"莲花大师说得对。各位道友，我们此番是为了屠龙而来，可不能被这些身外之物迷了双眼，忘了我们此行的目的。"

"确实如此，倘若我们为争抢这些财物大打出手，那可就中了那条恶龙的诡计！"

"我们一路上发现了不少踪迹，李牧羊或许就在这龙窟中。大家定要小心谨慎，切莫被那恶龙杀一个措手不及！"

……

几位德高望重的人物站出来说话了。

众人你看看我，我看看你，虽然有心想要拾取这满地的宝贝，但是想到此番的目的，谁也不好再为这些金银之物分神。

"大家分散开来四处搜索，看看那条恶龙是不是藏在这龙窟中！"

"不用搜了，我在这里！"一个带着笑意的声音传了过来。

一道身影从龙窟深处走了过来，由于黑袍罩面，所以看不清楚面容。听声音，应该是一个少年。

少年步态从容，身姿潇洒随意，既让人觉得诡异神秘，又让人觉得赏心悦目。他无视那些虎视眈眈的人不怀好意的目光，也无视那些人的别有企图和凶神恶煞。

他朝着他们迎了过去，就像他是这龙窟的主人，只是前来迎接远道而来的客人。

两个男子和一个女子紧跟在黑袍少年的身后，都是一副以他为首的样子，像是他虔诚的追随者。

这样一看，黑袍少年就有了一种肃穆庄严的感觉。

"砰——"

黑袍少年的右脚踩到了一块碧玉，那块成色上好的玉石立即爆炸开来，四分五裂。

黑袍少年低头看了一眼，轻轻摇头，说道："可惜了。"

"你是什么人？"人群中，有人出声喝道。

"你们又是什么人？"黑袍少年身后的女子毫不示弱地反问道。

她知道这些人是什么人，从这些人的衣着打扮就可以看出来。

只是，他们招惹的明明只有藏白剑派一家，为何一下子来了这么多势力？

难道真如吴山计所说，他们已经认定了的相马公子就是那条在风城起死回生的恶龙？这些人都是为了屠龙而来？

"我们是谁？哈哈哈，说出来怕把你们吓着了！"

"无名小卒才喜欢说这种废话。要是真正的星空强者，这个时候只需要说出自己的名字就够了！"

"小贱人，你找死吗？"

"阿弥陀佛。"莲花大师双手合十，口诵佛号，"大家切莫冲动，先把事情说清楚了再动手也不迟，不要做无谓的口舌之争。"

"什么事情要说清楚？怎么样才算说清楚了？"文弱弱冷笑不已，"这龙窟明明是我们先寻着的，我们本应享有这龙窟的所有权！你们后我们一步摸过来，却要我们给你们一个解释。有什么好解释的？你们不就是想要杀人夺宝吗？你们的那点儿心思瞒不了我。"

“就是。”秦翰手握虔诚战锤站在文弱弱身边，“谁想和我们争，我手里的锤子可不答应！”

屠心眼神阴冷，脸色难看至极。

什么叫作到嘴的鸭子飞走了？

比到嘴的鸭子飞走了更让人郁闷的是，那只鸭子被人抢走了。

眼前的龙窟就是一只烤得油光嫩滑的鸭子，自己饿了极久正要开动的时候，却有一群人跳出来说这鸭子是他们的，他们要把鸭子拿走。

这样的事谁愿意接受？

再说，这龙窟可比一只鸭子宝贵多了。

屠氏是寻龙家族，屠心原本想着将自己寻到龙窟的消息告知族长，也就是他的父亲，那样他以后接任族长之位的机会更大一些。毕竟，他的竞争者可还没有一个人找到龙穴……

美梦未醒，噩梦来袭。

这些莫名其妙闯进来的到底是些什么人？

屠心的心情很糟糕，表情很气愤。

可是，眼前的敌人太过强大，让他心里有一种无可奈何的刺痛感。

“怎么，你们三人想陪那个人一起死？你们知不知道那个以黑袍蒙面不敢见人的家伙是什么怪物？”

“我不知道他是什么怪物，只知道他是相马公子，是一个大好人。”

“愚蠢至极，被蒙蔽了犹不自知。”

“我乐意，要你管？”

“看我撕烂你这张利嘴！”

“来啊，谁怕谁！”

“弱弱，你退后，让我来。”秦翰跨前一步，挡在了文弱弱的前面。

“哗啦啦——”

宝山上一阵骚乱，不少人想要冲上来将文弱弱和秦翰干掉。

这两个人太碍事了，影响他们的屠龙大计。

"斩了他们！那条恶龙的同党定然不是什么好人。"

"就是，他们已经被龙族蛊惑，被财富收买，或许本身就是恶龙！"

"这件小事就交给我们兄弟吧！"

……

莲花大师伸手阻止了骚动的人群，本着"世间无不可度之人""救人一命胜造七级浮屠"的念头看着文弱弱，轻声说道："这位女施主，你是什么人？"

"行不更名坐不改姓，文弱弱。"

"你可知道黑袍人是何身份？"

"我说过，他是西风燕相马，是我文弱弱的救命恩人。所以，你们想要诋毁或者伤害相马公子，我一百个不答应。"

"他有可能是龙族。"

"你凭什么说他是龙族？你有什么证据？"

"就是，拿出你们的证据。无故污人清白，算什么出家人？"屠心冷笑不已。

莲花大师的视线转移到了黑袍少年的脸上："你可是那李牧羊？"

"是又如何？不是又如何？"

"倘若你是李牧羊，今日之事便难以了结。倘若你不是李牧羊，老衲也不愿意看到同胞相残，愿凭薄面尽力周旋，化干戈为玉帛。"

"那大师觉得我是还是不是呢？"

"这要看施主本心了。"

"本心？"黑袍少年轻笑出声，嘴角微弯，形成一道迷人的弧线，"怎么看本心？就算是那李牧羊，他的本心就是成为一条龙吗？"

"龙族凶残，变幻莫测。李牧羊本心如何，不为我等所知。"

"所以，只要是龙族，就要被你们所屠？"

"为了天下苍生，我辈正当如此。"

"好一个为了天下苍生，好一个让人难以反驳的口号！天下苍生欠你们什么了？整天被你们打着幌子行各种恶事。"

"混账！你是怎么和莲花大师说话的？"

"莲花大师，让我去教训这小子一回！"

"每一句皆是为龙族说话，这人定是那恶龙无疑！大师，您下令，我等合力屠龙！"

莲花大师没有接受那些人的"好意"，眼神清澈柔和，笑着说道："那么，你觉得应当如何？"

"我不知道。"黑袍少年摇头，"我又怎么能够窥探到别人的内心呢？"

"总要让我等验明正身才是，那样对大家都好。"

"那么，大师想要怎么个验法呢？"

"老衲和那李牧羊有一面之缘，施主可否将头顶的帽子摘了？"

"我怕冷。"

"……"

"就是。你让摘我们就要摘啊？那你要是让我脱衣服，我就得脱了？"文弱弱气得不行。

"验明正身这种事情，不如交给那恶龙的故人吧。"一个清朗的声音从人群后面传了过来。

"你是什么人？"文弱弱盯着从人群后面走出来的中年男人，眼神不善。

"姑娘，我警告你，你面前那人便是龙族！倘若你是人族，最好和他保持距离。"那中年男人说道，"不然的话，一会儿动起手来，休怪我们伤及无辜。倘若你们要和那条恶龙并肩作战，那也悉听尊便。不过你们三位可要想清楚，这么做，不仅你们自己今日难逃一死，怕是你们的亲人也难逃厄运。"

"你又是什么人？"

"西风燕伯来。"中年男人笑着说道。

此人正是江南城前城主燕伯来。他在江南任上认识了一鸣惊人的李牧羊。后来崔家和宋家联合叛变，他这个可用之人就被调到天都担任要职。之后他又在燕家的指使下赶往风城布下天罗地网，想要将从天都逃离的李牧羊及其同党一网打尽。

没想到，他遍邀高手助阵，又有风城城主陆勿用秘密配合，出动了数百将领、数万军卒，却仍然没能将李牧羊留下。

他好不容易等到九国联军兵临风城，联手对付李牧羊，又被星空学院的太叔永生坏了好事。太叔永生将三十一缕龙魂注入李牧羊的躯体，不仅让李牧羊起死回生，还让其一举晋级成为荣耀白龙。

后来他的任务就变成了寻龙，整天带着一批死士寻找李牧羊的踪迹。寻到之后，自然是屠龙。

以前他是为了家族利益想杀李牧羊，现在则是为了解自己心头之恨。

这条恶龙实在是太可恨了，行凶也就罢了，竟然还嫁祸给他的儿子燕相马。

他的儿子一心一意地护着这条恶龙，甚至因此被崔家内部的一些人记恨在心，怕是前程堪忧。

这条恶龙倒好，以燕相马之名行走四方，每做一件恶事都要记在他儿子的头上……

不久前这恶龙杀了大武国世子武裂，导致大武和西风关系紧张。大武国派遣使者找到崔家要他的儿子出来赎罪，倘若不是那段时间燕相马恰好在天都城，怕是当真难以解释清楚了。

"燕伯来？"

"正是燕某。"燕伯来对众人拱手作揖，大笑道，"犬子不才，在江南城时和那恶龙有所冲突，没想到那恶龙就此怀恨在心，每行一恶皆记在犬子头上。既然这人说自己是燕相马，刚才这位姑娘也口口声声称他为相马公子，看来这是我的儿子无疑。来，乖孩儿，听爹的话，将头上帽子摘了让大家一窥真容。"

第295章
愚蠢至极

看到黑袍少年沉默，燕伯来再次大笑出声，对周边众人说道："看来我这个孩儿与我不亲，爹说的话也不愿意听。"

说完，燕伯来再次看向黑袍少年："你说自己是燕相马，是我的儿子，怎么现在连自己亲爹的话都不听？这也太不孝了吧！"

黑袍少年看着燕伯来，沉吟良久，仿佛终于做出了决断，轻笑着说道："燕城主，好久不见。"

"李牧羊？是你？"

"看来燕城主对我记忆深刻。"

李牧羊爽朗大笑，纤长有力的手指轻轻捏住帽子的一角，用力一扬，遮住他脸颊的帽子顿时落在了他的肩膀上。

"哗——"

丰神俊朗，风度翩翩。

面如冠玉，剑眉星目。

如水中清莲，似林中飞花。

如天池仙鹤，似雨后长虹。

闯入者中有不少女性修行高手，当李牧羊掀开帽子，露出自己容貌的时候，人群中发出一阵阵惊呼。

"好美的小郎君！"

"如此美玉，怎能是恶龙？"

……

即便是男人，也有一种眼前一亮的感觉，就像有一道明媚的光芒刺破厚实的云层，照得人睁不开眼睛。

此子太美，不似凡尘之人，倒应是仙境之人！

"李牧羊，他就是李牧羊！"有人惊呼。

显然，虽然李牧羊比以前更白，皮肤泛着光泽，而且形象气质大有提升，但是他的容貌大体没有改变。

他还是之前那个李牧羊，那个在风城出现的李牧羊。

"原来他就是那条恶龙，怎生得如此貌美？"

"龙族最喜用假面目骗人，大家切记不可上当！这皮囊也不知道是他从哪里借来的！"

……

"果然不是我的儿子。"燕伯来表情阴冷，眼神凶狠地盯着李牧羊，冷冷地说道。

"这倒是一件天大的好事。"李牧羊笑着说道，"这样的话，大家动起手来就毫无顾忌。"

"言之有理。"燕伯来哈哈大笑，"以前我就觉得你非池中之物，此番见面，更觉如此。我儿不及。"

"燕城主过奖了。相马兄乃人中之龙，岂是我能相比的？"李牧羊这番话等于当众承认自己不是燕相马，而是假扮之人。

当然，李牧羊再隐瞒下去也没有什么意义。

人家的父亲站在这里呢，难道他当真要喊父亲不成？

文弱弱、秦翰和屠心大惊。

他们霍然转身，震惊地看着李牧羊。

他不是相马公子，竟然是那条恶龙——李牧羊？

"相马公子，到底是怎么回事儿？你快说句话啊！你告诉他们你到底是谁！"文弱弱跑到李牧羊身边，拉着他的衣袖说道，"无论你说什么，我和秦翰都会相信你。"

"对，你说你是人族，我们就相信你是人族。谁敢欺负你，我秦翰和他拼命！"

"我也支持你。虽然咱们相处的时间不长，但是我屠心就是喜欢你的行事风格，也相信你是人族，绝对不可能是他们所说的龙族。"

……

李牧羊明明已经说了自己不是燕相马，可是，文弱弱仍然称呼他为"相马公子"。

她难以接受，那个屡次救自己性命并赠送自己雪狮晶魄、神农匕的俊美少年是恶龙。倘若这样的人是恶龙，那龙之恶恶在什么地方？

"我是李牧羊。"李牧羊看着文弱弱拉着自己衣袖的手，笑着说道，"我不是燕相马，我是李牧羊。我欺骗了你们。"

"为什么？"文弱弱表情呆滞，情不自禁地问出这个傻问题。

"为什么？"李牧羊一脸苦笑，"因为我害怕被杀啊。你看看他们的眼神，贪婪、痛恨，还有兴奋……他们哪个人不想杀我？"

"可是……"

"没有什么可是。"李牧羊笑着说道。

"既然已经知道他的身份，你们三人还要执迷不悟吗？立即与他划清界限，站到我们这边，或许还可保住自己的小命！不然的话，一会儿动起手来，怕是你们几人一个都别想活！"有人冷冷地喝道。

"我不走。"秦翰眼眶血红，眼睛死死地盯着李牧羊，"我不管你是人是龙，你屡次救我和弱弱性命，我这条命就是你的了。我无父无母，无亲无族，无牵无挂，我不怕他们报复。"

说完，他看向周围咄咄逼人的强者："你们想要伤害相马……伤害牧羊公子，我秦翰第一个不答应。"

说话之时，他大步冲到李牧羊的前面，用自己的身躯挡住李牧羊，提着虔诚战锤的手紧紧握着，摆出一副随时要冲出去和人拼命的架势。

"我也不走！"文弱弱大喝，她眼睛湿润，从怀里摸出李牧羊赠送给她的那把神农匕，和秦翰并肩站在一起，"牧羊公子对我有大恩，我绝对不会站到他的对立面。"

"难道你们要和整个人族为敌吗？"燕伯来怒声喝道，"你们可想过自己的父母、族人及师友，可想过自己的未来？你们将背负万世骂名，你们的子子孙孙都会在人前难以抬头。你们要接受这样的命运吗？"

秦翰咧开大嘴笑了起来，说道："倘若不是牧羊公子，我们连人都没了，哪里还能考虑你说的那些？做人不能没有良心。"

"没想到你竟然是那条恶龙。"屠心怒视李牧羊，"枉我如此信任你，视你为兄弟挚友！人龙两族势不两立，我屠心今日便与你恩断义绝，再无关系。等下动手，可别怪我心狠手辣。"

说完，他大步朝对面的人族强者走去。

"识时务者为俊杰。"燕伯来称赞道，他的视线再次投向秦翰和文弱弱，"你们当真要自绝生路不成？"

"屠心，你这个忘恩负义的小人，怎可如此行事？"秦翰破口大骂，老实人也有发脾气的时候，"我真是瞎了眼才和你这样的人结为队友，你和那个吴山计根本就是一路货色！你还有脸和相马……牧羊公子说什么恩断义绝？你对牧羊公子有什么恩情？牧羊公子一次又一次地帮助你，你为他做过什么？"

"我为他付出了我的信任和感情，"屠心走到燕伯来身边，反唇相讥，"还付出了我的时间和精力。他和别人厮杀的时候，我出力还少吗？"

"你这个卑鄙无耻的小人！"

"不错，我就是一个卑鄙无耻……"说话之时，屠心突然一掌拍向燕伯来的胸口。

事发突然，燕伯来虽然实力不弱，但还是被屠心偷袭成功，整个人朝后面倒飞而去。

屠心又一掌拍向其他还没有反应过来的人，大声喊道："牧羊公子，快跑！弱弱，快带牧羊公子离开！"

"啪——啪——啪——"

屠心拍出一掌又一掌，将身边那些措手不及的修行者打得鸡飞狗跳、狼狈不堪。

"混账！"燕伯来被跟随而来的修行者接住了，他眼睛血红、满脸杀意地盯着屠心，嘶声吼道，"杀！将他们全部给我杀了，一个不留！"

"杀！"那些修行者不敢违背燕伯来的命令，一个个朝屠心冲了过去。

"屠心！"文弱弱惊呼。

"牧羊公子，你们快走！"秦翰这个时候倒是反应极快，提着虔诚战锤便朝围攻屠心的人冲了过去，"弱弱，快带牧羊公子离开！"

秦翰高高地跃起，毫不退缩地朝人群冲去。

"轰——"

虔诚战锤变大，变大，变得越来越大。

"砰——"

落锤之处，出现了一个巨大的坑洞。倘若不是躲避及时，那些修行者怕是已经被这一锤砸成了肉饼。

众人皆没想到这三个人如此愚蠢，明明已经知道那个家伙是恶龙，仍然对他不离不弃；明明看到自己已经被包围，敌众我寡，反抗的话只有死路一条，仍然做了最愚蠢的选择。

难道他们当真不怕死吗？

怕死！

怕极了！

"秦翰……"文弱弱娇呼，她知道，此时分别，或许就是永别。

她的心痛得宛如刀割一般，眼泪夺眶而出。

可她仍然伸手拉住李牧羊的手臂，想要拖着他朝龙窟深处跑去。

她知道，那里有一个阵眼，是出入龙窟的正门。

只要跑到那里，他们就有可能逃出重围，捡回一条性命。

他们的命是李牧羊救回来的，所以他们想要用自己的命换回李牧羊的命。

这是人之常情。

对他们来说，这很公平。

天宝真人冷笑道："愚蠢至极！"

说话之时，他已经在原地消失不见。

他再次出现之时，已经一掌拍在了屠心的后背上。

"砰——"

屠心喷出一口鲜血，像断了线的纸鸢一般撞向石壁。

"咔嚓——"

石壁被撞出一个洞，烟尘滚滚，碎石纷飞。

"扑通！"

屠心重重地掉在了石板上。

显然，天宝真人这一掌极其厉害，让屠心受伤极重。

屠心拼命地爬起来，对着李牧羊惨笑道："牧羊公子，屠心无能，实在没办法和他们抗衡，我尽力了。"

在屠心被天宝真人一掌击飞的同时，秦翰挥出去的锤子落在了莲花大师的手里。

那重若千钧的石锤被莲花大师轻飘飘地举起，握在手心，就像一团棉絮一般，似乎没有任何重量。

莲花大师满脸悲悯，看着固执决绝的秦翰轻轻摇头叹息，说道："阿弥陀佛，施主何苦来哉？一入地狱，便永世不得翻身。明明有光明大道可走，施主为何不愿意回头呢？"

"谢谢大师。道义所在，容不得秦翰选择。"秦翰的双手不停地用力，想要把虔诚战锤从莲花大师的手里抢回来。

那把石锤在秦翰真气的催动下，开始反应激烈。

锤子嗡嗡作响，锤柄抖动不停。

石锤变得越来越大，直到大如脸盆、磨盘……

莲花大师满脸诧异，没想到会有这样的异象发生。他若有所思地盯着虔诚战锤，好像想起了什么，沉声说道："这把锤子是……"

"轰——"

锤子挣开了莲花大师的手。

秦翰举着这把锤子朝莲花大师砸了过去。

"嗖——"

莲花大师在原地消失不见。

虔诚战锤化作一道光影，那道光影又化作一面巨大的光幕，朝人群密集的地方笼罩而去。

"轰——"

光幕爆炸开来。

有人死亡，有人受伤，还有人被击飞。

秦翰一锤击中，平添了几分勇猛和豪气。

他身体腾空，手里提着那巨大的石锤，仿若战神再世。

他挡在那些人族强者前面，怒声喝道："想动牧羊公子，就先从我秦翰的尸体上跨过去！"

话音未落，他再一次举起了手里的石锤。

"轰——"

又一面光幕朝人群中间笼罩而去。

"咔嚓——"

金银响动，乱石翻飞，金银珠宝碎了一地。

那些修行者没想到秦翰如此勇猛，更没想到那把战锤如此不同凡响，面对它的时候，他们几乎生不出反抗之念。

他们不愿意和秦翰硬拼，四处飞离，躲避着秦翰手中飞舞的石锤。

秦翰连续挥出去几锤之后，脸色苍白，大汗淋漓，仿佛全身的力气都已经被抽空了。

催动虔诚战锤需要耗费精气，精气被抽干之后，自然就很难再发挥出战力。

虔诚战锤是龙族宝器，是龙之战锤。

人族的体格不及龙族强悍，秦翰能够连续挥出去几锤，已经算是难能可贵了。

"扑通！"

秦翰落在地上，脚步不稳，踉跄着不停后退。

"砰！"

虔诚战锤被甩了出去。

秦翰一屁股坐在地上，大口大口地喘着粗气，大声喊道："弱弱，快带牧羊公子离开！"

"三哥……"看到秦翰疲惫的模样，文弱弱泪如雨下，她拼命地拽着李牧羊的手臂，语带哭腔地喊道，"牧羊公子，走吧，我们快走吧！"

李牧羊不走。

无论文弱弱如何使力，他的身体都纹丝不动。

李牧羊看着趴在地上不停呕血的屠心，以及坐在地上大汗淋漓，连动弹一下的力气都没有的秦翰，目光闪烁，神色复杂至极。

"你们这样……让我很为难啊。"李牧羊低声说道。

"牧羊公子，我们快走吧！"

"走？走到哪里去？"燕伯来带着一群修行者步步逼近，"这里是龙窟，这么多人将这里围得水泄不通，你们还想离开？"

燕伯来顿了顿，盯着李牧羊说道："李牧羊，今日你恐怕插翅难飞！"

说完此话，他突然想到李牧羊是龙族，就算没有插上翅膀也可以翱翔，心里不由得有些气馁。

"你知道他们为什么能够找到这里吗？"李牧羊看着近在咫尺的文弱弱，小声问道。

"不知道。"文弱弱抹了一把眼泪，摇头说道。

"是我让他们找来的。"李牧羊轻声说道，"在被藏白剑派追杀的逃亡路上，我故意留下了一些极其隐蔽却又能够被他们发现的线索，所以，他们全都被我引到这个龙窟里来了。既然你们已经知道我是李牧羊，应当明白我为何能够破开这个龙窟的阵眼，又为何对这龙窟如此熟悉。吴山计行凶的那天晚上，我特意出去了一趟，为的就是将外面的阵眼打开，重新设置一个更加简单的禁制。我怕他们太愚蠢，没办法进入这里……"

"牧羊公子，你……你为何这么做？"

"为何这么做？因为我要报复啊。"李牧羊露出一个灿烂却没有任何温度的笑容，看起来就像绽放的冰花，美丽而哀伤，入手会有刺骨的冰凉，"他们恨我，我也恨他们。他们一次又一次地追杀，一次又一次地围剿，恨不得把我千刀万剐……他们就等着杀死我，然后取龙心、龙肝，拿走每一片龙鳞、每一条龙筋……只要我活着，他们就永远不会安生。所以，他们永远不会放过我……我要他们为自己的贪婪付出惨重的代价……"

"可是你这是自寻死路啊！他们人多势众，实力太强大了！"文弱弱完全被李牧羊的表情吓傻了，她从来没有见过这样的李牧羊，疯狂、凶狠。

他的脸上带着好看的笑容，可是，她能够感觉到他的恨意。

那恨意浸入了他的骨子里，让他体内的鲜血和外面的天气一样寒冷。

"哈哈哈——"燕伯来突然狂笑起来，"李牧羊，你真是不知天高地厚！你故意引我们来，所以我们全都来了。我倒要看看你现在怎么收场。只凭你一人，难道就能将我们全都杀了不成？"

"阿弥陀佛，恶龙束手就擒，或许还有一线生机。"

"大家小心谨慎，这次切莫再让他逃了！只要杀了这条恶龙，我们在场的每一个人就都是屠龙英雄，我们的名字将被世人传唱，这龙窟里的财宝也都是我们的！"

……

"是啊，我也想过这个问题。将那些想杀我的人一个个解决，实在太困难了，而且太耗费时间。所以，我想，就先把最想杀我的人解决掉吧！"李牧羊仍然在笑，但是那笑容越来越冷、越来越残酷。

文弱弱宁愿李牧羊暴跳如雷、嘶吼出声，也不愿意面对这样的李牧羊。

李牧羊继续说道："我故意选择在关金州现身，就是要将我进入昆仑墟的消息传出去。至于碰上大武国的武裂，那只是我的运气比较好而已。风城之战，武昭想要杀我的嘴脸我可是记得清清楚楚。我先收一点儿红利，以后再去大武国找他算账！"

来自大武国的修行者见李牧羊笑呵呵地说出这样的话，只觉得脊背生寒。

"杀了他，杀了这条恶龙！"

"我们联起手来，今日定要除掉此龙！"

"绝对不能让他活着离开！"

……

"后来我就遇到了你们。"李牧羊看着文弱弱说道，"你招我加入屠龙小队，是因为好奇。吴山计拉拢我，是觉得我实力还算不错，遭遇危险的时候，是一颗可以利用的棋子，随时可以抛弃。当然，那个时候我并不知道你们在他的眼里也是这样的角色。"

"牧羊公子，你到底想要什么？你到底想要做什么？"

"我说了，我要报复。"李牧羊笑着说道，"我到了昆仑墟，想杀我的人便追到了昆仑墟。他们都是迫切地想要杀掉我的人，所以我也要一次性将他们解决掉。"

"我要让这些贪婪的人永世不得超生！"李牧羊嘶吼。

说话之时，他的眼睛变得血红。

在那红色的眼睛中，已经看不到人族的眼珠。

他的手背上出现了一块白色的鳞片，然后数不清的白色鳞片迅速地向他身上其他部位蔓延。

"嗷——"

龙吟声响彻天地。

一条白色巨龙腾空而起，朝密密麻麻的人群冲撞过去。

看到恶龙竟然敢挑衅他们，率先朝他们发动攻击，数千名人族强者又羞又恼，气愤至极。

"我们明明占据了上风，你还不把我们放在眼里，凭什么这般狂妄自大？"

"道友们，我们合力屠龙，定要将这恶龙留下！"

"恶龙自寻死路，看我以剑斩之！"

"阿弥陀佛，善哉善哉。"

……

在莲花大师和天宝真人等星空强者的带领下，数百人率先朝高空中的白色巨龙冲了过去。

刀气纵横，剑气肆虐。

掌影重重，符咒乱飞。

屠龙者朝白龙冲去，有人近身出手，想要尽可能地给予白龙最大的伤害；也有人远程攻击，想要在不被白龙伤害的情况下击伤恶龙。

莲花大师身体腾空，口中念念有词。

一个又一个金色的字从他口中飞出，化作一朵朵金色莲花，落向在龙窟上空横冲直撞的白色巨龙。

《莲花咒》！

《莲花咒》既可以攻击敌人，又可以麻痹敌人的神经，延缓敌人的速度。

果然，那些金色莲花落在白色巨龙的身上时，白色巨龙有瞬间的停顿，然后便像被雷击一般剧烈颤抖。

在白色巨龙停顿的刹那，无数刀剑砍中白色巨龙，白色巨龙的身上又多了几道又长又深的口子。

天宝真人一掌拍出，天空中出现了一个由青色真气化成的大掌印。

三清化气掌！

大掌印迅速变大，颜色越来越深，直至铺天盖地，仿佛将整座地下龙窟都覆盖了。

天宝真人一声暴喝，那大掌印突然加速朝地面坠落，就像一面光幕或者一张电网似的将白龙上方的通道堵死了。

天宝真人利用大掌印不停地挤压白龙活动的空间，想要将白龙囚困在一个狭窄的地方。

"嗷——"

白龙显然觉察到了天宝真人的意图。

它活动的空间越来越小，受到的束缚越来越多。

南华真人也施展道术，将自己的真气叠加在那个大掌印上。

由道门七真人中的两位共同施展，三清化气掌立即发生了质变。

那个青色的大掌印越来越白，越来越真实，最后竟然变成了一只真正的手掌，朝白色巨龙覆盖过去。

白色巨龙瞳孔血红，无比凶狠地朝那大掌撞击而去。

显然，它看穿了那些人的企图。

"砰！"

大掌击打在白色巨龙的头顶，白色巨龙的身体猛地下沉。在即将跌落到地面上时，它嘶吼一声，龙窟中顿时响起响亮的龙吟。

白色巨龙脑袋一昂，甩动巨大的尾翼再一次腾空而起，朝上空冲击而去。

"砰！"

"砰！"

"砰！"

一次又一次。

白色巨龙撞得头破血流。

在白色巨龙的撞击下，那大掌越来越高，光华四射，随时有可能崩溃。

"诸位道友，快来助我一臂之力！"天宝真人眼见自己囚困白龙的三清化气掌即将被白色巨龙撞碎，顾不得星空强者的尊严，要求大家出手帮忙。

"恶龙强悍，晋级白龙之后实力更胜往日，"南华真人更加卖力地朝那大掌传输真气，额头上已经布满细密的汗珠，"大家切莫轻敌大意。"

又有几人跃到空中，输出体内真气去稳固那大掌。

可是，白色巨龙已经红了眼，嘴里嘶吼出声，一次又一次地用它那巨大的脑袋撞击大掌。

"砰！"

"砰！"

"砰！"

……

"轰——"

银色光华大作。

大掌终于不堪巨龙撞击，发出一声巨响，支离破碎，消失在空中。

原本凝固成大掌的真气四处迸射，有几人躲避不及，身体不幸被横扫而过的真气射中。

受那大掌爆炸的影响，人族强者和白色巨龙再一次拉开距离。

龙窟中，双方隔空相望。

人族强者眼神凶狠、贪婪、暴戾，带着隐隐的光芒。

白色巨龙的眼睛被两团血雾笼罩，看不清楚里面的情绪，但是，所有人都能感受到它的愤怒、疯狂，以及想要毁灭一切的冲动。

人龙两族厮杀不休——不，更确切地说，是龙族被人族追杀，近乎覆灭。两个种群之间生出了难以调和的仇恨。

众人气喘吁吁，这条巨龙强大得超出所有人的想象。

上一回九国强者联手，损失惨重，才将那黑龙打落在地。可恨星空学院的太叔永生突然出现插了一脚，往黑龙的身体里打入三十一缕龙魂，将黑龙救了回来。

遭遇死劫，这恶龙不仅没死，反而渡过大劫晋级飞升。

此番闯入昆仑墟的屠龙者众多，不仅不比上一回的九国联军弱，反而要强上一些。自从李牧羊出现在昆仑墟的消息被别有用心的人在神州九国传开后，连一些隐世多年的修行者也动了心思，赶来参加屠龙盛举，或者想要成就屠龙英雄之名，或者希望从恶龙身上得到一些宝贝，总之，大家不能白来这昆仑墟走一遭。

可惜，事情并不如大家想象的那么顺利。

闯入龙窟的有数千人，参加第一个回合大战的就有数百人。

这些高手各施奇招、各出绝技，仍然难以奈何这条恶龙。

不足一年的时间里，这条恶龙的成长速度简直让人惊叹。

"真人，恶龙实力太强，我们需要组织起来，形成攻击节奏。虽然我们这边人多势众，但是如果大家各自为政，整体实力没有最大化发挥出来，就无法对恶龙产生有效攻击。"

"确实如此。"天宝真人点了点头，转身看向莲花大师，"你我二人各率领一批人攻击，你方攻罢，我方登场，两相呼应，不给这恶龙喘息之机。"

"阿弥陀佛，"莲花大师口诵佛号，"如此甚好。"

在场众人中，数莲花大师和天宝真人德高望重。由他们俩带队，大部分人自然不会有什么意见。

不过，总有不怕死的敢站出来挑战权威。

"你们各率领一批人攻击这条恶龙，我们自然是没有意见的。不过，丑话还是要说在前头。照现在的形势，这恶龙必死无疑。恶龙被屠之后，它身上的宝贝如何分配总要有一个章程吧？如果因为你们俩带队，宝贝就由你们俩分配，这样是不是太自私自利了些？"人群后面，有人声音阴沉地说道。

"什么人？鬼鬼祟祟地躲在后面，有本事站到前面来说话！"一位真人怒声喝道。

下一刻，人群前面出现了一团飞速旋转着的黑雾。

雾团中的人，大家看不清楚其真实面目，甚至分不清楚是男是女。

"鬼王！"有人从这独特的出场方式认出了雾团中人，"他是鬼域之王！"

"鬼王，"有人喝道，"这里不是你们鬼域，说话最好谨慎一些。倘若再敢对莲花大师和天宝真人出言不逊，我们可不答应！"

"对。想要作威作福，就滚回鬼域去，在这里装什么大爷！"

"天宝真人和莲花大师都是神仙中人，哪是你们这些鬼域之人可以质疑的？"

……

群情激愤。

众人对胆敢质疑莲花大师和天宝真人的鬼王极其不满。

"怎么，现在连话都不许人说了吗？"人群后面，有人给鬼王帮腔，"鬼王所言还是很有道理的。倘若不先制订分配章程，待恶龙被屠，大家又将如何是好？难道那个时候大家再打一场？"

"就是。倘若到时候由那两个老家伙决定分配，我们青城三妖可不答应！"

"先分配，再开打！"

……

除了佛门、道门等名门大派，此番进入昆仑墟的还有不少被称为"邪魔外道"的黑暗势力和介于黑白之间的灰暗势力。

刚才破开龙窟阵眼时，大家一股脑儿全部拥进来了。现在黑、白、灰三方势力聚集在同一个空间，矛盾自然就激化了。

况且空中还有一条他们认为很快就能收拾掉的巨龙，这是多大的诱惑啊！

一些没有出声的人也各有所图，若有所思地盯着莲花大师和天宝真人。

他们愿意跟随两位高手屠龙，但是，倘若恶龙被屠之后他们分不到任何好处，那他们的付出又有什么意义？

在场高手众多，倘若那些高手当真强行抢夺宝物，他们又能如何？

他们可不愿意成为白白牺牲的炮灰。

天宝真人终于动怒，喝道："恶龙尚未除，你们却在想着如何分配！难怪刚才动手之时不尽心尽力，原来都在担心自己耗光精力之后再无力争夺战利品。倘若每个人都心存这种想法，我们如何屠得这恶龙，又如何能够分配最终的战利品？"

"阿弥陀佛。"莲花大师深谙人性，"老衲只为屠龙而来。至于屠龙之后的事情，老衲不会过问，任由各位施主施为。"

"莲花大师，若任由他们自取，怕到时候又是一场血雨腥风。"

"不如此又能如何？"莲花大师苦笑不已。不任由他们自取，难道他们就会听话吗？利益当前，怕是他们会厮杀得更加惨烈。

强大的帝国总是从内部开始瓦解，然后分崩离析的。

历史长河中，这样的例子数不胜数。

强大的江湖势力也是如此。

恶龙还没有死呢，黑、白、灰三方势力就因为利益吵得不可开交，看起来愚蠢可笑，但是暗合每一个人心中的那点小九九。

在场的每一个人都清楚，屠龙是要拼尽全力的。

倘若自己拼命了，其他人没有拼命怎么办？

倘若自己力气耗尽，其他人却保留实力等待最后反戈一击，又如何是好？

还有，在场的人来自不同的宗门，每一个人都有自己的立场，谁放心将自己的后背交给他人？

站在以鬼王为代表的势力的立场上看，屠龙结束后，那些正派人士完全有可能仗着人多势众对他们赶尽杀绝，到时候他们当如何抵挡？

前面为屠龙出力，后面却被那些打着正义幌子的正派人士所屠，怕是到时候他们会死不瞑目吧？

想想那红怒江之水，数万年红色不减，怒气不衰，那些被屠的巨龙怕是仍然无法释怀吧？

天宝真人怒视着黑雾中的鬼王，喝道："你待如何？"

"我不想如何，只是替兄弟们问一声，你们待如何？"鬼王的声音犹如夜枭的啼哭声，嘶哑难听，听得人鸡皮疙瘩掉了一地。

"此时此刻，自然是合力屠龙为重。"天宝真人指着空中的白色巨龙，心中火气急速飙升，"恶龙未屠，你们就想着如何瓜分战利品，简直荒谬至极！"

"说得好听！倘若我们不事先将利益的分配方式谈好，怕是到时候我们连一碗龙血都喝不上吧？"

鬼王并不将天宝真人放在眼里，一方面是因为正邪两派原本就不和，像光明和黑暗一样，是天生的敌人；另一方面是因为他在鬼域称王称霸太久，养成了狂妄自大的性格。

鬼王说道："你们的行事手段别人不了解，难道我还不了解吗？有时候你们这些所谓名门正派的人还不如我们说话算话。"

"鬼王，你不要不识好歹！胆敢贬低我们名门正派！"

"婆婆妈妈的，真是烦死了！不如将他们这些魑魅小丑全部斩杀了事！"

"诸位不要再等了，不能给那恶龙休息时间！"

……

空中，白色巨龙盯着吵吵嚷嚷的人族强者，眼里的血雾越来越浓烈，仿佛要溢出来一般。

"你们这些愚蠢的人，贪婪凶狠，自私自利！我真是恨啊，当年竟然相信你们人族的承诺。我悔，竟然集全族之力为你们这些卑鄙无耻的小人而战。为了利益，你们可以不择手段，还有什么事情是你们做不出来的？"白色巨龙的声音苍老、嘶哑，带着满腔仇恨，"龙族在你们眼里只是可利用的对象，是你们处心积虑想要斩除的强大对手！可恨我竟然对你们的想法一无所知！龙族覆灭，我是罪魁祸首！"

白色巨龙越来越激动，也越来越暴躁。

此时的白色巨龙不是李牧羊，也不是那条老龙，而是李牧羊和老龙的融合体。

看到这些人族强者的丑恶嘴脸，隐藏在李牧羊和老龙灵魂深处的悔恨和愧疚一下子爆发出来，无论是李牧羊还是那条老龙，或者说两者的融合体，都对当年的那场屠龙之战深恶痛绝。

"嗷——"

白色巨龙嘶吼一声，再一次拖着巨大的身体朝人群冲了过去。

"呼——"

龙嘴大张，一团火焰朝人群密集处喷射而去。

"大家小心！"

"快逃！"

"小心龙焱！"

……

人声嘈杂，人们四处乱飞。

可是，仍然有很多动作慢的修行者被龙焱喷了个正着，瞬间消失。

同胞的死亡让人族修行者红了眼，被他们视作刀俎上的鱼肉的恶龙竟然敢行凶，再次杀死他们的同胞！

这个时候，他们没有再想分配战利品的事。

万一自己不小心也被这恶龙杀掉了呢？

"杀！"

强者们嘶吼着，各自擎着手里的武器朝白色巨龙冲了过去。

"嗷——"

白色巨龙再次张开大嘴，对着那些疾冲而来的人喷了一口。

"呼——"

又有一大堆强者被龙焱一扫而光。

"轰——"

龙焱凶猛，不是人力可以抗衡的。

人族修行者们不敢再硬拼，更不敢冲到白色巨龙的面前，因为那样很容易被龙焱喷个正着。

他们一个个绕着白色巨龙攻击，一刀刀一剑剑地砍了上去。不过，这种攻击对白色巨龙没有任何杀伤力，更没办法伤及白色巨龙的要害。

"结阵！"有人嘶声喊道，"结成剑阵，斩其头颅！"

在天宝真人和莲花大师等人的组织下，修行者们好不容易聚集起了一股攻坚力量。只见白色巨龙突然掉转方向，再一次对着他们张开巨嘴。

"嗖——"

刚刚结成的大阵瞬间瓦解，结阵的人仓皇逃跑，犹如丧家之犬。

"哧——"

白色巨龙张嘴喷出一股淡淡的白烟，轻蔑地扫视了他们一眼，再一次转身朝更多人的地方冲了过去。

所有人都傻眼了。

刚才是怎么回事儿？他们是被那条恶龙戏要了吗？

明明没有龙焱，恶龙却张开大嘴，摆出一副"我就要喷射龙焱了"的模样。

"我们刚才是被那条龙戏要了？"一个持剑少年一脸呆滞地问道。

"好像是这样。"少年身边的人回答。

"这可是一条龙啊！"

"由此可见，龙族阴险，大家一定要小心戒备。"

……

白色巨龙先以龙焱开道，将会集在一起的人潮喷得溃不成军，没办法结成同盟，继而用自己强悍的身体攻击实力稍差的修行者，极力避免与天宝真人、南华真人和莲花大师等高手硬碰硬。

白色巨龙是强大的白龙，是有智慧的白龙。

虽然遭遇数千高手围攻，白色巨龙仍然不显败势，反而越战越勇，击杀了不少强者。

"轰——"

白色巨龙撞击一根巨大的石柱，那根石柱立即四分五裂，"轰隆隆"地倒塌。

"啪——"

白色巨龙的尾巴甩在了另外一根石柱上，又有一根石柱在众人的惊呼中化作灰尘。

"砰——"

又一根石柱倒地。

……

龙窟中，共有九根石柱支撑穹顶。

这才一眨眼的工夫，白色巨龙就撞断了五根石柱。

整个龙窟摇摇欲坠，上面还不停地掉落巨石，穹顶仿佛随时有可能掉落，将他们这些人活埋。

莲花大师最为睿智，在仔细观察白龙的行动轨迹后，着急地喝道："不好，恶龙想要撞断石柱，将我们全部埋葬于此地！切莫再让此恶龙撞击石柱！"

听到莲花大师的提醒，其他修行者这才反应过来，原来那条恶龙是假借攻击或者躲避而故意撞击石柱。

这一下子，人族强者们都开始着急了。

"恶龙想埋了我们，千万不能再让它撞击石柱！"

"大家齐心协力屠杀恶龙，切莫再藏私！"

"杀，杀了它，杀了这条恶龙！"

……

"三哥，龙窟要倒塌了！"文弱弱满脸震惊，想要将秦翰从地上搀扶起来，可是秦翰受伤极重，而且身体脱力，怎么也站不起来，文弱弱只能将秦翰挂在自己身上，"我们快走，快逃出去！"

"屠心，还有屠心。"秦翰指着远处的屠心说道，"带上他一起走。"

"三哥稍等。"文弱弱一甩手里的绿绸，将屠心从远处拖了过来，然后拖着两个高大的男人朝龙窟深处逃去，"那里有阵眼，我们从那里逃出去。"

"我知道，那是牧羊公子之前出去时打开的大门。"秦翰点头。

"你还叫他牧羊公子？"

秦翰咧嘴傻笑，说道："其实我们之前不就已经怀疑他的身份了吗？只是觉得此事太过荒谬，而且他对我们太好，我们都不忍心……"

"你就是太善良了。"

"牧羊公子是好人，这么做也是被迫的。"

"现在不是说这些的时候，我们先逃出这龙窟再说。"

屠心奄奄一息，连眼睛都睁不开了。

他想要朝空中看上一眼，可是只看到一道道模糊的影子，耳边只有巨龙的咆哮声。

文弱弱一边用神农匕击杀阻拦他们的修行者，一边拖着秦翰和屠心赶往阵眼所在的地方。当时，他们亲眼看到李牧羊就是从那里走出去的。

然而，他们赶到密室时，却发现那巨大的兽形图腾不知什么时候竟然变成了一堆碎石。

文弱弱急了，说道："三哥，阵眼被毁，我们怕是出不去了！"

秦翰也着急，看着文弱弱说道："看来他们的担心不是多余的。牧羊公子有心想要将他们埋葬于此地，提前将阵眼破坏了，他们就算找到这里也没办法出去。"

"三哥，我们现在怎么办？"

秦翰拉着文弱弱的手，说道："你放我和屠心下来，然后赶去宝山，看看能不能从我们掉落的地方出去。那里应当也有一扇门。"

"不行，要走一起走，我不能将你们留下！"

"带着我和屠心，你走不了！"秦翰着急地说道，"我和屠心已经失去了行动能力，不要说保护你，就连自己都保护不了。我们想从宝山顶端离开，就要回到战场，很容易被人发现。他们若出手拦截，你一个人怎么是他们的对手？"

"弱弱，放下我，你自己走。"屠心睁不开眼睛，却仍然迷迷糊糊地说道，"屠氏子弟毕生寻龙，能够葬身龙窟，也不枉此生。"

"不行，不行，我不能丢下你们俩！"文弱弱哗哗掉着眼泪，急得团团转，"这么大的龙窟，一定不会只有这一个阵眼，我们再找找。你们不要着急，我们再找找。无论如何，我都要将你们带出去。当时我们说好了，大家有福同享，有难同当。"

"弱弱……"

"三哥，不要再说了。我们要生一起生，要死一起死。"文弱弱紧紧地抱住秦翰，无比坚定地说道，"我是绝对不会和你分开的。"

"弱弱……"

正在这时，远处传来巨大的撞击声。

"哐——哐——"

"轰隆——"

地动山摇，整个龙窟的穹顶掉落下来。

"砰砰砰——"

乱石翻滚。

继而整个龙窟陷入一片清静。

死一般的清静。

白雪漫漫，冷风呼啸。

天看不到尽头，雪也看不到尽头。

谁都不知道第一片雪花在什么时候落下，也不知道最后一片雪花在什么时候到来。

天地悠悠，人生而渺小。

"咔嚓——"

地面的冰块突然出现无数裂缝。

"砰——"

一道黑影顶破万年不化的寒冰，朝天空狂冲而去。

过了一会儿，那道黑影又缓缓降落，看着巨大的心形峡谷沉默不语。

黑袍少年从怀里摸出一块小石头，这块小石头黝黑锃亮，除此之外没有什么稀奇之处。但是，他将小石头握在手里，有力道万钧的感觉。

"对不起。"他眼神深沉地看着峡谷的方向，轻声说道。

然后，他手指一弹，那块黑色的小石头便朝无心谷飞了过去。

黑袍少年嘴里念念有词，那块小石头瞬间变得金光闪闪起来，像一轮小小的太阳，稳稳地落在无心谷的谷底。

"砰——"

金光闪闪的小石头落在无心谷后，就像得到了地面上冰雪的滋润，又像汲取了大地的力量。

"嗖——"

小石头以肉眼可见的速度变大，越来越大，越来越大。

后来，整个无心谷都被那块石头填满。

将无心谷填满后，石头还在不停地变大变高，很快就探出那凹陷的坑洞，变成了一座巍峨高山。

补天石！

用补天石填补一个小小的峡谷，实在是大材小用。

黑袍少年停止念咒，看着那座凭空出现的高山发呆。

是的，他就是李牧羊。

从龙窟里逃出来的李牧羊。

他故意在关金州出现，让神州九国的高手知道他前往昆仑墟寻找神宫的消息，又有意留下线索，将他们引至龙窟，继而撞断石柱，将他们一网打尽。

这就是李牧羊的报复！

报复人族数万年前的背叛和屠杀，报复人族对待自己的残忍。

无论是名门正派的人还是邪魔外道，全数被他埋了。

他甚至还埋葬了自己的朋友——秦翰、文弱弱，还有屠心。

他们坚定地站在他这边，在他的身份暴露后，在明明知道他是龙族的情况下，他们仍然选择站在他这一方，和整个世界为敌。

"这就是复仇的滋味吗？"李牧羊怅然若失。

大仇得报，他并不觉得喜悦，反而有一种失落的感觉。

"并不开心，是吗？"一个清脆的声音突然在李牧羊的头顶响起。

李牧羊猛然抬头，露出惊喜的表情。

"你怎么在这里？"李牧羊问道。

"呼——"

赢千度从巨大的孔雀上跃了下来，一步步走到李牧羊面前，伸出手轻轻抚摸李牧羊清瘦的脸颊，心疼地说道："瘦了。这些日子过得很苦吧？"

李牧羊鼻子发酸，眼眶瞬间泛红。

只是简单的一句话，就让他差点泪如雨下。

他仿若置身暖阳下，有一股暖流袭遍全身，让他全身暖洋洋的。

这些日子过得很苦吧？

苦吗？

李牧羊不知道如何回答这个问题。

一个人行走是不是苦？

一个人吃饭是不是苦？

一个人看日出日落和高山大河是不是苦？

经历无数险境是不是苦？

每晚承受准时发作的幽冥之痛是不是苦？

随时有可能被人族强者诛杀是不是苦？

遍体鳞伤时茫然四顾，发现天地苍茫不见人迹是不是苦？

对李牧羊来说，这些都不苦，最苦的是思念。

他思念父母双亲，思念妹妹，也思念面前这个美丽善良的女子。

"不苦。"李牧羊笑着说道，将眼眶里的泪水憋了回去。

男儿有泪不轻弹。

他不愿意在人前示弱，更不愿意在这个真正关心自己的女孩子面前表现出自己的脆弱。

"骗人。"赢千度的手在李牧羊的脸颊上轻轻地抚摸着，拂过李牧羊的眉眼、鼻梁以及微微湿润的嘴唇，"我知道你很苦。我也苦。"

"你苦什么？"李牧羊问道。

"我想你啊。"赢千度直视李牧羊的眼睛，带着一点儿撒娇的味道，就这么大大方方地说出自己的真实想法，"我想知道你在做什么，有没有吃好，是不是又被坏人欺负了，一个人的时候会不会寂寞，每夜挨过幽冥钉的折磨后能不能喝到一杯热水。有时候，我甚至会想你会不会已经被人杀了。我怕我此番来昆仑墟寻不着你。我想你一定过得很苦，然后我自己的心里也就变得很苦。"

"千度。"李牧羊轻声唤着女孩子的名字。

“昆仑墟还真是有点儿冷呢。作为一名学习过贵族礼仪的男士，你不应该做些什么吗？”

李牧羊张开怀抱，一把将这个可爱的女孩子紧紧搂在怀里，用尽自己全部的力气。

他失去了太多，或许还将一无所有。

可是，抱着这个女孩子的时候，他觉得自己的人生并不是那么糟糕。

至少——

在他独自行走在滂沱大雨中时，有人会在他头顶遮上一把竹伞。

第297章
心存野望

这种美好，如春江之月，如昆仑之雪。

佳人在怀，这一刹那要是能够成为永恒该多好啊！

赢千度身体柔软，带着女子特有的馨香。

这种气味李牧羊非常熟悉。

星空图书馆里的昼夜对读，观星楼上的相伴而坐，同游断山时的紧紧跟随，驻守风城时的朝夕相处，还有在大军围城时无尽夜空下的吻。

那个吻就像一团火，熊熊燃烧，永生不熄。

每当李牧羊一个人走过荒凉大山、冰冷河流、荆棘树丛、无底悬崖、只有野狼的荒原和杳无人迹的山谷时，那团火便会熊熊燃烧起来，给予他温暖和希望。

每当李牧羊对自己绝望，对人族绝望，万念俱灰的时候，那团火便再一次燃烧起来，温暖着他，也提醒着他：他不是一个人活在这片大陆上，在星空下，在烟火城中，还有人关心着他。

在这个世界上，有人真正关心着他。

他们在远处，也在他胸口。

为了爱自己的人，他不能放弃，更不能永堕魔道。

这是李牧羊不曾褪色的执念，也是他没有彻底被黑龙的恨意吞噬的原因。

李牧羊仍然是人。

只是，他是一个想要报复人族修行者的人。

"真好。"赢千度轻声说道，一脸满足，"所有的担心都落空，所有的害怕都消失。现在抱着有血有肉还有呼吸的李牧羊，所有的努力都值得。"

"让你受苦了。"李牧羊愧疚地说道，"我的身份，让你们受尽委屈。我也不愿意这样，只是，上天从来没有给我任何选择的机会。如果可能，我还愿意做江南城的废物少年，被人嘲笑也好，永远是学校倒数第一也好，我都愿意。"

"我明白，我明白。这不怪你。"赢千度轻轻摇头，"谁愿意经历这样的事情呢？"

顿了顿，她继续说道："在你没有音讯的那段时间里，我经常去看望公孙姨和罗姨。

"公孙姨说你刚刚出生就被雷劈了，不，是被龙族入体。你当时还那么小，根本难以承受龙族带来的巨大能量，差点儿夭折。当时大家还不明白到底发生了什么事情，公孙姨只知道哭，哭着哭着就晕倒了。陆叔叔也悲愤不已，觉得这是天妒陆氏。陆爷爷心狠，进来看了一眼之后，就毅然决然把你送走。

"罗姨说了很多你小时候的事情，说你以前每到深夜子时全身就开始发烫，身体通红，身上浓烟滚滚，看起来就像烧着了一般。有一次因为烧得太厉害，你还当真把被子点着了。幸好李叔叔一直在旁边守着你，及时发现了，不然房子怕是都要被烧掉。

"后来，罗姨和李叔叔就再也不敢离开你了。他们每日每夜守在你旁边，李叔叔打来冰凉冰凉的井水，罗姨就用那井水给你擦拭身体，一桶又一桶，一晚都不知道要用掉多少桶水。直到天色大亮，体温下降，你才能睡着，他们也才能陪你睡上一会儿。

"罗姨说，就是因为小时候发烧太多，所以你烧坏了脑子，每天浑浑噩噩的，仿佛一阵风就能把你吹倒。也正是因为这样，你以前读书成绩特别不好，每次都是学校的倒数第一名，平时没少被人嘲讽欺负。

"她们还讲了许多。公孙姨讲的时候，罗姨在旁边哭。罗姨讲的时候，公孙姨就在旁边抹眼泪。无论她们俩谁讲，我都会哭得稀里哗啦。

"我想，李牧羊实在太可怜了吧，刚刚出生就差点儿死掉，活过来了又总是被其他人侮辱欺负，长大了好不容易变得优秀一些，又被全世界的修行者追杀。他怎么就要受这么多的磨难和委屈啊？还有比这更加坎坷的人生吗？还有比他更加悲惨的男人吗？"

赢千度抱紧李牧羊，说道："所以，当时我就暗自做了一个决定。从此以后，我不许李牧羊再受任何苦难。如果有，那就让苦难施加在我身上。"

"千度……"

赢千度松开李牧羊，后退一步直视他的眼睛，说道："虽然我的能力还不够，但是我以后一定能够做到。我是孔雀王朝的公主，以后还会是孔雀王朝的女王。谁要杀你，我绝不饶他！"

"你为什么……"

"不许问我这个傻问题。"赢千度假装嗔怒地说道，"那句话不应该是男孩子对女孩子讲的。不要敷衍，也不许用这种狡猾的手段蒙蔽我。你不要忘了，我可是很聪明的。"

"我没有……"

"你有。"

"你这个样子好像思念。"李牧羊一脸呆滞地看着赢千度的脸，"不知道思念现在怎么样了。"

"你不要担心，思念是被紫阳真人带走的。紫阳真人是思念的师父，无论如何，他都会保护好思念的。我找人打探过，整个神州都没有他们师徒俩的消息。我想，紫阳真人知道思念的身份敏感，为了保护思念，应该是特意找一个偏僻之所隐居起来了，不想外人找到思念，伤害她或者用她来逼迫你。"

李牧羊点了点头，说道："我知道思念应该没事，紫阳真人一定会保护好她。只是她性子比较倔，我怕她被强行带走后会做一些伤害自己的事情。还有我的父母，他们都好吧？"

赢千度颔首："他们都挺好的。原本为了安全起见，我想将他们全部接到孔雀王城居住，但是公孙姨说风城是陆氏起家之地、宗祠之所，倘若连他们都离开了，怕是先人的英灵再难安宁。公孙姨不肯离开，罗姨也不肯走。幸好忠于陆氏的风城军还有不少，孔雀王朝和黑炎王朝也各留了两万驻军，想来其他势力不敢轻易来攻，不然的话，就是同时和孔雀王朝、黑炎王朝开战。现在西风帝国的内乱刚刚平息，宋孤独的身体也不太好。据说，他最疼爱的孙女病得极重，怕是命不久矣。"

“宋晨曦？”

“你认识她？”

“有几面之缘。”

赢千度轻笑：“李思念和陆契机是你的妹妹，崔小心是你的同窗，据说与你关系密切，宋晨曦也和你有几面之缘。‘西风帝国四明月’，每一个都是万中挑一之人，居然都和你有千丝万缕的关系。难怪天都城那些人不愿意放过你，这也太招人恨了不是？”

李牧羊面露羞色，不好意思地说道：“她跟我学了几日画，那个时候她的身体就不太好，没想到如今会恶劣到这种程度。”

“是啊。听说宋晨曦是一个秀外慧中的好姑娘，不仅好丹青之道，而且极有造诣。虽然我这么说有些自私，但是有种种杂事烦心，想来宋孤独一时半会儿不会想来攻打风城。风城暂时还是安全的，你不要担心这些事情。”

“我明白。”李牧羊点头，握着赢千度温暖的手，无限怜惜地说道，“你为我做了太多，我都不知道怎么感激你才好。”

“这是我愿意做的。”赢千度笑着说道，“倘若不做些什么，我心里会过意不去呢。我也是为了自己内心的安宁。”

“你不应该来找我。”李牧羊说道，“你也知道，我是一条龙，我的身体里有一条龙。”

李牧羊也不知道应该如何定义自己，但是，在神州万民看来，他就是龙族，是世间唯一的一条恶龙。

“你来找我，别人就会认为你和我是一伙的。这对你不利，对孔雀王朝也不利。”

赢千度冷笑，说道：“那又如何？他们早就知道我和你站在一起，不也没把我怎么着吗？我还没去找他们的麻烦呢，难道他们还敢来找我的麻烦不成？”

“民意不可违。”

“民意？百姓只不过被他们蒙蔽了而已。”赢千度恶狠狠地说道，“总有一天，我要将他们的恶行昭示天下，揭穿他们的谎言，让龙族重新成为半神之族，翱翔于九天之上，跟以前一样与人族和睦相处。"

"太难了。"

"确实难，但是总要有人做才行。别人不愿意做，我愿意做。别人不敢做，我敢做。"赢千度坚定地说道，"你只需要和我站在一起就够了。"

"好。"李牧羊心潮澎湃，"我愿意和你一起。"

"这就足够了。"赢千度露出甜美的笑容，抬眼看着面前的巍峨高山，"你能否先把那些被压在山下的人族修行者放了？"

"……"

李牧羊脸上的笑容消失，看向赢千度的眼神也逐渐冰冷起来。

风停了，雪止了。

空气突然安静了。

原本就寒冷的昆仑墟气温又下降了好些，仿佛每说一句话、每一个眼神的碰撞，都能够将人冻成冰雕。

李牧羊凝视着赢千度近在咫尺的脸，这张脸精致、清雅，带着一点点青涩。假以时日，她真正长成之时，定然倾倒众生。

这张脸让他觉得如此熟悉，又如此陌生。

"你知道他们对我做过什么吗？"李牧羊说道。

"我怎么可能不知道呢？"赢千度直视李牧羊的眼睛，心里充满了苦涩。她知道，自己那句话定然会让李牧羊误会。

她知道李牧羊对那些人的恨，也知道那些人完全是咎由自取。

可是，他们终究是人族啊！

那些人全部是人族强者，是神州的中坚力量。

李牧羊使计将他们全部诱骗过来，继而撞断石柱将他们埋在龙窟中，再用补天石镇压，让他们永世不得翻身。

可是，倘若李牧羊不放过他们，就必定会和他们身后的势力结下血海深仇，李牧羊将永远遭到他们身后势力的追杀，人龙两族和平共处的那一天就永远不可能到来。

看到李牧羊的眼神逐渐冰冷，看到他突然变得拒人于千里之外，嬴千度心里难过至极，但是她知道，这些话她必须说出来。

"风城之战时，我一直陪在你的身边，我亲眼见到了一切，知道他们用什么样的方法对付你、折磨你。"

"他们要吃我的肉，饮我的血，要把我剥皮抽筋，拿走我的每一块鳞片！难道你觉得我不应该报复他们？"李牧羊冷冷地问道，眼里浮现一抹凶光。

"你确实应该报复他们。"嬴千度说道。

"可是，你让我把他们从龙窟中放出来。"

"是的。"嬴千度点头。

"我不明白。"李牧羊说道，"我为什么要那么做？"

"为了我，更为了你自己。倘若你将他们全部埋在这里，以后怎么办？"

"以后？"李牧羊笑，"他们给过我选择以后的机会吗？"

"倘若此事传出去，就更加坐实了龙族的凶狠残暴。那样的话，神州百姓更会对龙族恨之入骨。更多的人恨龙族，更多的强者前来屠龙。九国稚子会以屠龙为理想，神州修行者会以屠龙为目标。那个时候，你如何面对？你要逃避一生一世，还是要将神州九国的人族全部消灭？"

"我放了被镇压在龙窟里的那些人，他们就会对我感恩戴德，放弃屠龙或者不再恨我？"

"有人会，有人不会。"

"那么，我这么做的意义在哪里？"

"为了有朝一日你能够回头。"嬴千度苦口婆心地劝道，"牧羊，难道你当真想要一生一世一个人吗？你不想回到以前那种生活？你不想重新和家人一起生活？"

"我想，我每日每夜都在想。"李牧羊咬牙说道，眼神变得越发冷厉，"正是因为我想回到原来的生活轨道，所以我越发痛恨那些想方设法杀我的人。我做错了什么，要被他们这么对待？我只不过来这昆仑墟走了一圈，你看，就有这么多人尾随而来想要杀我，他们该死！"

"牧羊，你这样只会让两族之间的裂痕越来越大，变成天堑鸿沟。"

"我不在乎。"李牧羊说道。

"可是……"

"千度，倘若你真心为我好，就不要再劝我。"李牧羊注视着面前的巍峨高山，说道，"倘若我被他们镇压，他们会放过我吗？不会。他们恨不得将我碎尸万段。所以，我也不会放过他们。这是他们欠我的。"

"牧羊……"

"我意已决，不用再说。"李牧羊说道，"倘若你来是为了让我放他们一马，我就当你没有来过，就当……"

李牧羊的声音变得低沉，说出这句话几乎用尽了他全身的力气。

"就当你没有来过，就当我们今日不曾见过。"

"李牧羊！"

嬴千度眼睛泛红，恶狠狠地喊着李牧羊的名字。

"咕嘟——咕嘟——"

水池中，不停地冒起一个又一个小小的泡泡。

这是龙族沐浴之所，是龙窟中文弱弱洗澡的地方。

女人好洁，所以文弱弱听说龙窟中有沐浴的地方后，立即请求李牧羊指引方向并找了过来。

没想到危急时刻，这水池救了他们的性命。

阵眼被毁，龙窟倒塌，文弱弱不愿意放弃秦翰和屠心独自离开。

千钧一发的时刻，文弱弱想起了这个池子。

当时她跃进去的时候，看到溪水长年累月地朝龙池汇集，却仍然没能将龙池灌满。

由此可见，池中之水是活水，水池下面另有洞天。

于是，文弱弱立即拖着秦翰和屠心朝龙池奔来。三人刚刚跃进水池，石块就从他们头顶"轰隆隆"地掉落下来。

"轰——"

一声闷响后，他们就掉进了水池深处。

大块大块的石头依旧朝水池中砸去。

"呼——"

文弱弱最先从水池里冒出脑袋。

她四处张望，眼前漆黑一片。

一块巨石压在池子上方，就像一座大山似的。

"三哥！三哥！"

文弱弱喊了几声后，又一头钻进了池水里。

"咕嘟——咕嘟——"

文弱弱再次从池水里冒出脑袋时，手里抓着已经昏迷过去的秦翰。

"三哥，你快醒醒！"

秦翰悠悠地睁开眼睛，接连呛出几口浊水后，无力地说道："弱弱，你没事？我们没死？屠心呢？"

"屠心——"

"我没事。"屠心从池水里钻了出来，"我有通天法螺，它能帮我避水。"

"没事就好，"秦翰咧开嘴巴笑了起来，"没事就好。"

"三哥，我们被困住了。"文弱弱伸手抚摸着头顶上方的巨石，"龙窟塌了，有大石头压在我们头顶上方，我们必须想办法出去。"

"牧羊公子好计策啊！"秦翰感叹，"他故意带我们进入龙窟，让我们发现这里的宝贝，又将正邪两派数千人引诱至此，将他们一网打尽。"

"是啊。"文弱弱悲怆地说道，"龙窟倒塌，那数千人无论修为深浅，是正是邪，怕是全部被埋葬了吧。更可悲的是，我们成了他报复人族的牺牲品。我们替他与人拼命，他却连我们一起卖了。"

"牧羊公子救过我的命，既然他需要，我秦翰这条命他拿去便是。就是委屈了弱弱。"

"三哥，何必说这种话？事已至此，我们只能同生共死了。"

"是啊。能够和弱弱同生共死，我秦翰不亏。"

"现在都什么时候了，你们俩还甜甜腻腻打情骂俏？"屠心比之前更无力。

他将怀里的通天法螺取了出来。

通天法螺散发着银色的幽光，让他们三人勉强能够视物。

"我用通天法螺试试，看看它能不能将这巨石顶起来。"

屠心嘴里念念有词，通天法螺在他手中发出"嗡嗡"的声音，并脱手朝上方顶了过去。

"轰——"

通天法螺顶在石壁上，无论屠心如何催动通天法螺，压在上面的巨石仍然纹丝不动。

"看来此计不行。"屠心将通天法螺收了回来，无奈地说道。

"我来试试。"秦翰说道。

他将虔诚战锤从水里提了起来，嘴里念出那五字真言："我血即我命！"

"砰——"

虔诚战锤散发出金色的光芒，瞬间变大了无数倍。

秦翰握紧战锤猛地朝头顶上方砸了过去，只听"砰"的一声巨响，地动山摇。

可是，他们头顶的巨石并没有被劈成两半。

"巨石重如泰山，"文弱弱绝望地说道，"看来我们只能死在这里了。"

"既然牧羊公子早有计划，那在龙窟塌陷前，牧羊公子一定逃了出去。"秦翰说道，虽然说出来的话连他自己都难以相信，"牧羊公子是有情有义的人，他出去之后，看到我们三人没有出去，一定会想办法将我们救出龙窟。"

"三哥，牧羊公子当真会回来救我们吗？"

第298章
一触即发

"就当你没有来过，就当我们今日不曾见过。"

人们常用唇枪舌剑形容言语之利，李牧羊的这番话就如刀枪匕首一般插进了赢千度的心脏。

赢千度受过最正统的宫廷教育，被赢氏以未来女王的标准培养，从小到大，她都不知道眼泪为何物。

在听到李牧羊说的这句话时，她委屈极了，也难受极了。

仿若有一块大石压在她的胸口，与此同时，有一股酸意冲向她的鼻腔。

她眼眶一红，眼泪就那么夺眶而出，一颗又一颗，顺着脸颊迅速地滴落。

赢千度想转身离开，理智却让她留了下来。

有时候，留下来比离开更需要勇气。

"李牧羊，你当真要走上绝路？你一点儿也没想过以后如何收场？"

李牧羊沉默不语。

"你想过自己的家人吗？想过你的妹妹思念吗？想过那些还在风城苦苦等你回去的朋友和陆氏嫡系吗？他们可都是人族。倘若你将这数千人全部埋了，以后……以后你就再也回不去了，你和人族再也没有任何和解之道。"

"我想父母，想思念，想回去和家人团聚。但是，这是他们逼我的。"李牧羊咬牙说道。

他心里清楚，赢千度是真正对自己好，完完全全为自己着想。她不想自己走入歧途，成为全民公敌，虽然自己现在已经是了。

正如她说的那样，倘若自己不将这数千人全部放出来，那么自己和人族就再也没有化解仇恨的可能。

双方只有对抗。

直到自己被人族杀死，或者自己灭掉人族。

兜兜转转，自己竟然又回到了起点。

当他刚刚和黑龙记忆融合的时候，黑龙就想借用他的身体毁灭人族，报龙族覆灭之大仇。

一开始的时候，李牧羊是排斥的。

后来黑龙完全消失，这具身体由李牧羊一人控制。

没想到最后他还是走上了毁灭人族的老路。

他不想毁灭整个人族，只想报复那些要食他肉、饮他血的仇人。

可是，踏出去这一步，以后他又如何回头？

他只能越走越远，继而和整个人族为敌，再也没有其他选择。

赢千度依然没有放弃说服李牧羊："我知道这不怪你，完全是他们的错。但是，人活着总是有很多的身不由己。倘若你这个时候不后退一步，那么，以后你就再也没有退路。你将永远没办法和父母相见，和家人团聚，过你想过的生活。你将一生逃亡，独自行走在荒原峡谷，放眼望去，不见人烟。李牧羊，你愿意过这样的生活吗？"

李牧羊眼睛血红，咬紧牙关不肯松口。

他知道赢千度的话很有道理，赢千度是在为他谋求后路。

可是，数万年前冤死的龙族如何安息？自己心中的怒气如何化解？

"我退一步，他们就会进一步。我一退再退，他们一进再进。最后，我仍然没有任何活路。既然如此，不如随心所欲，只求心中痛快。那些企图杀害我的人，我一个都不放过。昆仑墟，便是他们的埋骨之地。"

"你这是破罐子破摔。"

"那又如何？总比忍辱负重，被他们一路追杀要好。"

"李牧羊，我要如何才能说服你呢？"

"你说服不了我，因为我说服不了自己放了他们。这一次我将他们放了，下一次他们还会来杀我，我要再一次将他们放了？他们可以对我施展任何手段，无所不用其极，我使计成功引他们入瓮，却仍然不能伤害他们分毫。这对我公平吗？我活着还有什么意义？"

"李牧羊，你放了他们，好不好？放了他们，你跟我走。以后谁敢杀你，我来对付他。我来做这种事情，就不会影响你的声誉。"

"既然我接受了黑龙带来的好处，这份责任便应当由我承担。"李牧羊平息心中的戾气，虽然恋恋不舍，但仍然看向赢千度说道，"你回去吧。镇压他们的是补天石，倘若我不解除咒语，他们就永世难以翻身。"

"牧羊小友，卖老头子一个面子如何？"天空中传来一个苍老的声音。

李牧羊抬头看去，只见一个身穿星空学院星云战袍的老人立在高空中，正一脸笑意地注视着自己。

李牧羊惊诧地看着老人。

此人已经出现在自己的头顶上方，自己却没有察觉，他的修为到底到了何种境界？

倘若他刚才突然对自己出手，怕是自己难以招架吧？

"怎么，牧羊小友不愿意给老头子这个面子？"

"请问前辈是？"

"哈哈哈，说起来你还是我的学生，叫我一声院长不为过吧？"

学生？院长？

除了星空学院的院长太叔永生，谁敢在这个时候跑来对自己说你是我的学生，我是你的院长？

再说，除了太叔永生，还有谁能够神不知鬼不觉地出现在自己和赢千度的头顶上方而不为自己所知？能够做到这一点的人，一定是世所罕见的强者。

李牧羊大吃一惊，赶紧躬身行礼："学生李牧羊见过院长。"

"看来老头子这张老脸还是值一些钱的。"太叔永生爽朗地笑笑。

赢千度跟着躬身行礼："赢千度见过院长。"

"赢家的孩子？"太叔永生若有所思地打量着赢千度，"赢氏纵横神州万年，代代有天才现世。刚才老头子察言观行，怕是这一代就是你了吧？年纪轻轻就有此见识，没有被感情冲昏头脑，真是一个好孩子啊！"

"院长过奖了。"赢千度再次恭敬行礼。

太叔永生笑着摇头，说道："我期待你的未来，或许，你能够完成赢氏先祖没能完成的伟业。"

"院长对学生的期望太高，学生心中惶恐。"赢千度笑着说道。

太叔永生看了李牧羊一眼，笑着说道："只有那样，人龙两族才能真正和睦相处啊。你想实现那样的愿望，只能成就那样的伟业才行啊。"

"院长……"赢千度骇然，没想到自己隐藏的心思竟然被院长看出来了。这是她掩藏在心中极深处的想法，她甚至不曾和自己的父皇说过。

"这是命数。"太叔永生笑着说道，又将视线放在李牧羊身上，"李牧羊，你还没有回答老头子的问题呢。你是否愿意卖老头子这个面子啊？"

"学生的命是院长救回来的，院长若有差遣，尽管吩咐。"李牧羊说道。

太叔永生看了一眼面前的巍峨高山："饶过他们这回吧。大劫将至，也为人族留下一些种子。"

"院长……"

"他们确实有贪婪之心，你也确实有杀他们的理由。可是，他们终究是数千人族精英啊。当人族面临灾难之时，他们能够挺身而出，为人族延续贡献一点力量。"

李牧羊表情纠结，难以决断。

他刚刚才拒绝了赢千度，没想到太叔永生也向他提出这样的要求。

若换了任何一个人，他都能够当即拒绝。

可是，这个人偏偏是太叔永生——将三十一缕龙魂注入他的身体让他起死回生的人。

风城之战，倘若不是太叔永生出手，他怕是已经被补天石下面的那群人分而食之了。

那样的话，他哪里还有半年之久的独行悟道，哪里还有此次的昆仑墟之行，又哪里还有这请君入瓮的计策？

太叔永生一脸笑意地看着李牧羊，神色温和，眼神深邃。

他仿佛能够轻易地看穿李牧羊的灵魂，将李牧羊内心最真实的想法说出来。

"你好好地想一想，问一下自己的内心，你当真想要将他们全部埋葬吗？那里面有些人罪该万死，但是，有些人确实是为了人族与你搏杀。人龙两族水火不容，数万年来皆是如此，一时半会儿他们难以改变观念。你若将那些人全部杀了，以后不就更没有机会了吗？千度姑娘说的话是有道理的，你好好想一想。再说，那里面还有你的朋友，有无怨无悔地站在你这边的人，你连他们也要一起埋葬吗？"

李牧羊想到了秦翰、文弱弱和屠心，在明明知道自己是龙族的情况下，他们仍然愿意为了自己和人族同胞拼命。

自己要把他们也全部埋葬吗？

"倘若我不同意放他们呢？"李牧羊仰起脸，看着天空中的太叔永生问道。

"那老头子就只能自己出手了。"太叔永生脸上的笑意不减。

"您要杀我？"

"不，我要救他们。"

"您到底是站在哪一边的？"李牧羊问道，"风城之战，他们想要杀我，结果您把我救了。此番我要杀他们，您又要我放了他们。您到底想要做什么？"

"我做的事情和你要做的事情是一样的。"太叔永生渐渐敛起脸上的笑容，沉声说道，"保存实力，共渡难关。"

"保存实力，共渡难关？谁的难关？"

"人族之难关，也是龙族之难关。"

"什么时候人族的难关也变成龙族的难关了？龙族是半神之体，倘若修成金龙之身，便是真正的天神，与日月同辉，与天地同寿。人族的难关和龙族有什么关系？"

"这就要你扪心自问了，李牧羊，你到底是人族还是龙族？"

"……"

搁在以前，李牧羊自然会毫不犹豫地回答自己是人族。但是现在，他不敢轻易说出这个答案了。

他说自己是人族，但是整个人族视他为恶龙，想将他屠之而后快。

他说自己是龙族，却又不忍心舍弃人族的身份以及人族的亲友。

"再者，就算你以龙族之躯修成金龙之身，你的家人怎么办？你的亲友怎么办？"太叔永生指了指赢千度，"这赢家的姑娘又怎么办？深渊重启，三眼恶魔即将席卷神州。到那时，天地失色，日月无光，生灵涂炭，神州堕入黑暗之中，他们又如何幸免？"

"……"

"龙魂选择了你，是机缘巧合，也是天意。人族与龙族原本就应当和睦相处，齐心协力……"

"龙族再替你们人族卖命一次，然后再被你们人族出卖一次？"李牧羊冷笑，心里的恨意压也压不住。连他自己都分不清楚，是自己现在的情绪受到了那条老龙的影响，还是不知不觉间自己开始以龙族自居，考虑龙族的利益。

"此一时，彼一时。"太叔永生笑着说道，看向站在一边沉默不言的赢千度，"倘若此女成为神州九国之共主，站出来奉龙族为神明，谁敢违逆？"

李牧羊惊讶地看向赢千度："这怎么可能？"

"与那相比，龙魂融入人族之体，更是玄之又玄。这种玄之又玄的事情都已经发生在我们眼前，还有什么事情是不可能发生的？"

"……"

"李牧羊，为了不自绝后路，也为了这个一心一意向着你的姑娘，就将那补天石收起来，放了龙窟里的人族同胞吧。"太叔永生慈爱地看着李牧羊，"有时候，你是人族还是龙族其实并不重要。最关键的是，你是否有一颗悲天悯人的心。"

李牧羊沉吟不语。

"牧羊，你就听院长的吧。"赢千度走了过来，拉住李牧羊的手，脸上满是哀求，"我和院长不会骗你，我们是真心为了你好。我向你保证，无论前面有多少刀光剑影，有多少艰难险阻，我都会做到那件事情。我要让九国臣服，神州统一。我将重撰史书，宣扬龙族的丰功伟绩，重写神史，奉龙族为神族。"

她说这席话的时候，自然而然流露出一股王者的威势，威严、庄重、坚定不移，全身上下洒满了霞光。

　　"牧羊，到时候龙族就能与人族和和睦睦地生活在一起。你可以和父母，还有思念永远地在一起，再也不用分开。"

　　李牧羊注视着赢千度的眼睛。

　　那里面有爱慕、哀求、怜惜，还有哀伤。

　　良久良久，李牧羊终于点头："好，我答应你。"

　　"牧羊……"

　　"只有此次，下不为例。倘若他们再敢动手，就休怪我出手无情。"

　　"明白了。"赢千度拼命地点头，笑着说道，"我一定会劝说他们的。我想，他们有了此番经历，定会感念你的恩情。"

　　"我不需要他们感恩。"李牧羊冷冷地说道，"我只希望他们不要打扰我和我的家人。"

　　"我明白。你不是宽恕他们，他们也不配得到你的宽恕。你愿意放他们出来，只是为家人考虑。"

　　李牧羊手捏印诀，嘴里念念有词。

　　一个个金色的字从他的嘴里跳跃出来，巍峨的高山开始迅速缩小，越来越小，越来越小，最后变成了一块闪闪发光的小石头。

　　高山不见了，无心谷恢复成心形的空谷。

　　李牧羊伸手一招，那块发光的小石头便落在了他的掌心。

　　赢千度看着那块黑色石头，感叹道："早就听闻创始神女娲娘娘用过的补天石是世间最奇妙之物，今日一见，果然非同凡响。一块小小的石头就能够镇压数千人族修行者，让他们趴在龙窟里面难以动弹。"

　　"你要是喜欢，"李牧羊将那块黑色石头放入赢千度手里，柔声说道，"那就送给你。"

　　赢千度抿嘴微笑，心里的委屈和难过瞬间消失。

　　她摊开李牧羊的手掌，将补天石放回李牧羊的手心，笑着说道："我要它做什么啊？我有琉璃镜护体，身边也一直有人保护。倒是你，需要把它留在身边。若有谁欺负你，你就再用它把坏人压在下面。”

"好。"李牧羊笑着说道。

"轰——"

无心谷中央颤动，整个昆仑墟跟着晃动起来。

"砰——"

一块巨石弹起，朝高空急速飞去。

很快，整个无心谷的谷底被一股巨力掀了起来。

"轰隆隆——"

数千道身影从地底疾飞而起，狂啸长空。

"啊——"

"我涂某又回来了！"

"恶龙可恶，常某定要将其斩杀！"

……

"阿弥陀佛。"莲花大师身体腾空，迈步云端，犹如闲庭信步。

他走到星空学院院长太叔永生的面前，以晚辈之礼向太叔永生鞠躬，沉声说道："感谢院长活命之恩。倘若不是院长出手，怕是老衲和这数千同胞都要被那恶龙埋在龙窟中，再难见天日。"

天宝真人和南华真人也飞了过来，对着太叔永生恭敬行礼："叩谢太叔院长救命之恩。"

"谢太叔院长救命之恩。"数千人或鞠躬或下跪，感谢太叔永生的救命恩情。

他们以为自己能够逃出生天，是因为太叔永生出手相救。

不然的话，谁还会做这样的事情？谁又能够做到这样的事情？

那条恶龙？

笑话！

那恶龙想方设法将数千人族修行者引诱至龙窟中，不惜以整座宝藏为他们陪葬，如此费尽心思辛苦筹划这一切，怎么可能再将他们放出来？

太叔永生抚须大笑，指着地面上的李牧羊说道："若诸位当真想要感谢救命恩人，那就感谢牧羊小友吧。是他临时收手，将诸位从地底龙窟放了出来。"

数千人将视线全部聚集到了李牧羊的身上。

疑惑、不解、惊诧、愤恨……

"怎么可能是这恶龙放过我们？"

"就是。恶龙行凶，为的就是将我们人族精英一网打尽，让我们人族覆灭。他诡计得逞，怎么可能临时收手？"

"我们皆知太叔院长和这条恶龙有旧，太叔院长就不要再替恶龙说情了。这份恩情我们只会记在太叔院长身上。"

"……"

李牧羊嘲讽道："还真是狗改不了吃屎！"

"牧羊，你不要生气。"嬴千度跨前一步，挡在李牧羊身前，"我可以做证，确实是李牧羊出手救下你们的。倘若不是他自己收回补天石，你们将永世难以翻身。"

"这么说，我们倒要感谢那条恶龙了？"西门启冷笑连连，"我倒要问问，到底是谁将我们埋在谷底龙窟中的？"

"你们想要杀他，他出手将你们埋在龙窟中，何错之有？"嬴千度怒喝。

"恶龙人人见而屠之，我们屠杀恶龙，是为了神州万民。我们又何错之有？"

"……"

嬴千度悲哀地发现，对话陷入了恶性循环。

那些装睡的人，是怎么都唤不醒的。

西门启怒视着李牧羊，喝道："诸位，我们被巨石压顶，险些永世难以翻身，现在恶龙当前，大家还在等什么！"

"锵！"

西门启抽出腰间的长剑，登高望远，大声吆喝："让我们斩杀恶龙，为民除害！"

"真是该死啊！"李牧羊瞳孔血红，嘴角浮现一丝冷笑。

"牧羊……"嬴千度心知不妙,连忙出声劝慰。

"杀!"西门启一马当先,挥剑朝李牧羊劈斩而来。

在西门启的身后,数千人族强者纷纷出手。

"嗷——"

李牧羊发出一声暴喝,化作擎天巨龙,朝人群飞扑而去。

大战一触即发。

厮杀,比在龙窟时更加惨烈的厮杀开始了。

第299章
不要逼我

"轰——"

龙焱狂喷，火焰腾腾，紧随西门启冲而来的第一批人族精英逃脱不及，死伤大半。

西门启冲在最前面，却是躲得最快的一个。他看到白色巨龙红红的眼睛以及准备张开的大嘴时，便预感到白色巨龙即将反击。

他还没来得及提醒身后的同伴一声，龙焱便轰然而至，一下子吞噬了数十个人，夺走了他们的性命。

有勇气进入昆仑墟，坚持到现在还没有退出或者死亡的人族修行者，本身就是实力强大之辈。

滥竽充数者绝对没办法走到现在。

没想到在龙焱面前，这些人族强者只不过是一群蝇虫蝼蚁，巨龙的一个喷嚏就可以将他们全部了结。

龙族确实不应当存在于这个世间啊！

西门启持剑立在东边天际，对那些侥幸活命的同胞大声喊道："龙焱凶猛，大家切记不可硬拼！"

"……"

那些人族修行者惊魂未定，心里暗骂不已。谁愿意和龙焱硬拼啊？死的不就是刚才冲得太猛没办法回头的吗？

他们心里对西门启冲在最前面却没有及时提醒大家躲避龙焱，只顾自己逃跑的行为极其不齿。

你逃跑的时候喊一声"快撤"怎么了？用得着拿同胞的性命买教训吗？

"大家齐心协力，定要斩杀这条恶龙！"西门启身为剑神家族的人，自然气度不凡，他长衫飘荡，长发飞扬，手持长剑，冷冰冰地盯着那条杀红了眼睛的巨龙，厉声吼道，"我们人族和龙族不共戴天，杀啊！"

话音未落，他手里的长剑便斩了出去。

"嚓——"

一道剑气凭空出现。

先是一道，然后是三道，五道，数十道，上百道，最后空中全是密密麻麻的剑气。

这些剑气汇集在一起，结成了剑阵。

"剑罡，此子竟然已经练出了剑罡！"

"年纪轻轻便有如此境界，剑神家族的人果然名不虚传。"

"假以时日，此子便又是一任剑神，可继承先贤西门吹雪的衣钵。"

……

众人纷纷惊叹。

话音未落，只见那条白龙不管不顾，拖着长长的尾巴和巨大的身体，用巨大的龙头狠狠地撞击剑罡。

"嗷——"

白龙对着剑罡喷出一口龙焱。

剑罡难以承受龙焱之烈，"砰"的一声破碎开来。

而且，白龙还在不停地加速。

白龙冲至西门启面前，巨大的爪子一伸，便将想再次逃跑的西门启抓在了爪心。

白龙将西门启举到自己的鼻子前面，红红的眼睛死死地盯着他。

"该死的人族！"白龙嘶吼。

"你现在可以杀我，但是以后终将被人族所杀。我们剑神家族定会和你不死不休。龙族就是龙族，畜生就是畜生！"

西门启感觉到了害怕，恶龙带着浓烈的腐蚀气味的呼吸让他感觉自己快要被焚化了。

可是，他不会求饶，更不会当着众人的面认输。

他知道，倘若他那么做了，他们剑神家族在神州就抬不起头了。

屠龙的人都是英雄好汉。若他一个屠龙的人在被恶龙俘虏时求饶，恐怕所有人都羞于成为屠龙者，他西门启将千年万年被人唾弃嘲笑。

"如你所愿。"白龙沉声说道。

白龙的声音苍老、凶狠，带着一股子千年万年难以排解的怨气。

只见巨大的龙爪微微用力、收紧。

西门启很快便丧命了。

对白龙来说，这只不过是一件微不足道的事情。

白龙不在意什么剑神家族，也不在意其他什么家族。在白龙眼里，这些人是一样的。

他们都想屠龙。

"嗷——"

龙啸九天。

白龙嘶吼一声，再一次朝人群中央冲了过去。

这一回，他绝不轻易饶恕。

"阿弥陀佛，善哉善哉。"莲花大师口诵佛号，满脸忧虑，"太叔院长，这可如何是好？"

"是啊，恶龙行凶，是要将这数千人族精英赶尽杀绝吗？"天宝真人怒道，"太叔院长不仅是我们人族同胞，更是武道前辈，还请太叔院长出手惩治恶龙。"

"如何是好？这个时候你们倒问起了如何是好！"赢千度怒声呵斥，因为心情极度郁闷，所以她清脆悦耳的声音中带着一股子火气。

"当院长说你们是李牧羊放出来的时候，你们怀疑这怀疑那，不肯站出来帮腔，始终保持缄默。你们以为我不知道你们那点儿心思？

"你们故意不闻不问，就是要大家继续敌视龙族，等着情势失控，数千人族修行者出手斩杀李牧羊。李牧羊死了才正合你们的心意。

"你们仇视龙族，也仇视李牧羊。无论李牧羊为你们做了什么，你们都不会在意，更不会领情。你们只有一种心思，就是杀了他，哪怕不择手段。

"你们现在着急了，万万没想到这么多人族精英联手也占不到便宜，反而死伤惨重，甚至有可能全军覆灭。所以，你们忍不住出声了。龙族被人族杀了你们毫不在意，甚至乐见其成。但是，当人族即将被龙族消灭的时候，你们就想阻止，希望院长出手拦截。

"你们算什么大师真人？李牧羊是你们嘴里的恶龙，他将你们镇压在地底龙窟中的时候，尚能听从劝告饶你们不死。和李牧羊比，你们什么都不是！"

赢千度爆发了，彻底地爆发了。

她必须发泄，将心里的委屈和怒气发泄出来。

"你这丫头！"天宝真人指着赢千度怒声喝道，"从哪里来的野丫头？"

"我是赢千度。怎么，真人想一并屠了小女子吗？那就来啊，我不怕你。"

"嗖——"

赢千度话音未落，远处的天际突然飞来大量的彩鸟。

无数只色彩斑斓的孔雀挥舞着巨大的翅膀朝这边疾赶。

孔雀背上的战士们头插彩羽，手持弯刀，"哗啦啦"地将天宝真人和莲花大师等人围在中间，只要公主一声令下，他们就会立刻冲向这些人。

在这些战士眼里，没有大师，没有真人，只有孔雀王朝的公主赢千度。

公主有令，刀山火海他们都能去。

"你们这是……"天宝真人看着周围孔雀王朝的战士，一脸迷惑。

这又是哪一路军马啊？怎么一言不合就把他们围起来了？

"公主殿下可曾受伤？"高空中，一名头插白羽的少年问道。

头插白羽的便是孔雀王族。

孔雀军团多由王族领军，其他人是没有资格掌控这支战斗力极强的飞行部队的。

"啾——"

一只巨大的孔雀落在赢千度面前，双腿跪倒，等着赢千度跃上自己的后背。

赢千度并没有骑上孔雀，手轻轻地抚摸着孔雀的脑袋，对着高空中的少年说道："赢城裂，我没事，你们暂且退下。"

她确实厌恶这几个"德高望重"的人，但是并没有和他们拼命的打算。

她来见李牧羊的时候，特意将跟随自己前来昆仑墟的孔雀军团支走了。没想到他们在暗处时刻关注她，见她情绪激动，便以为她有可能受到伤害，立即从远处疾赶而来。

她是孔雀王朝的公主，未来的孔雀女王。

她稍有损伤，便将有无数人受到责罚，由不得他们不小心谨慎。

"公主殿下……"

"退下。"

"是。"

俊美少年赢城裂吹了一声口哨，孔雀军团便听从他的号令，朝远处的天际飞了过去。

"小丫头，你到底是什么人？"南华真人看着赢千度问道。

"我说过，我叫赢千度。"

"赢千度。"南华真人稍一沉吟，便知道了赢千度的真实身份，笑着说道，"又是你，孔雀王朝的人。你和那恶龙到底是什么关系？"

"他是我在乎的人。"赢千度说道，"在我眼里，他的性命比这数千人族修行者的性命还要重要。所以，你们不要逼我。"

南华真人看起来极其喜欢英姿飒爽、能言快语的赢千度，即使在这种严峻的场合仍然面带笑意："果真是赢氏的人，既高傲又霸道，想什么就说什么，说什么就做什么，一点儿也不肯吃亏。"

"倘若当真如此就好了。刚才我还苦口婆心地央求李牧羊收了补天石，将你们从地底龙窟中放出来，为的是什么？为的是保全一些人族精英，不让两族矛盾激化。结果呢？我这是不会委曲求全，不肯吃亏？若依我的性格，李牧羊把那些不死不休的家伙全埋了才好。你们一出来就对李牧羊喊打喊杀，口口声声嚷嚷着要屠龙。你们怎么不想一想，李牧羊若是你们嘴里的恶龙，怎么会同意将你们放出来？就算是人族，好不容易大仇得报，肯放弃这么好的机会吗？"

"言之有理。"南华真人认真地点了点头，看了一眼远处的惨烈厮杀，沉声叹息，"人龙两族隔着血海深仇，只言片语就想化解两族之间的矛盾，怕是不太容易。"

"就是因为知道这矛盾不易化解，人族亏欠龙族太多，所以人族不愿意面对龙族，更不愿意面对自己的内心。在人族看来，最好的办法就是将龙族屠杀。这样一来，眼不见心不烦，而且永远不用担心龙族再次报复自己。一举两得，何乐而不为？"

南华真人看着赢千度说道："虽说出家人六根清净，但是我终究来自孔雀王朝，和你父皇也有几分交情。正如你所言，刚才我确实受益于李牧羊的手下留情。倘若不是他收了补天石，我们就算集数千人之力也没办法冲破大山压顶的束缚，千年万年怕是都难以翻身。"

南华真人看向天宝真人和莲花大师，朗声说道："所以，此事我就不再掺和了。天大地大，内心安宁最大。此事我已无能为力，就由他人力挽狂澜吧。"

说完，南华真人对星空学院院长太叔永生微微鞠躬，又看着赢千度说道："我长期在华南山潜修，公主殿下若有暇，不妨去华南一坐。我那里有几两好茶、几本好书，我们喝茶论道。"

赢千度欣喜不已。

虽然现在只有南华真人一个人愿意退出，但这是一个很好的开端。

倘若她将此事宣传出去，想必其他人也会考虑人龙两族真正的关系。

赢千度对南华真人深深鞠躬，说道："千度定去拜访，和真人喝茶论道，倾听真人教诲。"

南华真人摆了摆手，衣袖一甩，人便朝远处飞去，很快消失不见。

天宝真人看着南华真人远去的身影，气愤地说道："师妹怎么能说走就走呢？此事若不解决，恐怕是人族一大浩劫！"

莲花大师满脸忧虑，看着战场上的惨象说道："那恶龙戾气太盛，杀气冲天，倘若我们不出手相助，怕是这数千人族精英无一能够幸存。"

天宝真人看向太叔永生，说道："解铃还须系铃人。那恶龙的命是院长救回来的，院长又是那恶龙的老师，院长说的话恶龙定然是听的。院长能否命那恶龙停止行凶？"

太叔永生仰脸看天："知道为何近百年来我不过问神州九国的事务吗？"

"为何？"

"蠢货太多，管不过来。"太叔永生一副生无可恋的表情。

"……"

"李牧羊被我们说服，愿意将你们从地底龙窟中放出来，已经退了一大步。"太叔永生轻轻叹息，"双方原本可以相安无事，他们偏要自寻死路，怪得了谁？"

"院长，那也不能眼睁睁看着这数千人族精英被恶龙屠戮！"

"是啊。"太叔永生点了点头，"我会闭上眼睛的，眼不见为净。"

"……"

另外一边，白龙仗着强大的身躯横冲直撞，不时喷射龙焱、挥舞龙爪，不断有人族强者被其所伤所杀。

莲花大师和天宝真人知道说服不了太叔永生出手，相视一眼，同时朝天空中的白龙飞去。

若他们再不出手，恐怕今日便是人族大劫。

莲花大师一掌拍了出去，一个金光闪闪的大掌印便从天而降，朝白龙的头顶压了下去。

如意神掌！

天宝真人口里念念有词，一张又一张画满诡异图案和符号的符箓激荡而出，朝白龙飞了过去。

有了莲花大师与天宝真人的加入，人族这边立即声势大壮。

数千人族精英不敌一条白龙，并不是因为他们太弱，而是因为他们太过自私。

大家向利而生，各存私心，各自为政。

你不冲到前面，凭什么我要冲到前面？

你不使出全力，凭什么我要使出全力？

你要藏私，我自然也要藏私。

你想躲在我后面，我还要努力躲在你后面。

最终的结果就是，数千人族精英犹如一盘散沙，各自为政或者说各自避战，甚至还有很多人躲在远处旁观，准备挨到尘埃落定时再出手。

白龙只有自己，所以只能拼命。

趁着人族人心涣散的时刻，白龙横冲直撞，一次又一次地冲向人群最密集的地方。

每一爪拍过去，都能将一名或者数名人族修行者拍成飞灰。

每一口龙焱横扫过去，就能将那些聚集起来的人族修行者清扫掉一大片。

在白龙的咆哮下，人族损失惨重，溃不成军。

莲花大师和天宝真人加入战团后，战场局势瞬间发生了改变。

第一，人族有了主心骨。莲花大师和天宝真人都是世间强者，有他俩在前方攻击，吸引白龙的注意力，其他人族修行者就有机会群起而攻，各施手段攻击白龙。

第二，经过刚才一轮厮杀，人族修行者再次见识了白龙的强大。他们心里清楚，要在最后关头摘取胜利果实，前提是人族这一方取得胜利。

所以，每个人都尽心尽力，终于组织起了一次又一次杀伤力巨大的进攻。

"砰——"

白龙的脑袋中了几道蚀骨符，皮肉烂掉了一大块。

剧痛之下，白龙的身体有短暂的停顿。

不过就是这刹那的停顿，人族修行者便蜂拥而至，猛地朝白龙的腹部和尾部砍杀过去。

"嗷——"

白龙嘶吼出声，拖着巨大的身体想要暂时逃离战场，但是人族修行者哪里会给白龙机会？

"不能让这恶龙跑了！"

"杀死这条恶龙，恶龙杀了我们无数同胞！"

"为我们人族同胞报仇雪恨，冲啊！"

……

白龙连连遭遇重击，吃痛之下，发出响彻九天的咆哮。

"嗷——"

白龙仰天长啸，声音里充满了不甘和愤怒。

人族的不死不休反而激起了白龙心中的戾气和浓烈的杀意，白龙不再逃离，更不再躲避，而是掉转龙头，再一次朝人群最密集的地方冲了过去。

"嗷——"

"嗷——"

"嗷——"

白龙每张口喷射一口龙焱，就会有一大片人族修行者被焚化成烟尘。

白龙喷了一次又一次，人族修行者也死了一片又一片。

"快拦住恶龙，封住恶龙的嘴！"天宝真人拼命地催动符咒，想要将龙嘴封住，让白龙没办法喷射对人族而言杀伤力最大的龙焱。

"阿弥陀佛。"莲花大师口中佛号不断。

他站在高空中，痛苦地看着处于疯狂状态的白龙。此时白龙发挥出来的战斗力实在太过惊人，就算数千人族高手同时出手也难以奈它何。

"诸位施主，老衲先行一步。"莲花大师悲声说道。

"大师准备作甚？"

"大师不要行险！"

"与此恶龙同归于尽实在不值！"

……

莲花大师并不听从周围人的劝告，俯冲而下，头顶闪耀着一朵金色的莲花。

莲花金光闪闪，裹挟着他一起朝白龙扑了过去。

"我不入地狱，谁入地狱？"莲花大师准备以身殉龙，用自己修成的百年金莲重伤白龙。

"嗷——"

白龙感受到了金色莲花蕴含的力量，张开大嘴对着金色莲花喷出一口龙焱。

"呼——"

龙焱过后，金色莲花不灭。

有百年金莲护体的莲花大师也不损分毫。

莲花大师身披万道霞光，催动金色莲花朝白龙冲击。

这一击，为天下苍生，为神州万民。

至少，莲花大师心里是这么想的。

第300章
九龙灌顶

白龙眼里的红色变淡，然后瞬间消失。

白龙的瞳孔恢复成人族的样子，眼神也像极了李牧羊的眼神。

李牧羊看着逐渐逼近的金色莲花，眼里露出了惊讶和愤怒的目光。

以燃烧本源为代价释放出来的金色莲花确实不可小觑，看起来越温和，爆发出来的威力就越恐怖。

让李牧羊愤怒的是，这个莲花大师不惜以身殉葬也要杀掉自己。他到底对自己有多强烈的恨意？

"嗖——"

白龙迅速地缩小，缩小，很快就缩小成一条白色的小龙。那条白色小龙在天空中盘旋一周，化作了人族的模样。

"蠢货。"李牧羊立在半空中，声音冰冷地说道。

在李牧羊眼里，莲花大师就是一个高尚的蠢货。

李牧羊很清楚，莲花大师宁愿燃烧自己的本源也要把他干掉，为的肯定不是自己的利益。相反，莲花大师比面前会集的数千人族修行者要高尚许多。

可是，他越用力，越证明他是一个蠢货。

"蠢货。"太叔永生并没有被莲花大师牺牲自我的无畏感动，脸上没有一丝一毫的动容，"为何人族有那么多蠢货呢？现在的晚辈修行破境难道不需要脑子了吗？"

"院长，何出此言？"站在太叔永生旁边的赢千度疑惑地问道。

"数万年前深渊蛮族入侵，龙族为人族奋力抗魔，可以说是击败深渊蛮族的主力军。现在深渊蛮族蠢蠢欲动，红怒江下受到蛮族数万年冲撞的封魔结界随时有可能破裂。封魔结界一破，三只眼睛的怪物们就会像鲤鱼一样从红怒江红色的江水中冒出来，密密麻麻地铺满江面，那时候人族又当如何抵挡？"星空学院院长太叔永生一脸怒气。

他为何一而再再而三地想要化解人龙两族的矛盾？为何一而再再而三地替龙族说话，甚至宁愿冒天下之大不韪也要用自己钓来的龙魂为李牧羊续命？

就是因为他常年坐镇断山，守在红怒江之畔的封魔结界边缘。

他清楚深渊蛮族近些年越发狂暴，更清楚那些怪物随时有可能打破结界闯入神州。

"倘若人族不能将那些怪物阻挡在红怒江之畔，再次封印在深渊地底，深渊蛮族就有可能沿着花语平原一路向东，屠尽人族，将黑暗和战火撒满人间。到那个时候，以深渊蛮族不竭的战力和强大的繁殖能力，人族还有任何希望吗？"

可是，面前这个莲花大师想要杀死李牧羊，杀死世间唯一的龙族，那个当年帮助人族抗击蛮族的龙族，那个今后仍然有可能帮助人族抗击蛮族的龙族。

这不是愚蠢是什么？

赢千度担忧地看着高空中的李牧羊，说道："院长，既然您知道这些秘事，为何不立即向大家说明？这样的话，两族就可以化干戈为玉帛，达成真正的和解。"

"真正的和解？"太叔永生嘴角浮现一丝嘲讽的笑意，"龙族愿意吗？你喜欢的那条小龙融合了当年那条黑龙的记忆，他心里什么不明白？但是他跟你提过这些吗？"

太叔永生继续说道："倘若现在深渊蛮族入侵，他会帮助人族渡过难关吗？整个龙族被人族屠杀殆尽，他失去了所有的龙族同胞，他为什么要帮助人族做这些事情？

"幸好他还有亲情牵绊，不然的话，怕是深渊恶魔还没来，他就已经将人族赶尽杀绝了。他为什么骂莲花大师愚蠢？就是因为他心里清楚这一切。他知道自己的价值，所以才骂那些想要杀他的人是蠢货。

"较之龙族，人族这边就更难说通了。人为财死，鸟为食亡。为了一己私利，他们什么事情做不出来？人与人之间有利益之争，国与国之间也有利益之争。

"很多年以前，我就察觉到了深渊蛮族的暴动。我发现他们的情绪越来越不稳定，对结界的攻击越来越凶猛。那个时候，我就暗中联络九国皇室，让大家停止战争，合兵汇力共抗蛮族。你是孔雀王朝的公主，你说说，这些年孔雀王朝的战争还少吗？"

"……"

太叔永生的这个问题让赢千度无言以对。人与人之间有江湖，国与国之间有争斗。虽然孔雀王朝这些年没有发生波及全国的大型战争，但是边疆冲突不曾断过。

"人们总是存有侥幸心理，总是认为最坏的事情不可能发生。数万年都没发生的事情，怎么可能在这百年内就发生呢？如果真正到了深渊蛮族打破结界，冲破红怒江封锁的时候，怕是人人避之不及，九国也只想尽可能地保存实力。我只是星空学院的院长，不是这神州的院长。神州子民万万，我又如何能左右每一个人的想法，替每一个人做出正确的决定呢？"太叔永生指了指面前的场面，"就是眼前的人，我也掌控不了啊。"

"那我们就眼睁睁地看着他们互相残杀？"

"你有更好的办法吗？"

"……"

金色莲花悬浮在高空中，莲花大师被莲花包裹着，和李牧羊相对而立。

莲花大师的神色庄严肃穆，全身金光闪闪。

"阿弥陀佛。"莲花大师口诵佛号，劝道，"苦海无边，回头是岸。少造杀孽，或许还有一线生机。如此滥杀无辜，怕是天都不容你。"

"天容我，是你们不肯容我。"李牧羊冷冷地说道，"我一个人都不曾杀的时候，你们便想要将我杀了。于我而言，死的人多一个或少一个，又有什么区别？"

"阿弥陀佛。"莲花大师尽了最后的努力，知道难以劝说李牧羊听从自己的劝告，便双手合十，双眼微闭，不再说话。

莲花尽情绽放，金光尽情挥洒。

最后，莲花大师的身影在金色光辉中完全消失。

那朵巨大的金色莲花突然朝对面的李牧羊冲撞而去。

它就像一轮金色的骄阳，拖着万千道金光，想要将小小的李牧羊焚化成灰。

"轰——"

雪花消失，坚冰融化。

灰蒙蒙的天空中，出现了一根耀眼的金色光柱。

光柱"轰隆隆"而来，仿若神迹。

李牧羊冷冷地凝视着金色的莲花，身体突然飞速地旋转起来。

"轰——"

在白色的旋涡中，一条白色的巨龙冲天而起。

它张牙舞爪，仰天长啸。

"轰——"

又有一条白色的巨龙冲天而起，和前面那条白龙一起在空中腾挪，纠缠在一起，向九天疾冲而去。

"轰——"

"轰——"

"轰——"

……

空中传来九声巨响。

连续有九条白色的巨龙从白色的旋涡中冲出，朝天空腾挪缠绕。

九条白色巨龙在高空中形成一个巨大的圆圈，同时张嘴喷射出巨大的火焰。

"那是什么？怎么会有九条白龙？"

"龙族没有出现在神州，原来是隐藏起来了。"

"不，这些都是那条白龙的分身。那白龙将自己的龙魂抽取出来，变成了九条白龙。"

……

"九龙灌顶！"太叔永生大惊，"这混账小子是准备大开杀戒了吗？"

"九龙灌顶？"赢千度稍一回忆，便想起自己在一本宫廷秘本上读到过有关九龙灌顶的描述。

当时她觉得龙族距离自己实在太遥远，而这招九龙灌顶大抵是早已失传的神技，没想到今日能够亲眼见到，而且是自己身边最亲近的人使出来的。

九龙灌顶需要九个龙族王者共同施展，具有强大的攻击力。

龙王有特殊的分身之法，可以以一化九，完成此壮举。

九龙灌顶，是龙族的至高秘术，也是龙族的不传之秘。

除了龙王，即使是站在龙族塔尖的龙族王族成员都不可轻易学习。

这是牧龙之法，是惩戒之力。

"呼——"

九条白龙喷出来的火焰汇集在一处，变成了黑色的，瞬间又变成了白色的。

天空中出现了一个巨大的白色窟窿。

翻滚的黑云，暮色的天空，都被这龙火点燃，继而烧化。

天空中的窟窿越来越大，龙火急速向远处蔓延，就像要把整片天空烧尽似的。

"轰——"

白色的龙火从天而降，朝那朵金色的莲花疾冲而去。

金色莲花被拦截、被包裹，继而消失不见，成为白色龙火的一部分。

"轰——"

龙火中传出一声巨响，强大的爆炸波将周围的数千人族修行者冲击得七零八落，距离灾难中心近的直接化成了灰。

莲花大师消失了。

在九龙灌顶的猛烈冲击下，莲花大师燃烧本命真元释放出来的金色莲花只发出一声闷响，就被龙火熔化了。

在神州享有赫赫威名，早就步入星空强者之列的莲花大师在面对这条白龙时，竟然如此不堪一击。

"轰——"

冲击波在昆仑墟上空扩散开来，同时也在每个人的心灵深处蔓延。

那些侥幸逃过一劫的人族强者看着天空中的九条白龙，一个个目瞪口呆，难以相信自己所见到的一切。

"这就是……龙族的力量？"

这是在场每一个人心里涌现的念头。

"这样的力量，人族怎么可能抗衡？"

"连莲花大师都死了，我们还有希望吗？"

"杀了恶龙，一定要杀了这恶龙！我们要替莲花大师报仇！"

……

有人窃窃私语，有人疯狂喊叫。

更多的人沉默不语，若有所思地看着天空中的九条白龙。

这是一个人人梦想屠龙的时代，屠杀恶龙的口号人们已经喊了数万年。口号喊得多了，大家就开始变得狂妄自大，觉得屠杀恶龙不过是举手投足间的事。

在今天以前，他们固执地认为，神州之所以出不了屠龙勇士，是因为他们没有寻着真正的恶龙。

现在他们才知道，事实并不是这样，真相远比他们想象的要残酷。

人族屠龙不易，龙族屠人倒是不费吹灰之力。

莲花大师死了，在那焚烧的龙火中，定然再无逃出生天的可能。

可是，他想杀的李牧羊还冷酷地站在那里，站在原地，看起来根本就没有动弹过。

"莲花大师……"

天宝真人满脸杀气地盯着李牧羊，怒声喝道："你这恶龙，竟然如此对待至真至善的莲花大师！"

"于我而言，真是恶真，善是伪善。"李牧羊傲立在众人面前，面对数千人族强者却毫不怯场，"他想杀我，所以我杀了他。你们也一样。"

"狂妄至极！此龙不杀，便是神州浩劫！"

"诸位道友，我们齐心协力铲除此龙！"

"不杀此龙，我们便会被此龙所杀！"

……

"一群蠢货。"李牧羊的瞳孔再次变得血红，声音仿若在地狱中绕了一圈才钻进每个人的耳朵里。

他高举双手轻轻挥舞，头顶的九条白龙再一次咆哮起来。

虽然莲花大师已经死了，但是九条白龙仍然在高空盘旋，白色龙火仍然在天空燃烧不休，朝更遥远的天际蔓延。

"嗷——"

九龙齐吼，声震神州。

九条巨龙的咆哮达到巅峰时，嘴里再一次喷射出可焚化万物的紫红色火焰。

九团紫红色的火焰再次汇集，然后变黑，最后变白。

李牧羊突然分开举起来的双手，就像用力把什么物体撕裂了一般。

"噼里啪啦——"

白色的龙火一下子分散开来，就像天空中的太阳突然爆炸了一般。

万千火球从天而降，"轰隆隆"地砸向地面上的数千人族强者。

"大家速逃，切莫和那龙火硬拼！"

"救命啊！我的胳膊……"

"救我，救我！"

……

天上降着龙火，地面鬼哭狼嚎。

人族强者在满天龙火的攻势下溃不成军，只有狼狈逃窜的份儿。

这还不算。

在李牧羊双手的操纵下，那九条白龙突然分散开来，朝四处逃跑的人族强者狂追而去。

"嗷——"

"嗷——"

"嗷——"

……

它们一次又一次地张开大嘴，喷射出可以焚烧万物的龙之焱。

厮杀声，号叫声，还有巨龙的咆哮声……

谁也没想到，局势会发展成这样。

听闻恶龙现身，数千人族强者聚集昆仑墟，没想到恰好中了恶龙的诱敌之计。

恶龙以自己为饵，将数千人引入地底龙窟，再用补天石镇压。

关键时刻赢千度出现，又有星空学院院长太叔永生为人族说情，恶龙终于同意收回补天石，放这数千人一马。

没想到，人族精英不懂感恩，反而痛恨恶龙使计镇压他们，一个个吵吵嚷嚷地再次屠龙。

恶龙愤恨至极，痛下杀手。

莲花大师死了，数千人族精英也在龙火的袭击下死伤大半。

现在又有九龙追击，恶龙这是要将这昆仑墟上的人族强者赶尽杀绝吗？

"嗷——"

一条白色巨龙张开大嘴，喷出一口有着强烈腐蚀性的龙焱，将一批逃跑不及的人族强者扑杀在地。

"嗷——"

又有两个人族强者被白色巨龙拍死。

……

"够了！"太叔永生厉喝。

他目光深沉地盯着李牧羊，质问道："李牧羊，你是准备将这数千人族修行者全部击杀吗？"

"那又如何？"李牧羊正视太叔永生深邃的眼睛，反问道，"他们想要杀我，我为何不能杀了他们？"

"你当真要自绝后路？"

"是人族自绝后路，与我何干？"

"李牧羊……"

李牧羊面无表情，声音中却有着一丝悲愤："院长称我为李牧羊，不似其他人那般称呼我为恶龙，说明在院长心里，我是人族而非龙族。倘若我是人族，和你们一样的人族，当有人想要杀我时，我当如何？"

"可是，你毕竟身份特殊。"

"所以，在院长看来，我终究还是龙族。在院长心中，龙族就应当打不还手骂不还口才对，是不是？"

太叔永生轻轻叹息："李牧羊，你已经杀了够多的人，剩下的这些对你不能造成任何威胁，何不就此收手？就算是人族，也懂得得饶人处且饶人的道理。"

"就是因为懂得这个道理，所以在你们的劝说下，我收回补天石，将那些原本已经被我埋在地底龙窟的人族修行者放了出来。结果呢？他们是如何对待我的？我放了这些人，难道他们就会与我化解仇恨，永远不再针对我吗？"

"……"

"既然如此，索性一次性将他们铲除。"

"李牧羊，"赢千度劝道，"你不能这样。倘若你这样做，你和那些人有什么区别？"

李牧羊看向赢千度："我为何要和他们有区别？我为何要一次又一次地宽恕他们，等着再一次被他们陷害，被他们追杀？"

"李牧羊……"

"不要再说了。倘若人族不容我，那就让我真正加入龙族吧。就像真正的龙族那样，天不容我，我便逆天；地不容我，我便灭地；人不容我，我便屠人。"

李牧羊再一次化作白色巨龙，和那九条白龙一起，追杀那些四处逃窜的人族修行者。

"院长，这可怎么办？"赢千度着急地问道。

太叔永生轻轻叹息："终究是我炎黄一脉，遇不上也就罢了，既然遇着了……"

说话之时，他伸手朝天空一招，一根布满了细碎冰屑的小小树枝就落在了他的手里。

他拿着那根没有一片绿叶的树枝，轻轻一挥，一道白色的闪电便朝白龙形态的李牧羊劈斩过去。

"院长不可！"嬴千度大喊。

她确实想要阻止李牧羊继续斩杀那些人族修行者，但是她绝对不愿意看到太叔永生亲自出手斩杀李牧羊。

"啪——"

白色闪电劈在白龙形态的李牧羊的头颅上，数块鳞片从白龙头上脱落，白龙头上出现了一道深深的口子，正在向外汩汩流血。

龙血四处飘荡，将空气"刺啦啦"地烧化。

"嗷——"白龙嘶吼。

嬴千度挡在太叔永生前面，着急地说道："院长，不要伤害牧羊。"

第301章
昆仑神宫

"你这女娃，快快让开。"太叔永生无奈地看着赢千度，"难道你要任由那小子将这人族精英全数屠尽吗？"

"院长，我不愿看到他屠尽人族精英，但是更不愿意看到院长伤害他。他也是被迫的。"

"如果说此前是被迫的，此时也是吗？"太叔永生拿着树枝的手指着横冲直撞追杀人族修行者的李牧羊，"现在谁还能逼迫他？赢家姑娘，速速退开。"

"不行。"赢千度蛮横地说道，"院长，我不许您伤害牧羊，除非您把我一起杀了。"

"你这娃娃，还真是……"太叔永生被赢千度折腾得没了脾气。说实话，他极其喜欢这个聪慧漂亮、年纪轻轻便有如此大局观的学生。

假以时日，赢千度的前途不可限量。

虽然她一出生就已经是孔雀王朝的公主，但是太叔永生对她有更高的期待。

准确地说，他对赢千度的期待比对一个公主的期待要高上许多，是前所未有的高。

但是，再聪慧的孩子也容易犯天下少男少女都容易犯的错误——被感情蒙蔽，看不清楚真相。

"院长，求求您，不要伤害李牧羊。我们想要人龙两族和睦相处，就不要再在他的心中种植仇恨了。"

太叔永生轻轻叹息："那也要他知道罢手才是。那些人虽然愚蠢，但终究是人族。难道当真要我眼睁睁地看着他将这些人全部杀了不成？"

"嗷——"

白色巨龙口吐龙焱，将最后两个胆敢攻击自己的人烧成了灰。

宁静。

死一般的宁静。

数千人族精英，在一次又一次的冲锋下，在白龙一口又一口的龙焱下，死去大半。

一小部分实力更加高强的人没有死，此时不敢撄其锋，一个个飞到极远的地方远远地看着。

倘若发现苗头不对，他们还可以逃得更远。

白龙的眼睛犹如两汪血潭，狠狠地盯着那些人族精英，嘴里大口大口地喷出白气。

白龙也感觉到了疲惫，但是此时，白龙的身体完全被体内的那股戾气支配。

更要命的是，太叔永生那一鞭子着实厉害，让白龙直到现在还头昏脑涨，疼痛不已。

"怎么，你不服？"太叔永生看着白龙的眼睛问道。

白龙不应。

"不服憋着。"

"嗷——"白龙仰天长啸。

"李牧羊……"赢千度着急地唤道，她非常担心李牧羊愤怒之下攻击太叔永生。

她不知道太叔永生到底达到了什么样的境界，怕是整个神州也没有人知道。但是，她知道李牧羊那么做是自寻死路。

他和龙王的眼泪融合的时间太短，暂时还没办法发挥出龙王的全部实力。

"让他发泄一下也好。"太叔永生说道。

果然，白龙仰头咆哮了一阵子后，逐渐平静下来。

这不是一条傻龙。

白龙恶狠狠地看着对面的太叔永生，一副"我要是打得过你，早就把你干掉了"的模样。

太叔永生轻轻叹息："我也是为你好，虽然你肯定不乐意听到这样的话。"

"嗷——"

白龙再一次对着太叔永生咆哮。

"还不解气？"

太叔永生挥舞着树枝欲抽，嬴千度急忙冲上前，一把抱住了太叔永生的手。

这可不是开玩笑，她可是亲眼看到，太叔永生一鞭子抽死了一国之君。他要是想对李牧羊不利，怕是这神州当真没有几个人挡得住他。

"放开，我就是吓唬吓唬他。"

"我不信。"

"你这丫头，怎能成大事？"

"我不管。"

就在这时，天空中突然破开一个巨大的洞。

在那巨洞中，五彩光芒从天而降，恰好将整个无心谷笼罩住。

慢慢地，那五彩光芒呈现出心形的形状。

"咔嚓——咔嚓——"

地面上，冰层快速地破裂，巨大的缝隙朝远处蔓延，大块大块的万年寒冰朝地底深处掉落。

"轰隆隆——"

地动山摇，好像整个昆仑墟的万年寒冰都要崩塌一般。

"发生了什么事情？"那些幸存者一个个急急地冲向天空，瞪大眼睛看着这一切问道，"难道这是那恶龙的杀招？那恶龙还有杀招没使出来？"

"这是什么？"崔见心远远地看着这一幕，沉声问道。

黑雾中，一个声音嘶哑的人大笑，嘶吼道："神宫，这是昆仑神宫，神宫出现了……"

"什么？昆仑神宫？"崔见心也满脸兴奋，"神仙难寻的昆仑神宫？"

在那无心谷凹陷下去的位置，一座奇大无比的石头宫殿正缓缓地悬浮起来。

雕梁画栋，云霞缭绕。

白鹤纷飞，百鸟啼鸣。

仙乐飘飘，馨香诱人。

"轰隆隆——"

那座巨大的建筑逐渐浮出冰面，就像突然出现在这一望无垠却又一无所有的昆仑墟的仙庭洞府。

不错，昆仑神宫确实是神仙洞府。

传说有神人居住于昆仑神宫，与日月同寿，掌控神州万物之生死。

"哐当——"

整座宫殿切切实实地落在地面上，将整个无心谷填得满满当当的，高不见顶，长不见尾，浩浩荡荡一大片，一眼看不到尽头。

沉寂！

死一般的沉寂！

所有人都看着这座诡异地出现在自己面前的巨大宫殿，神情亢奋，却又充满畏惧。

"昆仑神宫？"

"这就是昆仑神宫？"

"昆仑神宫怎么在这个时候出现了？是不是有诈？这一定是那条恶龙为了诱杀我们故意布下的陷阱，就跟之前我们发现的龙窟一样。这恶龙为了杀我们，还真是舍得下血本啊！"

……

"昆仑神宫？"燕伯来眼里焕发异彩，对身边的下属发布命令，"无论如何，都要闯进神宫看一看。万年难寻的昆仑神宫出现在我们面前，哪有见宝山而不入的道理？"

"是。"残余的几个崔家追随者齐声答应。

"昆仑神宫……"天宝真人喃喃自语，"昆仑神宫怎么会在这个时候出现？这神州到底要应一场什么劫啊？"

"神宫现，神州难。"太叔永生表情严肃，看着面前那有着恢宏雄伟的古朴宫墙和高耸入云的大门，透着诡异神秘气息的昆仑神宫，轻声说道，"难道神宫当真应劫而至吗？"

"院长，神宫出现不是好事吗？难道神州将要发生什么劫难？"

"神宫出现确实是好事，但是自古以来福祸相依，大福的出现往往伴随着大难。万年以前神宫出现后，蛮族入侵，半个神州化作焦土，生灵涂炭，万物枯萎。天才王者夏侯山鸣率领人族抗击蛮族，最终将蛮族铲除，恢复神州，还万民安宁。没想到今天神宫再一次出现了。"

"那这神宫……能不能进？"赢千度说话时，转身看向了李牧羊。

"神宫能不能进，我不知道。不过，我想你喜欢的那个混账小子是一定会进的。八根幽冥钉入体，能让他生不如死。他要想根除痛苦，摆脱桎梏，修习龙王真正的秘籍和神通，就必须将体内的幽冥钉悉数取出。不然的话，就算人族大劫降临，怕是他也帮不上太大的忙。"

"他进，我便进。"赢千度坚定地说道。

神宫有高墙，高墙有高门。

高门上镌刻着两个苍劲有力的大字：昆仑。

那两个字重若万钧，让人多看一眼都大汗淋漓，仿佛身体虚脱了一般。

神不可见，便是这个道理。

这字，应当是那真正的仙人所题。

"轰隆隆——"

正当众人不知所措，不得其门而入的时候，那厚重古朴，仿若万万年不曾打开过的大门竟然自动向两边分开。

"哗——"

金色光华从门缝中泄出，就像这扇门后面藏着十轮八轮太阳，同时发射出耀眼的光辉一般。

等那金色的光华渐渐变淡，慢慢消失，人们的眼睛逐渐可以正常视物时，大家再次看向那洞开的大门，一个个蠢蠢欲动却又望而却步。

未知的，便是危险的。

"让道友先进吧。"大家都在心里这么想着。

昆仑神宫石门大开，门口又无人看守，神宫的守护兽开明兽也不见踪迹，一副"我是陷阱，请君入瓮"的架势。

众人你看看我，我看看你，都是一副不知所措的模样。

神宫现世，每个人都想进去看看，倘若能够遇到仙人得到指点，或者在神宫里寻到什么神器秘籍，说不定立即就能晋级为神州强者，像那些先贤一般闪耀整片星空。

但是，神宫是这么好进的？仙人是那么好见的？

神宫敞开大门欢迎自己，不会有什么阴谋诡计吧？

据说仙以前都是人，而能够修成正果位列仙班的人，他们的心思得多深沉，学识得多渊博？这样的人岂是好相与的？

"一个个胆小如鼠！跋山涉水，不远万里前来昆仑墟寻找神宫，神宫到了眼前，却又止步不前不敢入内。"黑雾中，鬼王的声音十分尖锐。

这是人族中的破坏派，每次都以言语为刀，让人痛不欲生。

"鬼王，你说得倒是好听。你要是胆大，不妨先行一步。怕是恶鬼永远不敢出现在仙人面前吧？"有人反唇相讥。

"哼，进就进。我这个恶鬼还偏偏不怕什么神仙。好好说话还好，倘若他们不好好说话，我就将他们一起灭了，抢了他们的神宫做我的鬼王殿。"

话音未落，那团黑雾已经朝神宫大门急速冲去。

众人这才察觉，他们中了鬼王的诡计。

鬼王故意鼓动别人先入神宫，看起来一副不安好心的模样，实际上是不想别人和他争抢，阻止他先冲进神宫搜寻宝贝。

"上了鬼王的当！"

"大家快进，不能让那鬼域里的怪物占了便宜！"

"我辈岂能落后于那群人不人鬼不鬼的家伙？"

……

有人带头，众人便争先恐后地朝神宫大门冲了过去。

"嗷——"

盘踞在高空的白龙嘶吼一声，猛地朝神宫大门俯冲而去。

"轰——"

因为白龙过大，而且速度太快，跑在所有人前面的鬼王躲避不及，被龙头撞飞了。

"砰——"

鬼王撞在神宫高大的石墙上，黑色的雾团掉落了一大块，露出了里面畸形的怪人。

不过，那怪人一闪即逝，仅仅片刻，黑色的雾团就恢复原样，再一次将畸形怪人包裹起来。

"该死的恶龙，"鬼王站定身体，看着刚刚消失在神宫大门处的龙尾，怒道，"我必屠之！"

"师父，您没事吧？"崔见心带着两名鬼将赶了过来，关心地问道。

这次跟随鬼王出来的除了鬼王的徒弟崔见心，还有鬼王麾下的十二大鬼将以及几名黑夜祭司。现在十二鬼将只剩下两个，黑夜祭司全军覆灭。虽然鬼王没事，但是鬼域大半高手折损于李牧羊之手，可谓损失惨重。

"我没事。"鬼王冷声说道，"进去吧，看看能不能寻到什么宝贝。神宫巨大，里面凶险万分，大家务必小心谨慎，不要被那些所谓名门正派从背后捅了刀子。"

"是。"三人恭敬地应道。

"李牧羊！"赢千度着急地喊道。

见李牧羊头也不回地闯入神宫，赢千度着急地对太叔永生行了一礼："院长，我进去找牧羊。"

说完，不待太叔永生回应，她便冲了进去。

太叔永生看着赢千度匆忙离开的身影，轻轻叹息。

"院长！"天宝真人飞到太叔永生面前，"神宫突然现世，院长可有什么想法？"

"神宫是仙人居所，仙人的心思，岂是我辈凡人能够揣测的？"太叔永生摇头。

"我总感觉忐忑不安。神宫在这个时候现世，怕不是什么福兆。"

"自古以来，福祸相依。是福不是祸，是祸躲不过。事已至此，我们也只能静待结果了。"

"深渊蛮族那边，我等也要做些准备才是。听闻近些年蛮族暴动，深渊之王派遣魔下蛮族大军日夜不休地攻击结界。"

太叔永生冷冷地扫了天宝真人一眼："你们难道当真不知，数万年以前的人魔大战，是龙族帮助人族取得了最终的胜利？既然要早做防备，为何还要对李牧羊痛下杀手？"

"院长，我只是觉得恶龙凶狠，而且一直对人族怀有恨意。说不定他早已和蛮族里应外合，时机到了，便会潜入红怒江，帮助蛮族打破结界。"

"哼，以小人之心，度君子之腹。"太叔永生脸色微变，怒道。

"有备无患。"天宝真人脸色难看至极。以他在道门至高无上的地位，他人就算说一句重话都是冒犯，哪里敢像太叔永生这般直接言语攻击，冷声呵斥？

但是，因为面前这个人是太叔永生，即便是天宝真人也只能受之，敢怒而不敢言。

"我相信牧羊的人品，无论他是人是龙，他的心性都是善良的。"

天宝真人心里冷笑不已，很想指着倒地的人族修行者和太叔永生理论一番。

不过，天宝真人心里清楚，以太叔永生对李牧羊的态度，他怕是听不进自己说的话。

多说没有任何益处。

"神宫万年才出现一回，院长不入神宫一探？"

"你自己去吧。"太叔永生说道。

"那贫道就先告辞了。"天宝真人作了一个揖，身体飞跃而起，朝神宫大门冲了过去。

太叔永生看着天空中的巨大窟窿，以及从那窟窿里透射出来的五彩霞光，久久沉默不语。

"怕是要变天了。"太叔永生喃喃自语，"李牧羊，你又能否像你的先辈一般扭转局势，救万民于水火呢？"

　　白龙冲进神宫后，身体不停地缩小，瞬间就恢复成了人形。

　　李牧羊是第一个冲进神宫的，他进入神宫后，就朝神宫的深处直冲过去。

　　神宫浩大无比，高耸入云，全部由不知名的白色玉石堆砌而成。

　　整座神宫不见缝隙，更没有人工的痕迹，仿佛生来就是这样的。

　　李牧羊是头一回进入神宫，就连那条和他记忆融合的黑龙，也不曾进入这传说中的昆仑神宫。

　　那条黑龙曾无数次来昆仑墟寻找过神宫，但每次都失望而归。没想到黑龙无缘得见的神宫，自己竟然进来了。

　　既然谁也辨不清方向，那就只能按照自己的感觉向前突进。

　　李牧羊走过石亭，越过长廊，一脚踏入了一片粉红色的桃林。

　　他转过身，茫然四顾，发现刚刚才走过的亭台楼阁已经全部消失不见。

　　漫山遍野，除了花树还是花树。除此之外，整个世界再无他物。

　　李牧羊觉得眼前的景色非常熟悉，一时半会儿却想不起来在哪里见过。

　　他融合了那条黑龙的记忆，记忆海里储藏的东西实在是太多了。

　　有些是他自己的经历，还有一些是那条黑龙的。

　　想要将两重人格的两段人生完全撕裂开来，也不是一件容易的事情。

　　"李牧羊——"一个清脆的女声突然在李牧羊耳边响起。

　　李牧羊大惊，问道："你是谁？"

　　"李牧羊——"

　　"你是谁？出来！别鬼鬼祟祟的不敢见人！"

　　"我在这里。"那个甜美的声音再次响起。

　　在距离李牧羊不远的地方，一棵开满粉红色花朵的桃树下，站着一个俏生生的白衣女子。

　　那个女子就在李牧羊眼前，李牧羊却没办法看清楚她的容貌。

只是，这女子给李牧羊的感觉是如此熟悉、如此亲切。

"你不记得我了吗？"

"你是谁？"

"你果然不记得我了。"

"……"

李牧羊不喜欢这个"你猜猜我是谁"的游戏，觉得这是小女生玩的。他想要发飙，让她自己说出姓名，但是，充满怒气的话到了嘴边，却化作万千柔情。

李牧羊的声音十分轻柔："我应该记得你是谁。我见过你，却又忘了你。"

"是啊。"白衣女子轻轻叹息，那叹息声又长又悲，引人无限遐想，怜悯从李牧羊内心深处油然而生，"你不仅见过我，还爱过我。我们曾是情侣，是世间最亲密的爱人。"

"你是……"那个名字到了嘴边，李牧羊却没办法说出来，"你是……"

"扑哧——"

白衣女子巧笑嫣然，李牧羊看不清楚她的表情，却知道她笑得一定很好看。

"我等你千年万年，如今花开成海，你终于来与我相见了，我真开心。"

第302章
开明神兽

白衣女子黑发似瀑，腰身似柳，喜悦的样子像春风，声音犹如泉水。

李牧羊可以肯定，这是自己见过的最漂亮的女孩子。

可是，她又是谁呢？

李牧羊越绞尽脑汁地思考，那个即将脱口而出的名字便越模糊，越飘忽不定，距离他也越远。

"你是谁？"李牧羊问道。

"新月。"白衣女子说道。

"轰——"

就像阳光刺穿了云层，就像洪水冲破了堤岸，封锁在李牧羊记忆海里的记忆一下子如万马奔腾似的汹涌而至，瞬间便将李牧羊的大脑填满。

"新月——

"新月——

"新月——"

李牧羊嘴里念叨着这个名字。

这个让他无比陌生却又在瞬间无比熟悉的名字。

她是自己的爱人，是陪伴了自己一生一世的恋人。

她早就已经离开，为何又在这里等待着自己？

"新月——"李牧羊疾走几步，握住了白衣女子的手。

白衣女子的手柔软、细腻、洁白、冰凉，如一块散发出丝丝凉气的暖玉。

这种触感让他安心，也让他欢喜。

以前他就喜欢这般握着她的手。

"你想起来了？"女孩子嫣然而笑，一如以前，是最令他痴迷的模样。

"想起来了。"李牧羊点头，"新月，你怎么会在这里？"

"我在这里等你。"

"等我？"

"人间太苦，劫难太多。"白衣女子用力地回握住李牧羊的手，漂亮的眸子一眨不眨地盯着李牧羊的眼睛，"以前你便遭人嫉恨，被人陷害追杀，现在也是一样吧？既然这样的宿命更改不了，不如陪我在这神宫内的桃园中生活。我每日读诗陪你入眠，跳舞让你作画，酿你最喜欢的桃花酒给你喝。这样的生活岂不美妙痛快？比在外面与小人为伍、与恶人厮杀要舒畅得多。"

李牧羊听着白衣女子的描述，脑海里回忆着以前的美好生活，不由得有些痴了。

"还记得你离开的时候吗？你说我只要想你一次，就在山脚种一棵桃树。我说我现在就开始想你了，你就陪着我在山脚种下了第一棵桃树。你看，桃树已然成林，花开已经成海，你也终于回到我的身边。以后就不走了，好吗？"

李牧羊的心里就像下了一场雨，有些湿润。他用力地握着白衣女子的手，很想点头说好，陪着她，永远不再离开。

他倦了，也累了。

倘若能和自己心爱的女子在一起，永远生活在这神宫中，桃园内，以诗酒入画，揽佳人入怀，他没有理由拒绝。

天上地下，还有比这更加舒畅快意的事情吗？

李牧羊刚要点头答应，心脏处突然撕裂般疼痛起来，让他抽搐，抓狂，生不如死。

他觉得自己的脑袋要裂开了，自己的身体要爆炸了。

"新月——

"新月——

"你背叛了我，你是叛徒……"

"我没有，"白衣女子急切地解释，"我没有，你听我解释，我没有。"

空间开始撕裂，白衣女子的身影归于虚无，粉红色的桃花纷纷掉落，铺满山谷。

"轰——"

眼前的一切爆炸开来。

消失了，一切都消失了。

白衣女子消失了。

花开成海的桃林消失了。

而他走过的亭台楼阁没有再次出现。

李牧羊独自站在神宫中，大口大口地喘着粗气，表情狰狞，眼神恐惧，浑身大汗淋漓，连身上的白衫都湿透了，有一种死里逃生的感觉。

"梦魇……"李牧羊喃喃说道。

刚才是欲望之魇，将他心底最深处的伤痛和记忆抽取出来，编织成美好的幻象赠送给他。

倘若李牧羊刚才点头答应，他将沉入幻象深处，生生世世难以逃离。

他会和那白衣女子一起，永远被镇压在这昆仑神宫里，再也不可能出去。

李牧羊不愿意就此沉沦。

让李牧羊难以明白的是，自己明明和那白衣女子不熟，甚至连她的名字都记不起来，为何会出现这种梦魇呢？

难道是因为自己和那条黑龙记忆相融？

数万年过去了，那条黑龙仍然没办法忘记那个叫作"新月"的白衣女子？

她是他的爱人，却背叛了他。

李牧羊轻轻地抚摸胸口，那种撕裂般的痛感仍然存在，而且直到现在，他还有一种痛彻心扉的感觉。

这就说明，那种背叛对那条黑龙造成的伤害是巨大的。

可是，李牧羊在记忆海里搜索了好一阵子，竟然没有找到新月背叛黑龙的原因。

难道那黑龙不愿意再想起此事，所以将那些记忆封存在记忆海的第三层了？

李牧羊摇了摇头，不愿意再将时间和精力浪费在白衣女子的身上。

那些久远的谜团终究会一个个地解开的。

只是，较之刚进入神宫的时候，他变得更加小心谨慎。

昆仑神宫无端出现，而且敞开大门任君踏入，实在诡异。怕是里面机关重重，这梦魇只是其中的一个考验吧？

求权者给予无上的权力，求财者给予金山银山，求长生者给予永生……要什么给什么，怕是很多人会因为难以抗拒而陷入欲望之海吧？

千头万绪，难以厘清。

李牧羊不愿多想，再次朝神宫的深处冲了过去。

奇怪的是，李牧羊一路走来，一直一人独行，没有发现任何人。

那些在他身后闯进神宫的人就像无端消失了，又像每一个人都有自己独特的道路，行走在一个个平行的世界，永远不会再次遇到彼此。

李牧羊越走越快，跑过长廊，再次推开了一扇石门。

"轰——"

李牧羊一脚踏空。

呈现在他面前的是红怒江之水，是屠龙峡谷，是咆哮的巨龙，是屠戮巨龙的人族，是龙族巨大的头颅被人族强者挥剑斩落的画面。

红怒江被龙血染红，龙族尸骨堆积成山。

"嗷！"

李牧羊目眦尽裂，长啸一声，猛地朝成山成海的人潮冲了过去。

……

第三扇门。

李牧羊出现在江南小城，窗外鸟语花香，阳光明媚。

李思念一脚踹开木门，急切地喊道："哥哥，哥哥，我带你去看龙舟……"

第四扇门。

李牧羊独自立在断山之巅，目光所及之处，三眼怪人就像雨后的蚯蚓一样从深土里露出头来……

第五扇门……

第六扇门……

第七扇门……

昆仑神宫有九门，前七扇门分别代表人世间的喜、怒、哀、惧、爱、恶、欲七情。

人生在世，七情六欲最凶猛，也最伤人。

李牧羊是死过一次的人，不，是死过好几次的龙。

所以，前面七扇门几乎对他没有任何影响，更不可能阻碍他前行的步伐。

他以最快的速度破阵过关，然后推开了第八扇门。

急促的脚步停止了。

李牧羊感觉到了危险。

那是一种连龙族都会心生畏惧的很强大的气息。

龙族是半神，是万物之王。连龙族都畏惧的东西，定然是凌驾于万物之上的。

在那扇石门的门口，站着一只极其凶猛、模样有些滑稽的怪兽。

老虎的身体上长着九颗人的脑袋，九颗人的脑袋上有九张相同的面孔，看起来是不是很滑稽可笑？

可是，李牧羊笑不出来。

"虎身人面，表此桀形；瞠视昆山，威慑百灵。"

开明兽！

这便是守护昆仑神宫的开明神兽。

前七扇门分别代表七情，而第八扇门有开明兽守护。

这开明兽便是李牧羊此行的目的。

李牧羊需要开明兽体内的晶魄消除自己体内的幽冥之气，驱除已和自己的血液融为一体的寒毒。

他想要恢复成一个正常的人，或者说，一条强壮的龙。

所以，李牧羊看着开明兽的眼睛亮晶晶的，放着光。

虽然开明兽长得丑，但是他看着美。

这可是灵丹妙药啊，比他之前在龙窟里看到的所有神丹还要神妙。

开明兽的眼睛也同样放着光，九颗脑袋同时朝李牧羊站立的方向看了过来。

"神宫初降，神门初开，你却已经连闯七关，连破七门。"开明兽的声音清脆如孩童。

开明兽的九张脸便是儿童的脸，所以它用孩童的声音说话，听起来并没有什么违和感。可是，九颗脑袋上的九张嘴巴同时说话，而且四只虎爪在地上走来走去，就实在让人脊背生寒，汗毛竖起了。

"你是所有人里闯关速度最快的。上一次是什么时候来着？应该是很久很久以前了，久得我都记不住是什么日子。那一次，所有人里最快闯过七关跑到我面前的也是一个年轻人，不过，他用了七天七夜才走到我面前。

"你的很多人族同伴现在还停滞在第一扇门前难以前行呢，更甚者已经沉沦在梦魇世界，永生永世难以出去，只能留在这神宫内和我做伴。

"我若肚子饿了，便吃上一个两个。人族并不好吃，可是，偶尔吃一次味道也不错。毕竟，这神宫虽大，可供玩乐的地方却少之又少，我总要给自己找点事情做嘛！"

开明神兽的鼻子动了动，神情变得严肃起来："奇怪，你不是人族，你身上的人族气息并不浓烈。你是龙族？"

不待李牧羊回答，它又摇了摇头，自己接下了话茬："不对，你也不是龙族。和你相比，龙族的气血更热，气息更浓，而且，威势更重。倘若你是龙族，我应当早早就感应到才是，不可能直到你走到我面前才发现这一点气息。"

"……"

李牧羊发现了，这家伙是一个话痨。

可能是一个人，不，一只兽寂寞太久了，好不容易有一个人跑到它的面前，所以它情绪激动，忍不住想要多唠几句吧。

"你身上有人族的味道，我吃过人，知道人是什么味道。除此之外，你身上也有龙族的味道，我虽然没有吃过龙族，但还是和龙族打过交道的。那些愚蠢的家伙曾经竟然想要攻打进来，强占神宫，真是滑稽至极。"

"……"

李牧羊被深深地震撼了。

原来在某一个时代，或许那个时代极其久远，比黑龙所在的那个时代还要久远许多，那个时候龙族还很强大，竟然干过强闯仙府试图强占神宫的事情。

和自己的先辈相比，自己这条小龙，不，包括那条黑龙，简直是土鸡瓦狗，不堪一击。

"你想要什么？"开明兽盯着李牧羊的眼睛，问道。

"我想要你的晶魄。"李牧羊说道。

"不行。"开明兽急了，九颗脑袋转来转去，九双眼睛同时喷射出怒火。

它的脸仍然是孩童的模样，但是说话的声音凶恶了许多。

"你不要看我长相可爱，就以为我很好欺负。我告诉你，我若愤怒起来，连我自己都害怕。晶魄不能给你，换一样。"

"我只要晶魄。"李牧羊不好意思地说道。

对方看起来很和善，他也不想把彼此的关系搞得太僵。

"我和我的一位亲人得了一种病，只有你的晶魄可以治。这件事没办法妥协，若有其他治病的方法，我也不会不远万里地跑到这里。"

"不行不行。"开明兽拼命地摇头，九颗脑袋同时摇晃，看得李牧羊眼花缭乱，不敢多看，"晶魄给了你，我自己就没办法活了。我只有一颗晶魄，那是我的本命之源。换一样好不好？换一样我可以给你的。"

"那就把神宫给我吧。"李牧羊不忍心拒绝它的好意，认真地想了想，开口说道。

第303章
神兽卖萌

开明兽听到李牧羊提出来的这个要求，九张嘴巴同时微张，露出微红的舌尖，九双眼睛同时睁大，看起来丑萌丑萌的，非常滑稽。

开明兽好像听到了世间最荒谬的事情，沉默良久后咽了一大口口水，这才说道："你以为我是谁？"

"我知道你是开明兽。"李牧羊说道。

"你看我站在哪里？"

"神宫门口。"

"对啊。"开明兽拼命地点头，"我叫开明兽，只是神宫的守门者。就像你们人族喜欢在家门口拴一条狗一样，我就是神明的狗。你们人族的狗有资格将主人的屋子送给别人吗？"

李牧羊摇了摇头："没有。"

"它们没有资格送房子，我有什么资格送神宫？"开明兽露出气急败坏的模样，"你为何要难为一条狗？"

李牧羊认真地想了想，发现这条"狗"说的话很有道理。

他在江南的时候，也从来没有人跑去人家家门口要狗把房子赠送给自己吧？

为什么现在到了神宫，他就想让一条守门的"狗"将神宫赠送给自己呢？

不仅如此，李牧羊还发现了一些事情。

第一，开明兽很聪明，知道自己的职责是什么。

第二，开明兽很渊博，一看就是饱读诗书的神兽，语言组织能力极强。

第三，开明兽是一个话痨。

"我也不勉强你。既然不给我神宫，就把晶魄给我吧。"李牧羊说道。

"你是在威胁我吗？"

"我也是实在没有办法。"

"你要求的两样我都没办法给你。"

"那我只能自己动手取了。"

"我这么可爱，你忍心对我动手吗？"开明兽泪汪汪地看着李牧羊，一脸哀求的样子。

李牧羊有一种异常熟悉的感觉。

它露出这种表情的时候像极了自己的一个朋友，像谁来着？

对了，像雪球。

李牧羊想清楚了这件事情，立即退开。

"咔嚓——"

李牧羊刚才站立的地方，出现了九条裂缝。

原来，在李牧羊后退的一刹那，开明兽的九张嘴里突然吐出了九把冰刀，完全笼罩了那一片区域。

李牧羊刚才退得慢的话，怕是当场就变成九块了。

开明兽看起来亲切可爱，但是暗藏杀机。

这些动物都活成精了。

开明兽再次嘴巴微张，瞳孔放大，一副很不可思议的模样。

"天啊，你好厉害，竟然能够躲开我的九把冰刀！"开明兽一副钦佩的模样，嘴里也是称赞连连，"有一回，一个中年人耗费了九九八十一天，好不容易才走到我面前，结果被我一刀斩了，看起来可凄惨了！"

李牧羊嘴角浮现一丝嘲讽的笑意："你像极了我的一位朋友。"

雪球就总是一副无比委屈的模样，发呆卖萌吹泡泡，然后，突然袭击。

在天都时，李牧羊和止水剑馆的木浴白打了起来。

雪球连投降的伎俩都使上了，趁木浴白不备给了他致命一击。

不知道木浴白对喜欢扮可爱的动物有没有心理阴影，反正李牧羊已经对喜欢扮可爱的动物有了心理阴影。

他一看到动物卖萌装可爱，就立即生出了警惕。

果然，他又一次成功逃命。

可惜，风城之战后，他被太叔永生复活，后来晋级白龙，远逃异地，用了大半年的时间修行养伤，同时和雪球以及红狼王失去了联络。

真想念那两位老朋友啊。

在李牧羊的心中，那一狼一"狗"比大多数人可靠多了。

至少，它们不会伤害自己。

"哪位朋友？"

"你把晶魄给我，我就告诉你。"李牧羊说道。

"那就算了，反正我对你们人族的事情也不感兴趣。"开明兽拒绝了李牧羊的交易。

"看来我只好自己取了。"李牧羊说道。

他伸出右掌，掌心立即浮现出一个白色的光球。

"哗啦啦——"

流水的声音从光球里传了出来，却让人察觉不到任何的破坏力，以及真气剧烈流动时应当出现的空间扭曲。

李牧羊的右手猛地一甩，那个白色的光球便朝开明兽的脑袋砸了过去。

"哗啦啦——"

和刚才相比，流水声变得更大更急。

光球瞬间锁定了开明兽的一颗脑袋，只等冲到开明兽面前就爆炸开来。

"呼——"

开明兽突然发出一声兽吼，四爪离地，身体高高地跃了起来。

它的其中一颗脑袋猛地张开大嘴，一口就将光球吞进肚子里了。

"轰——"

光球在开明兽的肚子里爆炸开来，开明兽的肚子瞬间胀大无数倍，又猛地收了回去。

开明兽舔了舔嘴唇，一脸满足地看着李牧羊："味道真不错，比人族好吃多了。还有吗？"

"抗魔法攻击？"李牧羊在心里想道。

看来开明兽和雪球一样，也是一种能量体。

雪球是由水母元素组成的，却不知道开明兽是由何物组成的。

"自然还有。"李牧羊双手握拳。

"咔嚓——"

"咔嚓——"

天空中出现了两条白色的电龙。

电龙张牙舞爪，身体上有电光闪烁。

开明兽仰脸看天，高兴极了，一边手舞足蹈，一边喊道："这个好，这个好，一看就知道很好吃。"

李牧羊双拳碰撞，两条白色电龙就"轰隆隆"地朝开明兽的躯体撞击过去。

"咔嚓——"

两条电龙同时在开明兽的身体上爆裂开来。

电光四射，真气纵横。

白色的光华消散后，只见开明兽一脸幸福地躺倒在地上，就像刚刚泡了一个热水澡。

"好舒服啊。"开明兽喃喃说道。

"……"

李牧羊对开明兽发动了两次攻击。

第一次是融合了水元素的魔法攻击，属于龙族秘法，建立在龙族对水元素无与伦比的控制力和感悟力的基础上。

龙族离不开水，水是龙族天生就会操纵的一种强大元素。

那个光球直接被开明兽张嘴吃掉，证明水元素对它没有任何攻击效果。

不仅如此，它还能直接吞噬水元素，填饱自己的肚子。

第二次，李牧羊释放本身真元招引天雷之力，以惊雷攻击开明兽。结果，开明兽就像泡了一个热水澡一般舒服地呻吟。

开明兽守护神宫万万年。

虽然它将自己定义为神族拴在自家门口的看门狗，但是和人们拴在自家门口的真正的看门狗相比，它拥有万万年的寿命，岂是看门狗可以相比的？

怕是只有李牧羊认识的那只小白"狗"雪球可以和它相提并论。

看着开明兽在地上翻来滚去，九张脸上都露出幸福舒畅的表情，李牧羊体内的怒气开始汇集。

挑衅！

这是对龙族的挑衅！

"最后那一下特别有味道。还有没有？再来一次。"开明兽慵懒地躺在地上，一副哀求的模样。

"你要是喜欢，自然是有的。"李牧羊冷笑，"它叫作双龙戏'猪'。"

"双龙戏珠？好名字。我就是那颗珠吧？咯咯咯——"开明兽的声音如同幼童，笑起来的时候声音也和孩童的一样，清脆可爱。

"对，你就是那只猪。"李牧羊说道。

说话之时，他从原地缓缓升起。

李牧羊的双手平放至膝盖位置，上面各出现一个白色的光球。

光球如水，潺潺流动。

光球里面，各有一条白色小龙翻江倒海，腾挪起伏。

"刺啦啦——"

一股磅礴的气息被封锁在光球里，只有那两条白色小龙张牙舞爪时才会有真气外泄。

开明兽感觉到了那两个光球的威胁，从地上爬了起来，九颗脑袋上的十八只眼睛同时盯向李牧羊双手平托着的那两个光球，问道："这又是什么？"

"这叫作双龙入海。"李牧羊说道，"你看，这两条龙在光球里游动，像不像龙入大海？"

开明兽认真地看了看那两个光球，点头说道："还真像龙入大海。这也是给我吃的吗？"

"当然。"李牧羊笑着点头。

他飞向神宫的顶端，在他到达的刹那，手里的两个光球突然金光大作，从他的手心飞出，朝地面上的开明兽冲了过去。

金色的光芒将开明兽的整个身体笼罩住了。

"好舒服。"开明兽沐浴在金光中，觉得全身暖洋洋的，有些昏昏欲睡。

"轰——"

那两个光球突然加速冲刺，在开明兽的头顶爆炸开来。

等到金色的光辉散去，那两个光球已经消失不见，连带着光球里面的两条白色小龙也不见踪迹。

开明兽很享受地用舌头舔着嘴唇，眼神哀怨地看着李牧羊："那两个光球看起来也很好吃，我还没来得及吞下去呢，它们怎的就爆炸了？要不你再给我两个让我尝尝鲜？"

"不用了。"李牧羊冷冷地说道，"那两个光球已被你吃进肚子里去了。"

"我已经把它们吃进肚子里去了吗？"开明兽一脸疑惑。

"不错。"李牧羊点头，指了指开明兽的肚子，"你看，双龙入海，现在那两条白色小龙正在你的肚子里翻江倒海。"

李牧羊的话音还未落，开明兽的肚子突然高高鼓起，就像有什么东西想要顶破它的肚皮，挣脱它的束缚一般。

很快，开明兽肚皮的形状不断变化，时而是柱形，时而像山丘，时而如扇……

"啊——"开明兽不停惨呼，瞳孔放大，脸色惨白，额头上大汗淋漓，它厉声嘶吼，"那两条小龙到底要干什么？它们要在我的肚子里干什么？"

"滋味还不错吧？它们要干什么，我也不知道。或许，它们只想从你的肚子里穿出来，将你的晶魄送给我。"

"让它们出来！让它们出来！"

李牧羊居高临下地看着拼命挣扎的开明兽："将晶魄给我，我就放它们出来。"

"不可能，晶魄给你，我就会死。"

"不给我晶魄，你也会死。"李牧羊出言威胁，"只不过，给我晶魄，是舒舒服服地死。不给我晶魄，就是被那两条小龙顶破肚皮而死。你那么聪明，应该会做出正确的选择吧？"

"你威胁我，你竟然敢威胁神宫守护者！"

"那又如何？"李牧羊一脸不屑，"神宫我都差点儿抢了，威胁一只看门兽又如何？我要晶魄，你到底给还是不给？"

"你以为这样就能逼我就范吗？"开明兽大声嘶吼，突然从地上跳了起来，快速地朝远处冲了过去。

"想逃？"李牧羊一直盯着开明兽的一举一动，见开明兽竟然想带着肚子里的两条白色小龙逃跑，便右手一扬，一张白色电网飞落，一下子将开明兽网住了。

李牧羊伸手一扯，开明兽就被白色电网拖着飞向了半空。

李牧羊没有就此罢休，一手拽着电网的绳端，将束缚着开明兽的网兜朝神宫高大结实的石壁狠狠地摔了过去。

"砰——"

开明兽砸在了石壁上。

"砰——砰——砰——"

"咔嚓——"

李牧羊双手齐舞，拖着开明兽上天入地。他每一次挥动手臂，开明兽都要狠狠地撞在石壁或者地板上。

第304章
枯禅圣抄

苍穹破开一个大洞，透射出七彩光华。

有人说，神宫是从天空中掉下来的，不然的话，为何每次神宫出现的时候，天空就会裂开一个大洞，射出千万道霞光呢？

也有人说，神宫位于昆仑墟终年不化的冰雪下，每当神州有大难之时才会从地底浮现出来。若非如此，怎么会有无心谷这处神现之地？

昆仑神宫到底隐藏在何处，直到现在仍然是一个谜团，吸引着神州人追寻、解答。

两个身材高大的人飞到无心谷上空，看着屹立在空谷中的巍峨宫殿，都目瞪口呆，无比震撼。

"这就是传说中的……昆仑神宫？"铁木心瞪大眼睛，一脸惊诧。

"应该是。"蔡葩说道，"除了昆仑神宫，还有哪般神迹如此震撼人心？"

"地上有血，看来刚才这里发生了一场惨烈的厮杀。不知道李牧羊现在情况如何，会不会已经被那些人杀了。"

"李牧羊是白龙，纵然不敌，也有自保和逃生能力，怎么可能轻易被人族所害？"

"说得也是。"铁木心顿时开心起来，脸上浮现笑意，"既然外面无人，那就证明所有人都进入神宫了。神宫大门敞开着，我们是不是也进去看看？"

"自然是要进去看看的。"蔡葩说道。

神宫万年才出现一次，错过了怕是要遗憾终生。

"那我陪你进去。"铁木心笑呵呵地说道，"就算是刀山火海，我们也要进去看看，说不定能被仙人看中，学习几招或者直接拜仙人为师呢！那我们不就可以纵横神州了？"

"做梦！"蔡葩倒是冷静多了，"都说昆仑神宫里住着神仙，但是世间又有谁见过真正的神仙？不过，神宫里灵丹、仙草、法器无数，倘若运气好，说不定能够捡到一件。那样也算不虚此行。"

"嘿嘿嘿，我就是随口说说。若被神仙收为弟子，那我不也成了神仙吗？让我在这神宫里住上一万年，我可待不住。还是让我好好祸害这人间吧。"

铁木心见蔡葩纵身朝神宫大门冲了过去，也赶紧跟上。

天边出现一抹白色，紧接着传来一声清唳。

鹤鸣九皋。

巨大的白鹤展翅翱翔，在巨大的昆仑神宫上空盘旋一周才疾冲而下，落在神宫的正门前面。

身穿白色流云星空袍的俊美少年看着地面上的鲜血尸骸，轻轻叹了一口气："牧羊师弟实可怜，好端端的，就要背负这般艰难的使命。不过，有院长在，应当能保他生命无虞吧。"

俊美少年轻轻拍了拍鹤背："小白，你且玩耍去吧，我进去看看。"

说完，他姿态优雅地从鹤背上跃了下来，足不沾地，靴不染尘，迈开步伐朝神宫大门走去。

只是一步，他便到了神宫门口，再一步，那雪白的身影便消失不见了。

缩地成寸！

"吁——"

一批脚踏红云的火云马从天而降，十数名身穿西风帝国监察司制服的男子骑在马上，兴奋地看着面前的昆仑神宫。

"妙啊，实在是妙不可言！"崔见大喜，"我原本只是想来擒拿帝国叛贼，人族公敌，没想到偶遇这万年难得一见的昆仑神宫。此行真是大有收获。"

"恭喜长史。"崔见身边的监察史齐声恭贺。

崔见转身，看着身边同样样貌英俊、身材挺拔的少年，笑着说道："相马，姑父一直在外面追杀恶龙，此番应当也进入昆仑神宫了吧？你们父子有一段时日没有相见，说不定再次见面便是在这神宫内，说出去倒也是一种机缘。"

"那要多谢兄长提携。倘若不是兄长要求，我也没有此次出外勤的机会。"

"哈哈哈，都是自家兄弟，说谢作甚？我只是想着那李牧羊着实可恶，怎么说他当年在江南城的时候也和你有过一些交情，没想到他龙族的身份曝光之后，竟然假借你的名字四处行凶。想来你也憋着一肚子的火气。此次若寻得着他，兄长定会助你一臂之力，以泄你心头之恨。"

燕相马双手抱拳："多谢兄长。"

"哈哈哈，我们入神宫。"崔见大笑着说道。

昆仑神宫现世的消息被人族强者传至神州九国后，无数人各展神通，朝昆仑墟赶来。

此日，此时，无数的人，无数的势力，一拨接一拨地闯进敞开着的神宫大门。

"砰！砰！砰！"

"噼里啪啦——"

一次又一次撞击。

一次又一次摔打。

开明兽被李牧羊折磨得鬼哭狼嚎，凄惨不堪。

"救命——救命——

"饶了我吧，我知道错了……

"我快要死了，我快要被你打死了……"

开明兽疼痛难忍，发出求饶的声音。

李牧羊像没有听到开明兽的喊叫声一般，仍然拖着用真气编织而成的巨大网兜，一次又一次地撞击开明兽。

等李牧羊停歇下来时，开明兽已经停止叫唤，躺在地上一动不动。

李牧羊缓缓落地，站在开明兽的面前，看着这享誉神州的神兽："现在你仍然要把晶魄交到我手上。"

"我们做一个交易。"开明兽虚弱地说道。

"什么交易？"

"你需要我的晶魄治病？"

"不错。"

"我若能将你的病治愈，是不是就可以留住我的晶魄？"

李牧羊衡量了一会儿后说道："自然可以。"

"你是何病？神宫内灵丹异草无数，总能找到合适的。"

"我体内有八根幽冥钉，据说只有开明兽体内的晶魄才能化解……"

"那是说书人胡说八道。"开明兽气急败坏地说道，"神宫万年才出现一次，我万年才能见一回人族。人族怎么知道我的晶魄可以化解那劳什子的幽冥钉？这是谣言，是迫害，是敌人的毒计！"

开明兽发泄了一番对说书人的不满后，看着李牧羊说道："我有一方，可化解你体内的幽冥钉。"

李牧羊正是为了解除自己和陆清明体内的幽冥钉而来，倘若开明兽当真有其他办法可以驱除他体内的幽冥之气，他不是不可以答应它提出的交易。

同为长寿生物，龙族何苦为难开明兽？

只是，这怪兽活了太久，早已成兽精，李牧羊很担心自己会被它欺骗。

李牧羊一脸戒备地盯着开明兽，问道："你有什么办法驱除我体内的幽冥之气？"

"何谓幽冥之气？只不过是来自炼火地狱的脏气污气而已。这里是什么地方？这里可是昆仑神宫，是仙人居住的地方。倘若不是那股幽冥之气进入了你的身体里，已与你的精、气、血融为一体，只要你在这神宫中走上一遭，怕是那幽冥之气就被驱除干净了。"

"少说废话。"李牧羊冷声说道。

谁不知道幽冥之气是地底的百毒寒气？倘若幽冥之气没有入体，没有与自己的精、气、血融合，自己有必要一路跋山涉水，跑来寻找神宫吗？

开明兽看起来被李牧羊打怕了，看到李牧羊脸色不善，赶紧解释："我只是想让你明白，神宫天生就克制幽冥之气。你要是跟我一起居住在这神宫中，我保证你体内的幽冥之气再也不会发作。哈哈哈——"

开明兽笑得肆无忌惮，就像它刚才讲了一个天底下第一好笑的笑话一般。

开明兽笑着笑着，笑容就凝固在了脸上。它忐忑地说道："我就知道你志在神州，不可能和我一起居住在这神宫内。倘若有机会出去，谁愿意千年万年地固守在这神宫内啊！"

李牧羊有些好奇了："你不能走出神宫？"

"是的。"开明兽无奈地说道，"我是神宫守护者，神宫在哪里，我就得在哪里，而且永远不能走出神宫一步，不然的话，我就会立即腐朽而死。我活得太久太久了，久到我都不知道我现在多少岁了。我踏出神宫的一刹那，就会神魂俱灭，化作一缕轻烟，再也没办法回来。那个时候，我就算想站在这里守门也没有机会了。"

开明兽像一个垂垂老矣、生命所剩无几的老人，九张脸上布满了哀伤。

可是，这番话又和它那九张娃娃脸产生强烈的冲突，让人看了既伤感，又觉得无比滑稽。

"神宫里面可有神仙？"

"我不知道。"开明兽的九颗脑袋同时摇晃，"你一定不肯相信吧，我居住于神宫万万年，竟然不知道现在这里面还有没有神仙。以前应当是有的吧，但是我已经好久好久没有见过了。"

开明兽说"好久"，应该是真的久远。

"神宫平日会停留在哪里？"

"我在神宫里面没办法知道确切位置。"开明兽说道，"神宫飘忽不定，有时候在九重天外，比太阳更高的地方。那个时候我全身滚烫滚烫的，太阳快要把神宫烤化了。有时候神宫可能在黑乎乎的幽冥之地，那里只有野火和狂风。更多的时候，神宫就在这昆仑墟下方，被万年冰雪埋藏，谁也没办法将它寻找出来。"

"神宫此番为何突然现世？"李牧羊表情忧虑地说道，"神宫现，神州难。

每一次神宫出现，神州都会有大难降临。这一回神州的劫难应在什么地方？"

李牧羊不得不关心神州的劫难。

虽然他算得上是神龙，可以抗击各种各样的天灾人祸，但是他的家人、他的朋友、他的爱人都是人族。

他不得不为他们着想，不得不为他们的安全考虑。

无数个深夜，以及被人族伏击的时候，他都想索性化作龙躯，成为真真正正的龙族岂不快哉？

但是，每每想起自己的父母、天真可爱的妹妹、对自己不离不弃的朋友、千度，甚至陆契机和崔小心……他就一次又一次地强忍住了那种冲动。

他不是人，因为他的体内有龙的魂魄。

他也不是龙，因为他有人的思想和情感。

开明兽一脸苦笑："我只是神宫守护者，不是这神宫的主人。神宫的主人早就不知道去了什么地方。神宫为何现世，神州有什么劫难，都不是我这只小小的看门兽能够知道的。"

"那你知道什么？"

"我知道驱除你体内幽冥之气的办法。"开明兽说道。

站在它的立场，它觉得李牧羊刚才问的那些问题比如何驱除幽冥之气难得多。

"看来你还是有点用处的。"李牧羊轻轻叹了一口气，"说吧，如何驱除？"

"你好像……是一条龙？"

李牧羊的眼神瞬间变得锋利如刀，他冷冷地盯着开明兽，沉声说道："你想说什么？"

"我就是……"开明兽满脸紧张，小心翼翼地说道，"想要确定一下你的身份，以便寻找驱除幽冥之气的方法。"

李牧羊沉吟良久后，点头说道："我体内有一颗龙王的眼泪。"

"那样的话，你到底是龙族还是人族？"

"是龙族如何？是人族又如何？"

"龙族有龙族的驱除方法，人族有人族的驱除方法。当然，和人族相比，龙族的身体更加强悍，生命力更加顽强，所以驱除方法要简单易行一些。人族的话，怕是承受不住伐毛洗髓的换血之痛。"

"……"

"所以，"开明兽一脸认真地看着李牧羊，问道，"你到底是选择做龙族，还是选择做人族？"

"……"

神宫，天池。

神宫里面的天池，其实就是一处天然的汤池。

池子在神宫的一处庭院中，连通一条小溪。

溪水潺潺流动，不知从何处来，更不知要流到何处去。

汤池四周，种满奇花异草和仙果桂树。

仙音缭绕，祥云漫天。

按开明兽的说法，这汤池是真正的神仙洗澡的地方。

这句话的真实性如何不得而知，神仙已经消失太久了，李牧羊也没办法拉人出来对质。总之，神仙到底有没有在此地洗澡，李牧羊也没办法确定。

不过，到了此地后，李牧羊觉得不管神仙有没有在此地洗澡，他都要在这里洗一次澡。

"就是这里。"开明兽指着天池说道。

"这池水是仙人沐浴的水，在神宫的仙气中浸润了很久，而且饮天露，听仙音，早已经不是凡水，至纯至圣，可以净化万物。

"到时候，我用枯禅圣抄将你体内的血全部放进这池子里，等神水将你的血液全部净化，驱除全部幽冥之气后，我再用枯禅圣抄将这些血液重新注入你的身体。

"在这个过程中，你只需要运转我传授给你的星辰忘忧功守护心神不失、神魄不散。只要按照我说的做，你从此池中走出来时，必定体内寒气尽散，重新成为一个正常人。"

李牧羊紧紧地盯着开明兽的眼睛："倘若在我净化血液的过程中，你突然痛下杀手加害于我，我当如何反击？"

开明兽大怒，气急败坏地说道："我是神宫守护者，名声传遍神州，我也是要脸面的好不好？既然我答应为你驱除体内寒毒，又岂会做那种背信弃义的事？"

"我为什么要相信你？"李牧羊问道。

"你可以不相信我，但是你应该相信昆仑神宫。仙人之所，怎可容纳宵小行径？那种事若传出去，昆仑神宫在世间必定名誉扫地，声威大坠。那时候，怕是仙人都要动怒。"

"神仙？"李牧羊撇了撇嘴，"倘若这神宫里面当真有神仙，他的人品怕是堪忧吧？"

"你怎可如此诋毁仙人？"

"难道不是吗？"

"你说的也不是没有道理。但是，这确实是我能够想到的最简单易行的办法。"开明兽一脸诚挚地说道，"我与你有缘，确实想助你驱除体内寒毒。你若不信，我也没有办法。我本将心向明月，奈何明月照沟渠。你不愿信任我，是对我最大的侮辱。"

李牧羊眼神阴森，说出来的话更是让开明兽心惊肉跳："我还是觉得和换血相比，直接取你的晶魄更简单容易。"

"……"

第305章
万灵玉玺

开明兽看到李牧羊虎视眈眈的样子，再一次紧张起来，急忙解释："你不要被外界的那些说书人蒙骗了。你想想，说书人说的话怎么可以相信呢？他们说开明兽的晶魄可以驱除幽冥之气，完全是胡编乱造，杜撰瞎写！"

"不试试怎么知道？"李牧羊一副若有所思的模样，看着开明兽说道，"外面有不少仙卷秘典提到你的存在，说你的晶魄是世间至纯至灵之物……"

"书里都这么说我？"开明兽的九张脸皆露出喜色，关切地问道。

"又有与生俱来的火属性，是地底幽冥之气的克星，食之可解打龙钉。"

开明兽又气急败坏起来，怒道："妄言，皆是妄言！你想想，那些编书人又没有吃过我的晶魄，甚至没有见过，怎么可能知道我的晶魄可以解那幽冥之气呢？倘若你听信他们的话将我杀了，到时候发现我的晶魄根本解不了你体内的幽冥之气，怕是后悔莫及。那个时候，可就再没有人或者动物能够助你洗髓换血了。"

李牧羊陷入沉思。

开明兽小心翼翼地观察着李牧羊的表情，生怕这个少年心一狠就要把自己干掉。

良久。

良久。

"那就按照你的办法进行吧。"李牧羊说道。

这是他早就决定了的事情，只是当真走到这一步，他又有些忐忑不安。

洗髓换血，当真可以化解自己体内的幽冥之气吗？

换血的过程中，倘若这个样貌可爱，但是又因为九颗脑袋凑在一起显得诡异至极的家伙心生歹念怎么办？

归根结底，还是自己对这怪兽没有什么信任感，不愿意将自己最宝贵的性命托付到它的手上。

"那我们这就开始吧。"开明兽松了一口气，生怕李牧羊反悔，立即跳起来开始忙活，"你先脱了衣服进入天池。"

不见李牧羊有任何动作，他身上的长袍就自然飘走，径直挂在一棵桃树的枝丫上。

随后，他跃进了天池。

池水微温，并不烫人，就像初升的阳光，或者田野里吹过的暖风。

李牧羊被池水包裹着，瞬间生出一种再也不愿意出去的感觉。

太舒服了！

太幸福了！

因为这个池子，李牧羊对这次的治疗多了一点点信心。

池面仙雾缭绕，看不清楚李牧羊的身体。

在仙雾外，只能看到李牧羊的脑袋。

开明兽看着李牧羊，说道："你确定要以人族的躯体接受这次治疗？"

"是的，"李牧羊点头，"我确定。"

"我还是建议你先转化成龙族。龙族强大，而且生命力极其顽强。"开明兽很难理解李牧羊的选择，"龙族是半神，原本就有很长的寿命。如果你先转化成龙族再洗髓换血，大概有七成把握可以成功。如果你用人族的形态，成功率大概只有四成。你也知道，和其他族群相比，人族的身体太脆弱了。倘若你的肉身毁灭，就算你将自己的神魂守住了，又有什么意义呢？"

"你说过，倘若我以龙族的形态接受治疗，以后就只能以龙族的身份活着。"

"是啊。洗髓换血对龙族的身体有一些伤害。不过，你想恢复成人形的话，只需再修行一段时间。百年或者数百年后，你还是可以恢复神格，以人族的形态在人间行走。"

"可是，"李牧羊轻轻叹息，"我在乎的那些人等不了那么久。"

"谁不愿意做龙族呢？真是奇怪。不过我会尽心尽力，定然不会让你出什么事的。"开明兽唠叨道。

"那就开始吧。"李牧羊闭上眼睛，沉声说道。

"过程可能会很痛苦，希望你能够忍耐……"

李牧羊的脸上浮现一丝嘲讽之色："倘若你体内有八根幽冥钉，面对世间其他所有疼痛，你都不会再有任何畏惧感。"

开明兽看着李牧羊疲惫又坚决的眉眼，说道："人族也真是厉害，什么事情都能够做得出来。创造出这幽冥钉的，必定是天资过人的大奸大恶之辈。兽活得不容易，人也活得不容易啊！"

"所以，人族才是神州的主宰。"

……

天池上面，白色的雾气变成了红色的雾气。

天池里面，白色的池水变成了红色的池水。

天池之中，只有一道模糊的身影，让人不敢多看。

开明兽站立在天池边缘，九张嘴同时张开又同时合上，念念有词。

随着开明兽嘴巴的张张合合，天池边缘万年不谢的桃花开始凋零，绿草开始枯萎。

庭院里的盈盈春意消失不见，取而代之的是满满的死气。

枯禅圣抄！

在李牧羊神魂出窍的这段时间，开明兽用枯禅圣抄抽取万物生机，将生机强行注入李牧羊的身体，让他的肉身不会瞬间枯萎，变得没有生命力。

不然的话，就算他用星辰忘忧功守护心神不失、神魄不散，随着肉体的死亡，他的神魂也会无处安放，到时候还得再行夺舍之事。

蛮族为何被称为魔？便是因为他们修行多走刁钻邪诡路线，动辄取别人的神魂肉体为自己所用，手段残忍。

倘若肉体死亡，李牧羊便也需要重新寻找可以安放灵魂的躯体。而且，那躯体还必须是鲜活的、有灵魂的。

那样的话，躯体的原主人又该如何？

"咕嘟——咕嘟——"

天池中，水温升得极高，池水不停地冒着泡泡。

龙血性热，又带着浓烈的脏气污气，注入天池后，和天池里清正纯和的气息产生了冲突。

一方为黑暗，一方为光明，两股强大的力量你来我往，你进我退，你冲我挡，攻防互换，杀得不可开交。

开明兽念完咒语，这才一脸疲惫地缓缓睁开眼睛。

它看着天池上浓重的红色雾气，以及红色雾气中闪耀的一颗透明光珠，瞳孔里闪现出一丝狠戾。

"那恶龙现在肉身受损，由星辰忘忧功守护神魂不散，倘若我们现在动手将他的肉体毁灭，吞噬他的神魂，又将多一大截功力。"开明兽的一颗脑袋说道。

"他打了我们，又羞辱了我们，还威胁我们为他做事。我们是开明兽，是昆仑神宫的守护神，他如此对待神明，不诛不足以平心头之恨。"另一颗脑袋出声附和。

"再说，倘若此时不将他击杀，等到他康复，万一他再以武力威逼我们为他做其他事情怎么办？"第三颗脑袋也帮腔，"听说他是因为自己和亲人中了幽冥钉，才来昆仑墟寻找我们的。也就是说，除了他自己，他还有一位亲人也身中幽冥钉难以活命。既然那位亲人没跟着一起来，那他定然会想办法让我们跟他一起去。我们明明已经告诉过他，只要踏出神宫一步，我们就会瞬间灰飞烟灭。他心里一定想着，那样的话，他直接将我们的晶魄带回去就好了。"

开明兽想及此处，眼里的凶光更胜之前。

它伸出一只爪子，将那颗透明光珠召唤到了自己的爪心。

只需要稍稍用力，它就可以毁灭这光珠里的恶龙的神魂。

当然，那是极其浪费的行为。

它只需要一口将这颗透明光珠吞进肚子里，不仅可以解决这个隐患，而且可以提升功力，使实力更加强大。

要知道，它吞噬的可是一条龙的魂魄啊！

开明兽越想越动心，越想越激动。

它的爪子握着那颗透明光珠，朝自己的一张嘴巴送过去。

"不行不行。"一颗脑袋出声阻止，"那少年虽然行事凶恶，但是看起来不似坏人。刚才他明明可以选择最简单的方式，直接将我们杀了摘取晶魄，但是，他最后还是选择了这种危险的方式。"

"就是。少年对我们如此信任，倘若我们趁他治疗的时候将他杀了，此事传出去，昆仑神宫的信誉就会毁于一旦，开明兽也将臭名远扬。以后那些说书人再提到我们的时候，怕是再也没有什么好话了。杀人不妥。"

……

此时此刻，开明兽肩膀上的九颗脑袋开始打架。

三颗脑袋觉得恶龙欺负了自己，而且等到康复之后很可能还会杀掉自己，所以建议趁此良机将李牧羊杀掉。

另外三颗脑袋觉得少年愿意以命相托，是对自己的信任，倘若自己将他杀了，就辜负了这份信任，以后还有可能臭名远扬。

剩下的三颗脑袋在中间劝和，杀也可以，不杀也行，但是要以和为贵，兄弟之间最好不要吵架。

两个小人儿打架，都会打得死去活来。

九颗脑袋打架，更是热闹非凡。

"杀，必须杀！"

"不能杀！杀了，以后人族会怎么评价我们开明兽？我们可是神，神是需要信仰之力的。"

"命都没有了，要什么信仰？"

"名声臭了，要命有何意义？"

"各位兄弟不要争吵，要以和为贵，不要因为这事影响了兄弟和气。"

"滚！滚开！"

……

"够了！"最前面那颗脑袋大声嘶吼，"都不要吵了！"

"那到底是杀还是不杀？"

开明兽的九颗脑袋都朝天池看了过去，依旧是红色的雾气、红色的池水。最前面的那颗脑袋犹豫良久，终于开口："我没想好。"

"……"

正在这时，池水沸腾得更加厉害，竟然朝天池外面喷溅出来了一些，落在地面上刺啦作响，看起来就像要把地上的石板腐蚀掉。

开明兽朝四周看了一眼，地上的绿草开始发芽，桃树也长出新叶。

最前面那颗脑袋着急地说道："不好，池子里面的两股力量冲击过甚，那少年的身体开始排斥万物之生气。倘若任由绿草发芽、桃树开花，那少年的身体就会失去生机。如此的话，一会儿就算他的血液净化了，那些幽冥之气全部驱除了，怕是血液也没办法重新注入他的身体。肉身死亡，只有血液是没办法支撑他的魂魄的。"

"天助我也。既然天要亡这个少年，我们也就听天由命吧。"主张杀掉李牧羊的一颗脑袋说道。

"可有解救之法？"另外一颗脑袋问道。

"有。"最前面那颗脑袋说道。

"不要救他。"

"如何解救？"

沉默片刻后，仍然是最前面那颗脑袋开口说话："之所以出现这种情况，是因为这少年身体内的幽冥之气过于强大，而且与龙血融合的时日过长，使龙血有了黑化的倾向。倘若再不驱除幽冥之气，怕是这少年将永坠黑暗，成为世间最大的魔头。言归正传，如今天池之内至纯至净的池水都无法将幽冥之气完全净化驱除，我得借比天池更强大的力量助他一臂之力。"

"什么力量？"

"万灵玉玺。"

"万灵玉玺？那是神宫镇殿之宝，没有仙人的口令，我们不可轻易动用。否则，谁也不知道会发生什么事情。"

"只有万灵玉玺里的浩荡之气可以将这些黑暗之气洗涤干净了。再说，我们只是借用一缕气息而已，又不是动用万灵玉玺本尊。"

"可是，万灵玉玺是世间神器，沉睡了万万年，哪怕只是借用一缕气息，怕是也会将它唤醒。那样的话，就不好收场了。"

"总要试一试才行。"开明兽抬眼看着天池，"少年相信我们，愿意以命相托，我们便当尽心尽力，不能辜负这份信任。看家狗尚且忠诚，何况我们神宫守护者？我既然答应了救他，终归不能见死不救。"

开明兽轻轻叹了一口气："我试试万灵咒，看能否在不唤醒万灵玉玺的情况下借它一股神力一用。"

话音未落，开明兽九颗脑袋上的眼睛就同时闭了起来。

随着开明兽的嘴巴张张合合，一个个银色的符文飘荡而出，穿墙过瓦，越过桃林，拥向昆仑神宫的幽深之处。

神宫的一间密室中，陈放着一块巨大的方形重石。

密室中寂静无声，石头上落满了灰尘，结上了蛛网。

蛛网上，两只小蜘蛛爬来爬去，勤奋地捕捉着今天的食物。

正在这时，一个银色的符文从石门的缝隙间钻了进来，轻飘飘地落在了巨大的方形重石上。

方形重石瞬间散发出金光，但很快重归于静。

金光虽然只出现了一瞬，但仍然让蛛网上的那两只小蜘蛛惊慌失措。它们四处乱爬，想要逃命。

很快，第二个符文和第三个符文也飞了过来，落在了方形重石上。

可是，方形重石再没有任何动静。

原本受惊的两只小蜘蛛认真地盯了一阵子，发现方形重石和以往相比没有什么异常，便放心地再次在大网上忙来忙去。

越来越多的银色符文落在了方形重石上。

巨大的方形重石就像辽阔的夜空，而落在上面的银色符文仿佛一颗颗闪闪发亮的星星，星星越来越多，越来越密集。

当银色符文完全覆盖住方形重石，整块石头闪闪发光的时候，方形重石终于再一次生出了变化。

先是所有的银色符文都不再发光，一切陷入了黑暗之中。

然后方形重石开始破裂，出现细密的裂痕。

慢慢地，裂痕越来越多、越来越大。

"咔嚓——"

"咔嚓——"

这是方形重石裂开的声响。

"嚓——"

一道道金色的光辉从裂痕中透出来，在密室上空投射出无数的斑驳线条。

"轰——"

整块方形重石突然爆炸开来，发出惊天动地的声响。

"哗——"

一块方形玉石飘荡在空中，朝四周散发出金色的光辉。

很快，金色的光芒在整座昆仑神宫蔓延开来。

"嗖——"

金色的光华点亮了昆仑神宫，使这高大宽阔、稍显清冷的神宫变得金光闪闪、富丽堂皇起来。

"这是什么？"赢千度抬头看去，心有不解。

"这是怎么回事儿？为何天降神光？难道有仙人下凡？"鬼王一脸疑惑。

"仙光洒落而下，实在让人舒爽不已。此乃神光，定然是有神仙出现。我们快快前进，先他人一步拜在神仙脚下。"

……

金光同样照耀着天池，天池上的红色雾气瞬间消失，天池中的红色池水也瞬间宁静。

凝聚成团、正化作一条狰狞丑陋的黑蛇朝对面攻击的幽冥之气受到金光的照射，瞬间化为乌有，凭空消失在开明兽的眼前。

第306章
白衣仙人

绿草枯萎，桃花凋零。

天池四周再次呈现死寂之色，草木所有的生机全部被枯禅圣抄抽取出来，重新注入天池中李牧羊的肉身。

幽冥之气被万灵玉玺的金光彻底打散，不见踪影。

李牧羊的血液被天池的仙水完全净化，恢复到人族血脉与龙族血脉相互融合后诡异而干净纯粹的样子。

因为血液还没有重新注入李牧羊的身体，所以他的肉身仍然需要万物生气的滋养。

开明兽停止吟唱万灵咒，九颗脑袋同时抬眼看着笼罩了整个神宫尚未消散的金光。其中一颗脑袋喃喃自语："万灵玉玺怎的如此厉害？连天池都对付不了的幽冥之气被它放出的金光一照就消散了。"

"万灵玉玺充满了皇者之气。"最前面的那颗脑袋解释道，"割据一方，为王。掌管神州，为皇。得万灵玉玺者，可得天下。至于皇者之气，实为皇者的威严之气、中正之气、富贵之气相合。"

"得万灵玉玺者便可得天下？"另一颗脑袋上的两只大眼睛转来转去，"没想到万灵玉玺竟然这么厉害，若被人族抢走可就不好了。"

"是的。万灵玉玺是神宫的镇殿之宝，可不能被那些贪婪的人抢走了。"

"可是，他们可能已经发现万灵玉玺的存在了呢。"

"你们说得很有道理。"最前面那颗脑袋说道。

"然后呢？"其他脑袋问道。

"但是我不知道怎么让它再次沉睡啊。"最前面那颗脑袋说道，"我只知道使用万灵咒可以借它的一缕神力为我们所用，可是，它被唤醒后，如何将它再次封印，我就不得而知了。如果它自己不愿意沉睡，我也没办法强迫它。"

开明兽另外八颗脑袋上的嘴全部张大成了"O"形。

"那怎么办？万灵玉玺是有灵性的，它若自己跑出来，这可如何是好？"

"就是。听闻只有仙人才能够将它封印，现在这神宫里的仙人不见踪迹，它在这神宫里岂不是无法无天了，地位还在咱们开明兽之上？"

"以前咱们可是神宫唯一的主人。"

"谁说的？那些鸟啊、树啊、鱼啊……它们不也是神宫的主人吗？"

……

开明兽想了又想，发现自己确实没办法将万灵玉玺再次封印起来。

既然想不到办法，那就不管了。

开明兽活了万万年，对世间诸事都看淡了。

它无视头顶的千万道金光，走到天池边缘，看着天池中已经完全净化的血液，说道："少年啊，遇到我开明兽真是你的幸运。倘若不是我，你现在怕是已经肉身被毁、神魂被灭了。现在，幽冥之气已去，就让我帮你重注血液，引神魂入体，还你一命吧。"

话音刚落，开明兽念念有词。

枯禅圣抄！

一个个白色的符文落入天池中，天池中的血液再一次沸腾起来。

不过，这一次，血液不是往天池外溅，而是跳跃着涌向浸泡在天池中的李牧羊的身体。

很快，天池中的血液全部进入了李牧羊的身体，清澈的溪水再次注入天池。

开明兽看了看半空中的透明光珠，忍不住舔了舔嘴唇。

这光珠一看就很好吃。

不过，它终究还是放下了心里的贪念，诵起了星辰忘忧功的心法。

被封锁起来的透明光珠立即朝李牧羊的天灵盖钻了进去。

光珠进入李牧羊的身体之后，地上的绿草再一次发芽，满院的桃树再一次开花。

池子里的游鱼再一次游动，就连墙角的青蛙都"呱呱呱"地欢叫起来。

万物之生气被李牧羊的魂魄挤了出来，万物再一次恢复了活力。

"呼——"

李牧羊猛地从池水中露出头来，张开嘴巴大口大口地喘着粗气。

窒息的感觉几乎让他死去活来，不，让他比死去活来还要痛苦。

"呼哧——呼哧——"

李牧羊大口大口地喘着粗气，而且越来越剧烈。

开明兽吓坏了，后退几步，九双大眼睛一眨不眨地盯着李牧羊，问道："你没事吧？"

"没事。"李牧羊说道。说话的时候，他仍然在疯狂地呼吸。

他感觉身体里实在太缺氧了。

"没事就好。"开明兽乐了，向前几步来到李牧羊面前，摆出一副邀功的模样，"虽然治疗你的过程充满磨难坎坷，但是在我坚持不懈的努力下，你终于被救了回来。你感受一下，身体里的幽冥之气是不是已经被驱除干净了？"

李牧羊被开明兽一提醒，立即坐好内视，发现血液里的幽冥之气确实消失不见了，连带着消失的还有那种冰凉刺骨的痛感。

李牧羊感激地看着开明兽，说道："谢谢你。倘若不是你出手帮忙，怕是我仍然要承受幽冥之痛。"

"不用客气。"开明兽笑嘻嘻地说道，稚嫩的声音变得可爱许多，"你出去后，把我为你做的事情讲给说书人听就好了。其他感谢就不需要了。"

"好。"李牧羊笑着说道，"我一定会告诉他们的。"

他从池子里跃了起来，伸手一招，挂在桃树枝丫上的长袍就重新披在了他的身上。

鼻如悬胆，目如星光。

长发披散，剑眉飞扬。

体内的幽冥之气尽解，李牧羊不管是身体上还是心理上都瞬间轻松了许多，连身上一直存在的那股子阴沉抑郁之气也消失不见了。

和以前相比，他的皮肤越发白皙，模样越发俊美。

站在满院桃树下的李牧羊，就像一个刚刚沐浴更衣完毕的仙人。

开明兽瞪大眼睛，满脸激动地看着李牧羊，稚嫩的声音变得尖锐起来："我想起来了，我想起来了，神宫的仙人就是这副模样，那位仙人长得就是这般模样！"

李牧羊疑惑地看着开明兽，问道："你见过那位仙人？"

"见过，我见过。"开明兽激动地喊道，"我想起来了，我终于想起来了！太久了，实在太久远了！我忘记了神宫是什么时候出现的，也忘记了我是什么时候入神宫的。应该有天地起，就有了神宫，那个时候我就在这神宫里面了。那个时候，神宫还是有仙人的。那位仙人长得和你一样。他喜欢在这天池里沐浴，我就站在天池旁边守着他。他叫什么名字来着？叫什么名字……我忘记他的名字了。对了，他喜欢穿白衣，我总是叫他白衣仙人。他穿的衣服叫作彩云衣，彩云衣……"

开明兽突然对着天空喊道："彩云衣——彩云衣——"

"刺啦——"

奇妙的事情发生了。

神宫上空的云彩突然撕裂出来一片。

那片云彩就像听到了开明兽的召唤，朝开明兽所在的方向飞了过来，轻飘飘的，美丽如画。

那片云彩停留在开明兽的上方，欢快地跳跃着，就像见到了久别重逢的好朋友。

"彩云衣，好久不见了！"开明兽一脸激动地和那片云彩对话。

诡异的是，那云彩仿佛听懂了似的，竟然在空中跳跃个不停，还幻化成一张笑脸。

"彩云衣，我真想念你啊。白衣仙人去了哪里？我好久好久没有见到他了，也好想念他啊。"

这一次，那片云彩也没办法回答开明兽的问题了。

它停留在那里，色彩也变得暗淡下来，就像正在伤心一般。

"彩云衣，你不要难过。"开明兽轻声安慰道。

它用爪子指着李牧羊所站的方向，说道："从今以后，他便是你新的主人。"

那片云彩朝李牧羊站的方向看了过去，暗淡下来的色彩再一次变得耀眼。

它飞快地朝李牧羊扑了过去，一下子将李牧羊包裹了起来。

李牧羊还没来得及做出任何反应，身上的长袍就掉落在了地上，而那片云彩却变成了一套白色长衫穿在了他的身上。

如白云，如河浪。

如轻纱，如初雪。

那白色如此纯粹，却不是世间该有的白。

隐隐约约，似乎有一抹白色的光晕在衣服上自然流动。

而且，那衣服穿在身上让人感觉不到任何分量，却又带给人极其舒适的安全感。

最让李牧羊满意的是，这衣服裁剪合身，具有非常好的修身效果，如西风帝国比较流行的长袍，却又比那长袍美观时尚。

开明兽露出一副喜悦的模样："更像了，穿上彩云衣，你更像那位白衣仙人了。它的名字叫作彩云衣，随着主人心情的变化，可以变幻出赤、橙、黄、绿、青、蓝、紫、黑、白九种颜色。倘若主人的心情特别好，它就是七彩的颜色。倘若主人的心境很平和，那它就是简单的白色。倘若主人的心情特别不好，那它就是纯粹的黑色。"

李牧羊没想到彩云衣还有这种特性，顿时脸色大变："你的意思是，我的心情什么样，我身上的衣服就变成什么颜色？"

"是不是很神奇？"

"神奇什么啊！"李牧羊生气地说道，"我穿这身衣服，不就等于多了一个心情晴雨表吗？别人只需要看一眼我身上的衣服颜色，就知道我此时是愤怒还是喜悦，是心情大好还是心情糟糕。我还有没有隐私？我还能藏住心事吗？"

开明兽转动着自己的九颗小脑袋，一脸不解："为何人族要隐藏自己的情绪呢？生气的时候就发泄出来，喜悦的时候就欢呼出来，隐藏起来有什么意义呢？"

"你宅在昆仑神宫里太长时日，不理解人族的生活和情感。在人族世界生活，有时候生气时要笑逐颜开，喜悦时要装作怒不可遏。外面需要你给什么样的表情，你就得摆出一副什么样的表情。每个人的脸上都需要戴上一副面具。"

李牧羊看了看开明兽的九颗脑袋，说道："你要是在人族世界生活，那就得配上九副面具，生活压力恐怕很大。"

"原来如此。"开明兽表现出一副恍然大悟的模样，"这样的话，彩云衣你就没办法使用了？"

李牧羊看着身上的彩云衣，这身衣服颜色这么白，式样这么新潮，既能完美地勾勒自己的身材，展现自己的腰线，又能让自己看起来风流倜傥、高贵不凡。

李牧羊着实不愿意将这身衣服脱下来。

于是，李牧羊看着开明兽问道："能不能让它永远是白色或者黑色的？"

"可以。"开明兽回答。

"如何做？"

"让它开心或者不开心。"开明兽说道，"它开心的时候，就是白色的。它不开心的时候，便是黑色的。"

李牧羊瞪大眼睛，说道："你的意思是，我想要白色的衣服，就得哄它开心；我想要黑色的衣服，就得想办法让它不开心？"

"是这个道理，没毛病。"

"……"

就在这时，开明兽突然高高跃起，嘴里吐出一把蓝色的气剑，朝李牧羊的胸口插了过去。

"该死！"李牧羊暴喝一声，一拳轰出。

"砰——"

开明兽被一条白色巨龙顶飞了。

李牧羊这才发现，体内的幽冥之气消失不见，八根幽冥钉全部被拔掉后，自己一直不甚流畅的气血已经变得畅通起来，就连被封印起来的龙族真气和功法，自己也能够自然流畅地使出来。

李牧羊觉得自己的速度和力道都比以前强很多，以前一拳只能够打出一石之力，现在至少可以打出十石之力。

李牧羊感受着身体的异样，心情简直愉悦极了。

他有很多事情要做，太需要提升力量了。

可惜，开明兽就很不开心了。

它四爪朝天地躺在草丛中，痛苦地呻吟着，喝道："你怎么能如此对待自己的救命恩人？"

"是你先袭击我的。"李牧羊站在天池边沿，冷声说道。

"嗖——"

开明兽从地上弹起，落地之时，重新站到了李牧羊的面前。

"我是在帮你。"

"帮我？"李牧羊冷笑，"用气剑突然刺我的胸口，也算帮我？"

"你看看自己的衣服！"开明兽气急败坏地喊道。

李牧羊低头一看，发现身上的彩云衣由原先的长袍款变成了战袍款。

仍然是白色的衣服，但是看起来更加坚硬和立体，护住身体要害部位的部分竟然出现了白色的甲片。

李牧羊满脸惊诧："这衣服还能变形？"

"是的。"开明兽没好气地说道，九双眼睛同时翻白眼，"彩云衣遭遇袭击的时候，会自然变换成战袍的样式。现在你知道我为何突然发动袭击了吧？"

"你应该提前知会我一声，这样就不会产生误会。"李牧羊一脸愧疚，"你没事吧？"

"没事。"开明兽说道，"这点儿伤害算得了什么？之前你拖着我撞击，我不也挺过来了？"

这开明兽还知道记仇呢。

"那个时候我们是敌非友，现在我们是友非敌，关系不一样，所以相处的模式也不一样。"李牧羊轻轻地抚摸胸口的甲片，让他看起来英姿飒爽的白色战袍立即变成了让他看起来风度翩翩的白色宽袍。"我是不会伤害自己的朋友的。"

"现在我们是朋友了吗？"开明兽高兴地问道。它一个人，不，一只兽独自守护神宫万万年，还真是好久没有交过朋友了，就连人都很久没有见过。

"当然。"李牧羊无比肯定地说道。

他整理整理衣衫，收起脸上的笑容，朝开明兽深深鞠躬："感谢你的救命之恩。倘若不是你出手相助，我仍然要无休止地承受幽冥钉带来的疼痛。那样的日子，让人生不如死。

"而且，我心里清楚，在我接受治疗的过程中，你可以出手杀我，甚至吞噬我的魂魄。但是，你没有那么做。开明兽一族不负'开明'二字。在人族的史册上，必定永远有开明兽一族的美名。

"我李牧羊对穿顶神明发誓，我龙族只要存在一天，便与开明兽一族世代为友。"

开明兽的九双眼睛同时变得湿润起来，很快，眼泪便顺着它的脸颊滑落。

开明兽一脸感激，声音哽咽："我不是没有想过杀掉你，吞噬你的魂魄。我辜负了你的信任，我对不起你，不配与你为友。

"我对不起你，请求你的原谅，如果你不愿意原谅我也没有关系。我知道，我没有与你世代为友的资格，因为我的灵魂太渺小了，内心又像幽冥之气一样黑暗……"

开明兽哭得稀里哗啦的，李牧羊待它越好，越要与它世代为友，它就越伤心愧疚，觉得当时想要将李牧羊杀掉的自己是肮脏罪恶的。

哭着哭着，开明兽就主动向李牧羊坦白了自己当时的心境变化，并一个劲儿地向李牧羊道歉，请求李牧羊原谅。

李牧羊听呆了。

他并不是震惊开明兽竟然有过那么邪恶的想法，而是震惊开明兽竟然将自己有过那么邪恶的想法的事情当场说出来，而且还难过成这个模样。

耿直！

这家伙实在太耿直了！

这是李牧羊心里对开明兽的评价。

自己和开明兽非亲非故，甚至连普通朋友都算不上，让它帮助自己驱除幽冥之气的时候，自己还存着质疑和防备，也不是没有安排反制后招……

和那些人族修行者的贪婪凶狠相比，开明兽的一点点思想变化又算得了什么呢？

李牧羊伸出手，开明兽悲伤地冲到了李牧羊的怀里。

李牧羊轻轻地拍打着开明兽的后背，轻声安慰："好了好了，不要哭了。你有九颗脑袋，我就是想帮你擦擦眼泪都忙不过来。你有那样的想法，我很理解。你能够向我承认错误，我很欣慰。之前我还欺负过你，对不对？就让我们将那些不好的事情一笔勾销，好不好？从今以后，我李牧羊和你开明兽就是亲密无间的好朋友。只要我们活着，就世世代代是好朋友。我知道你不能走出神宫，但是，只要有机会，我就进入神宫看你，好不好？"

"好。"开明兽破涕为笑，声音清脆，就像一个刚刚得到了糖果的稚嫩孩童，"我们就世代为友。我开明兽以神宫守护者的身份向你许诺，以后绝对不会再欺骗你，更不会伤害你。原来你的名字叫作李牧羊？"

"是的。"李牧羊笑着点头，说道，"我是人族的李牧羊，也是龙族的李牧羊。"

"难怪，你的身份比我还要复杂。不过没关系，只要你是李牧羊，就是我的亲密好友。"

就在这时，李牧羊身上的彩云衣变成了黑色的。

开明兽急忙说道："彩云衣生气了。它一定是觉得我们俩做好朋友却不愿意带上它，觉得它自己太孤单了。"

李牧羊觉得心累，和一只怪兽做朋友劝慰它不要哭哭啼啼的也就算了，连一套衣服，一片云彩，自己都要照顾到它的情绪。

不过，李牧羊还是抚摸了一下彩云衣，笑着说道："彩云衣，从今以后，你也是我亲密无间的好友。我们一起走遍神州，领略山河壮美、人世繁华。我们一路同行，有我在的地方，便有你在。"

彩云衣被治愈，颜色瞬间从黑色变成了白色。

白得耀眼。

开明兽羡慕地看着彩云衣，说道："彩云衣，我真羡慕你啊！其实我也很想出去看看，领略山河壮美、人世繁华，可是我不能走出去。神宫再大、再美、再神秘，终究不过是一座冷冰冰的宫殿。一年如此，年年如此，活千万年又有什么意义呢？"

李牧羊听到开明兽的心声，也变得有些伤感起来，安慰道："以后我一定想办法带你四处走走。"

"谢谢。"开明兽笑着说道。

它并不相信李牧羊能够带它出去走走，它清楚，神宫上万年才现世一次，怕是此次分别，自己和李牧羊就再无相见之期。

分别，便是永别。

而且，自己只要跨出神宫一步就会灰飞烟灭，他又怎么带自己出去呢？

"一定会有办法的。"李牧羊坚定地说道。

"哐——"

"哐——"

"哐——"

一声又一声的撞击声传了过来，整座神宫摇摇欲坠。

"发生了什么事情？"李牧羊着急地问道。

"万灵玉玺……"开明兽脸色惨白，一脸畏惧地说道，"万灵玉玺在撞击结界！倘若任由它撞破结界，所有关卡便会瞬间消失，所有人便都能够直入仙家禁地，神宫怕是要沦陷。"

"万灵玉玺！"李牧羊露出大惊的神色。

神宫，密室中。

金光大作的万灵玉玺照亮整座神宫，帮助李牧羊驱除体内的幽冥之气后，并没有归于沉寂，而是像有了生命一般，在这间困住它的密室中转了几圈后，突然挟裹着千万道金光朝大门撞击过去。

"哐——"

石门散发出耀眼的光辉，抵抗着万灵玉玺磅礴无匹的巨力。

万灵玉玺一击不成，并没有就此放弃，而是蓄足力气再一次朝大门撞击过去。

"哐——"

石门仍然纹丝不动，金色光辉更甚。

这石门被仙人下了禁制，专为封锁万灵玉玺而存在。

万灵玉玺想要突破禁制怕是不甚容易。

两次撞击，仍然没能撞破石门，反而激怒了万灵玉玺。

万灵玉玺突然暴增数十倍，就像一座小山似的。

它带着周身的闪闪金光，一次又一次朝石门撞击。

"哐——"

"哐——"

"哐——"

随着万灵玉玺持续的撞击，石门的金色光辉越来越弱，万灵玉玺自身的光辉却越来越强。

这本就是一场不公正的对决。

随着时间的流逝，仙人设下的禁制效力日益削弱，而万灵玉玺经过万年休憩变得越来越强。

此消彼长之下，只听"轰隆"一声巨响，石门破开，乱石飞溅。

"嗖——"

万灵玉玺发出嗡鸣之声，穿过空空的石门，朝外面疾飞而去。

"真人，这金光从何而来？刚才那撞击声又是什么？"一名一直侍候在天宝真人身边的道门弟子询问。

天宝真人眉头紧皱，看着仿佛将整座神宫镶了一层金箔的金光，说道："我也百思不得其解。至于这金光从何而来，我们朝源头寻找过去便知道了。"

"听一位道友说，这是仙人现世才会出现的金光。真人，难道这神宫内当真有神仙？"

"神宫内有没有神仙我不清楚，毕竟，没有人见过真正的神仙。速速前行，既然入了这神宫，我们探个究竟便是。"

黑纱蒙面，黑雾缭绕。

就算入了昆仑神宫，鬼域的人也不愿改变自己的装扮，将头上包裹的厚实面纱摘取下来。

他们站在长廊的中间，安静地听着从远处传来的剧烈声音。

等到"轰隆"一声巨响传来，撞击声停歇了。

"师父，撞击声停止了。"崔见心声音冰冷，小声汇报。

"外界传言昆仑神宫里有仙人和仙器，仙人有没有我不知道，但是仙器定然是有的。刚才那撞击声巨大无比，能闹出这么大动静的，不是仙兽便是仙器。我们立即朝声音传来之地赶过去，不可让其他势力抢先。"

话音未落，鬼王便一马当先，朝远处疾冲。

崔见心等人也不敢怠慢，紧随鬼王朝神宫深处前行。

一重关，又一重关。

燕伯来有些恼火，为了过这些关卡，他和下属们耗费了不少时间和精力，但是仍然有一种寸步难行的感觉。

仙人难见，仙界难入，此言果然不虚。

他们停留在第三重关卡难以过去的时候，同样听到了震耳欲聋的撞击声。

"城主，怕是有仙器降世。"一名年老的修行者表情凝重，说道，"神宫万年一现，仙器更是万万年才有可能出现一回，切莫被别人抢走了，不然的话，我们后悔莫及。"

"自然是这个道理。"燕伯来点头，"可是这重重险阻，挡住了我们的去路。我们现在有心无力，如何能够前去夺宝？"

就在这时，挡在他们前面的迷障突然消失了。

他们出现在一条巨大的长廊中，前方有人，后方也有人。

那些人凭空出现，正朝撞击声出现的地方疾冲而去。

障眼法！

他们之前经历的，不过是仙人设置的小小障眼法而已。

"城主，关卡消失了！"有人喊道。

燕伯来神情亢奋，但是看到浩浩荡荡朝前方冲去的人族高手，心里又隐隐有些担忧。

"仙器出现，必然会带来争抢不休的局面。我们不要太过靠前，伺机夺宝。如果没有必要，我们尽量不要与人厮杀，以保存实力为重。"

"是。"众人齐声回答。

"燕相马，你说，此番入昆仑神宫，咱们能不能将仙器抢到手？"

"兄长亲自出马，定然手到擒来。"

"哈哈哈，说得好。相马，倘若只有一件仙器，你会不会和兄长争抢？"

"我只会替兄长与别人争抢。"燕相马面无表情地说道，"兄长想要仙器，相马去帮你抢来便是。"

万灵玉玺撞破结界，整座神宫的禁制全部消失。

无论是尾随李牧羊而来，结果发现神宫现世先一步闯进来的屠龙者，还是得到神宫现世的消息后急速赶来的隐世强人，都顺畅自由地在神宫里面行走。

此时此刻，昆仑神宫揭开了自己戴了不知多少年的神秘面纱，完完整整地展露在世人的面前。

闯入神宫之人并没有就此分开，寻找各自的机缘，反而被万灵玉玺撞击石门发出的巨响以及将整座神宫照耀得金碧辉煌的金光吸引了注意，以为有仙器或者仙兽降世，全都朝撞击声传来的地方冲了过去。

"你体内的幽冥之气实在太过强大，倘若此番不能将你体内的幽冥之气驱除，你注入天池的血液就会完全与幽冥之气融合，到时候，怕是神仙都没办法将你从黑暗中拉回来。我不想看到你变成恶魔，日日夜夜承受幽冥之痛，所以就想着借用万灵玉玺的力量助你一臂之力。"

开明兽一边带李牧羊朝封锁万灵玉玺的密室赶去，一边解释万灵玉玺为何会在这个时候现世。

"我明白你的一番好意。倘若不是你及时借用万灵玉玺的力量，怕是我已经凶多吉少。"

李牧羊速度奇快，行动如风。

他穿上彩云衣后，发现自己的身体就像一片云彩般轻盈，不仅飞行的身法比之前好上许多，连速度也比之前快上很多。

当然，李牧羊此时还不能确定这种改变到底是因为体内幽冥之气消失还是因为自己穿上了彩云衣。

"不过，你确定万灵玉玺如你所说的那样，得之可享神州？"

"传言如此。"开明兽说道，"万灵玉玺是昆仑神宫的镇殿之宝，也是神州权鼎，它的主人便是天下共主。万灵玉玺至今已经沉寂万年，以至于神州之人都忘记了它的存在。没想到此番苏醒，它便不肯再回归寂静。现在它撞破石门打破禁制，不知道意欲何为。无论如何，我们都要将它重新封锁起来或者抢到手里，不能让心术不正者把它抢走。"

李牧羊眉头紧皱："倘若悄悄将万灵玉玺取走，我们还有可能安全离开。现在神宫现世的消息已经传遍天下，整个神州的超级强者怕是都赶了过来。在这么多强者的眼皮子底下将万灵玉玺带走，怕不是一件容易的事情吧？"

"确实不易。"开明兽也一脸忧虑，"这些人疯狂起来，怕是连神仙都害怕。不过，我们不努力一番怎么知道结果呢？无论如何，我都是站在你这边的。"

"那我们努力一把，将万灵玉玺抢到手里。"李牧羊说道。

天材地宝，有德者居之。

李牧羊觉得，自己在"德识"上确实有过人之处。

再说，开明兽是神宫的守护兽，算得上这神宫的半个主人，它都愿意站在自己这边，那万灵玉玺有什么理由不入自己囊中？

一人一兽急速赶路，越往前，越人声鼎沸。

直至进入一座巨大的宫殿，一人一兽才停住了脚步。

李牧羊一闪，躲在了一堵石墙的后面。

开明兽倒也聪明，紧紧地跟在李牧羊的身后躲了起来。

"这是极乐宫，"开明兽小声说道，"是神宫的主殿，也是仙人管理天下事的地方。"

"人太多了。"李牧羊轻声说道。

极乐宫占地极广，比李牧羊与木鼎一决战的神剑广场还要宽阔大气。

至于豪华程度，两者就更没办法相提并论。

极乐宫里铺满白玉，整座宫殿由白色的玉石堆砌而成。

宫殿巍峨壮观，里面仙雾缭绕。

此时此刻，仙雾中站满了人。

虽然这些人不及闯进龙窟、差点儿被李牧羊一网打尽的人那么多，但是能够活到现在的，大多是各国和各派的中坚力量，或者说最强者。

功夫稍弱者早就在一重重的关卡中化作灰烬了。

总而言之，和当初的屠龙者相比，站在极乐宫里的人虽然数量少，实力却强大不少。

他们中还有些人对屠龙没有兴趣，但是得知神宫现世，一息跨越万里赶来，这些人绝对是让整个神州仰望的星空老怪。

至于还有多少人躲在暗处，怕是只有这座神宫知道了。

这些不必再说，稍微值得一提的是，里面有不少是李牧羊的熟人。

他们或为李牧羊的朋友，或为李牧羊的仇敌，还有一些人连李牧羊自己都没办法分清是敌是友。

毕竟，他龙族的身份曝光后，谁也不能保证以前那些跟他关系不错的朋友和同学没有变成潜在的屠龙者。

大家之所以会聚于极乐宫，便是因为悬浮在极乐宫上空的方形玉石。

那玉石闪闪发光，千万道光华朝四周蔓延，将整座神宫填满。

万灵玉玺！

李牧羊也是第一回见到万灵玉玺。

万灵玉玺是一块褐色的方形石头，从外表看，实在无甚出奇之处。

可是谁都不会真的以为它只是一块普通的石头。

万灵玉玺散发出来的金光实在太过耀眼，而且李牧羊能够感受到万灵玉玺蕴含的磅礴力量。

它霸道、凌厉、藐视众生。

"难道得到这块石头就能成为神州共主？"李牧羊在心里想道。

"这就是万灵玉玺。"开明兽躲在李牧羊的身后低声说道，"我也有万年不曾见过它了。"

"你上次见到它是什么时候？"

"太久远了，我都快忘记了。"开明兽沉声说道，"应当是上古时它被用来疏通神州沟渠、遏止泛滥洪水的时候吧。"

李牧羊在心里算了算时间，暗道：确实够久远了。

"后来它再也没有出现过？"

"没有了。"开明兽摇头叹息，"从那以后，天下再无共主。"

"是啊。"李牧羊点头说道，"难道天下再无共主就是因为万灵玉玺没有现世？"

"仙人们的心思，谁知道呢？"

在李牧羊和开明兽小声说话的时候，其他人正对着头顶的万灵玉玺议论纷纷。

"这是何物？"有人指着头顶的万灵玉玺问道。

"不知。"一名白发老者摇头，"以前不曾见过，也不曾听过。看模样只是一块普通的石头，但是它表现出来的威力十分惊人。此物定非凡品。"

"真人，您可识得此物？"道门弟子小声询问。

"不识此物。"

天宝真人目光灼灼，努力压抑着心中的惊骇。

怎么会是它？

它怎么在这个时候现世了？

在场诸人中，有九国皇室的人，有佛、道两门的弟子，还有其他宗派的人。

倘若大家知道这是那件神物，怕是会不死不休吧。

"师父，这是什么？"一身黑袍的崔见心长身鹤立，眼神冰冷，没有任何感情地盯着半空中的方形玉石，问道。

黑雾中的人陷入了短暂的沉默。

良久，那嘶哑难听至极的声音才响起："我心有所思，却无法确定。那是传说中的神器，太久太久没有出现了。"

"那是……"崔见心更加疑惑。

"万灵玉玺，"鬼王突然高声说道，"那是万灵玉玺！"

一石激起千层浪！

"什么？那就是万灵玉玺？传说中的皇者之器？"

"听说得万灵玉玺者得天下，是神州共主。原来万灵玉玺被封锁在昆仑神宫里，难怪近万年人族都不曾听说它的消息。"

"万灵玉玺，竟然是万灵玉玺……应该就是它了。"

……

天宝真人满脸怒容，指着鬼王怒喝道："鬼王，你当真识得此物吗？怎可信口开河，胡编乱造？"

鬼王冷笑连连，讥讽道："真人当真不识得此物？你不愿意将它的真实来历说与人听，是想独吞吧？"

"你……"天宝真人为之气结，喝道，"出家人要这万灵玉玺做什么！你可知道，你当众说出此物来历，又将引起一场血雨腥风？"

天宝真人一顿，似乎想起了什么，恍然大悟道："我明白了，你是有意为之，想在大家互相残杀、争夺万灵玉玺的时候趁火打劫，坐收渔人之利。诸位道友切莫上当。"

"哈哈哈——"鬼王哈哈大笑，指着天宝真人说道，"我看你是傻了吧？你以为你说几句提醒的话，他们就不争不抢了？在他们知道这方形玉石便是得之可享神州的万灵玉玺后，你觉得他们还会无动于衷吗？再说，我是鬼域中人，在你们眼里不过一个恶鬼而已，我要这万灵玉玺做什么？我有了万灵玉玺，你们就会尊我为神州皇者吗？倒是你们道门势力庞大，弟子亿万，又以人族领袖自居。倘若得到了万灵玉玺，你们怕是连九国皇室都不放在眼里了吧！"

"诛心之论！"天宝真人呵斥。

"诛心吗？即使是现在，你们又几时将九国皇族放在眼里过？"

现场的人无不神色一动。

所有人都知道，鬼王故意挑拨离间，惹出事端。

毕竟，现场数九国皇室的修行者和名门正派的修行者多。

鬼王虽然有邪派同盟，但是依旧没办法和以佛、道两门为首的正派人士相抗衡。

倘若不将局势搅乱，不破坏这些正派人士的同盟，鬼王一点儿抢夺万灵玉玺的机会都没有。

可是，众人明明知道鬼王是在制造矛盾，却不得不顺着鬼王的话深思下去。

佛、道两门原本就是神州的两大势力，不仅地位超凡，而且实力强大，就算九国皇族也难以奈何。

各国都尽可能地拉拢他们。

因为九国皇室的亲近，他们越来越强大……

现在万灵玉玺现世，倘若被佛门或者道门得到，到那个时候，九国皇族应当如何自处？

不仅忠于九国皇族的人满脸怀疑，就连其他宗派的人也心生警惕。

倘若真如鬼王所说，万灵玉玺被佛、道任何一家得到，那这家的势力只会比现在更加强大，其他宗派只能仰其鼻息。

鬼王藏身的黑雾飘移不定，这时突然从黑雾里传出一阵笑声："万灵玉玺只有一块，这宫殿里却有千人。真人可愿代表道门退出此次万灵玉玺的争夺？倘若真人愿做此事，那便是我以小人之心度真人之腹，我鬼王当众向真人道歉。"

"我不抢，其他人也不抢，难道就将此器交与你鬼王？"天宝真人反唇相讥，"鬼王还真是好算计。"

"我可以当众许诺，退出对万灵玉玺的争抢。"鬼王说道，"我只愿意做鬼域的王，至于那什么神州共主，我鬼王做不来，也没兴趣做。"

"既然这样，那你就先出神宫吧。"一个清脆悦耳的声音传了过来，"不然的话，谁会将恶鬼的誓言放在心上呢？"

第308章
投怀送抱

女孩子的声音如仙鸟的啼鸣声，清脆悦耳。

她从仙雾中缓缓走出，就像这极乐宫的神女，容颜照人，气势惊人。

赢千度！

这个女子，正是李牧羊喜欢的赢千度。她也跟着李牧羊进入了神宫，在察觉鬼王使计挑拨离间，人族名门正派有分裂的趋势之后，在千钧一发，暗流涌动之时，立即站出来反击鬼王。

她强调了鬼王的身份，暗暗告诉众人，鬼王不过是来自鬼域的恶鬼而已，连做人的尊严和穿顶的阳光都放弃了，哪里还会在意一句微不足道的誓言？

他说不抢，就当真不抢了？

听了赢千度的话，不少人附和。

"就是。鬼域之王说得好听，终究只是恶心的怪物而已。谁会相信怪物的话？"

"诸位同胞可要擦亮眼睛，这群恶鬼不安好心，可不能被他们利用了。"

"萤虫之火安敢和日月争辉？我们不如先将这群恶鬼驱逐出去，免得玷污了这神宫神器！"

……

黑雾依旧游移不定，不过中间浮现出一双红色的眼睛。

鬼王恶毒地盯着赢千度，喝道："你是何人？"

"赢千度。"赢千度冷声说道。她出身高贵，本身也有强大的实力，所以哪怕对方是鬼域之王，她也没有任何畏惧感。

"赢氏之人？"鬼王再次问道。

他虽然知道孔雀王朝的公主为了救李牧羊，不惜率领大军越境，和西风帝国边军惨烈厮杀，却没有真正和这位孔雀王朝的公主打过交道。

"不错。"嬴千度朗声说道。

"美貌如花，却心狠手辣。我当众许下誓言，你们都不愿相信。那我倒要问上一句，你们孔雀王朝会不会争这万灵玉玺？"

"天材地宝，有德者居之。"嬴千度笑着说道，"自古以来，神器都不是争来的，而是捡来的。"

"哈哈哈，说得好听！今日我倒要看看你怎么个捡法！"鬼王狂笑不止，说出来的话却杀气腾腾。

"希望你有机会看到。"嬴千度一脸无惧。

"我也想问一句，既然天材地宝不是争来的，是捡来的，"鬼王身侧的崔见心一脸冷傲地说道，"那我们在场的所有人是不是都要在这里等半空中的万灵玉玺自己掉下来，然后被有德者捡走？"

"万灵玉玺自然有恰当的分配之法，"嬴千度说道，"只是需要大家一起好言商讨而已，就不劳你们这些小鬼费心了。"

崔见心闭嘴不言，嘴角却浮现一丝嘲讽之意。

面对万灵玉玺这样的神器，人怎么可能不心生贪念呢？

于是，极乐宫内的氛围再一次变得诡异起来。

所有人都双眼闪亮地盯着悬浮在宫殿上方的万灵玉玺，站在那里一言不发，一动不动。更多的人从外面拥了进来，填充着这极乐宫。

好像正如嬴千度说的那般，天材地宝不是争来抢来的，而是捡来的。

大家都在等。

时间一分一秒地过去，万灵玉玺仍然悬空，周身光芒万丈，就像一轮永不降落的方块太阳。

李牧羊躲在石壁后，眼睛一眨不眨地留意着极乐宫内的所有动静。

"现在大家谁都不敢出手。"李牧羊轻声说道，"谁若出手，就立即会成为众矢之的。就连佛、道两家也不敢贸然出动。他们两家原本就势力强大，倘若再得了这万灵玉玺，怕是九国皇室日夜难安。"

"那就只能这般干耗着？"开明兽的九双眼睛闪闪发亮，"若这么一直耗下去，谁都没办法带走万灵玉玺，最终这万灵玉玺还是会落在我的手上。"

论寿命，任何人族修行者都耗不过这不知道活了多少万年的开明兽。

其他人都被耗死了，万灵玉玺自然就落到了它的手上。

"确实如此。"李牧羊的嘴角浮现一丝笑意。

"我们现在要怎么办？"

"等。"李牧羊说道，"他们不动，我们也不动，绝对不能出手争抢。他们中大多数人原本就是为了屠龙而来，倘若我现身，就会被他们联手攻击。"

李牧羊话音未落，悬浮在极乐宫上方的方形玉石就像感应到了什么一般，突然化作一股金色的洪流，朝李牧羊所在的方向冲了过去。

李牧羊见万道金光朝自己奔来，本能地伸手去挡。

"轰——"

金色的光华爆裂开来，照得人难以睁开眼睛。

李牧羊还没有反应过来，就感觉手里多了一块冰凉入骨的坚硬物体。

他垂眼一看，正是刚才悬浮在半空中的万灵玉玺。

万灵玉玺悬浮在半空时，看起来有磨盘那么大，可当它落在李牧羊手里的时候，已经缩小到砚台大小，似石非石，似玉非玉。

金色的光芒微微收敛，在李牧羊的手掌里光芒显得有些微弱。

万灵玉玺竟然主动朝李牧羊飞来，并且投怀送抱。

万灵玉玺刚出现异动，众人就朝它飞离的方向冲了过去。

"哗啦啦——"

这些人疾飞而来，和躲在石壁后的李牧羊碰了个正着。

此时此刻，李牧羊的行踪已然暴露。

所有人都见到被称为万灵玉玺的神器落在了李牧羊的手心。

他们脸色大变，惊诧地看着躲藏在石壁后的李牧羊，以及躲在李牧羊身后的长着九颗脑袋的开明兽。

李牧羊傻了，开明兽也傻了。

李牧羊反应过来后，脑海中浮现出这个念头：自己被一块石头算计了。

他没招谁惹谁，只是躲在石壁后面，想要等厮杀惨烈的时候，趁别人没注意突然出手，悄无声息地将万灵玉玺抢到自己的手里。

他知道人族对自己的警惕和仇恨，更知道自己这个时候出现只会成为众矢之的，成为所有人的猎物。

当然，无论谁这个时候出手，都会成为其他人攻击的目标。

可是，这万灵玉玺怎么招呼都不打一声就跑到自己手里了呢？

手里的万灵玉玺没有什么重量，李牧羊的心里却沉甸甸的。现在如何是好？

"是那条恶龙，他竟然从我们手里抢走了万灵玉玺！"

"又是他！怎么什么恶事都少不了他？"

"杀恶龙，夺玉玺。人族至宝不能落入恶龙之手！"

……

李牧羊听到那些人族强者吵吵嚷嚷喊打喊杀的声音，就当着大家的面把万灵玉玺揣进了自己的怀里。

刚才他还想要不先将万灵玉玺丢出去，让大家争抢一番，等到他们打得差不多的时候自己再抢回来……

现在，他连"礼节"性的试探都免掉了。

既然万灵玉玺到了我的手里，那就是我的了，与你们何干？

李牧羊揣好万灵玉玺后，一脸冷傲地和这些人族强者对视。

人族强者人数众多，悄无声息地形成了一个巨大的包围圈，将李牧羊和他身后的开明兽围在其中。

显然，他们认为，陷入这个水泼不进的包围圈的李牧羊绝对插翅难飞。

"李牧羊！"一个响亮的声音打破了平静。

李牧羊朝声音传来的地方看了过去，只见一个身穿西风帝国监察司制服的少年拼命地挤开人群，嘴里还不停地说："麻烦让一让，让一让……"

"燕相马。"李牧羊嘴角微扬，忍不住笑了起来。

神宫遇挚友，也算一件喜事。

"李牧羊，我就知道能在这里遇到你，果然被我猜中了。有一段时日不见，你倒是长高了不少，而且越发风流倜傥了。假以时日，我这江南第一花美男的名号都要让给你了！"

看到燕相马和李牧羊谈笑风生，不少人脸色大变。

燕伯来怒不可遏，喝道："燕相马，你在做什么？"

愚蠢，实在是愚蠢啊！好端端的一个孩子，怎么就看不清眼前的局势呢？

李牧羊原本就是人族公敌，是人人见而屠之的恶龙，现在又得了传说中的万灵玉玺，被千名人族强者包围。他这个时候跑上去打招呼，不是自寻死路吗？

"父亲大人也在。"燕相马终于在人群后面发现了脸色黑紫的父亲，远远地鞠躬行礼，恭敬地说道，"见过父亲大人。"

"你难道忘了这恶龙以你的名义四处行凶，栽赃陷害你的事情？"燕伯来质问道。

他有意提起李牧羊以燕相马之名行走神州，诛杀大武世子以及藏白剑派众多白袍剑客的事情，就是为了帮助燕相马和李牧羊划清界限。

他想告诉神宫里的所有人：我儿子和李牧羊的关系一点儿也不亲密，李牧羊不久前还陷害过我儿子呢，他们是生死大敌。

崔见的脸色也难看至极，嘴角浮现一丝冷笑，沉声说道："燕相马，不要忘记你是西风帝国监察司长史，身负帝国重任，是前来缉拿叛徒、屠杀恶龙的！"

这个浑蛋平时装作忠心耿耿的忠臣良弟，刚才还说什么"兄长想要仙器，相马去帮你抢来便是"的话，现在看到李牧羊就像看到了救命恩人似的。

你让我这个兄长的脸往哪里搁？

你让西风帝国和监察司的脸往哪里搁？

倘若回去之后，有人将此事报给皇室，怕是连自己也要被上面怪罪。要是上面误会自己也和这恶龙是一伙的，那可就不妙了。

燕相马奔向李牧羊的步伐猛然顿住，脸色瞬息数变，突然指着李牧羊怒喝道："李牧羊，你这个卑鄙无耻的小人，红光满面，看来最近日子过得还挺滋润的嘛！"

"我过得好不好，和你有什么关系？不过，燕长史可是清减了不少，看来监察司的工作不好干啊！"

"哼，我们监察司的工作何须你横加指点？我燕相马忠君爱国，为帝国尽责，为陛下分忧，何来辛苦？"

"说得好听，说到底，你不过是西风宋家的一个奴才而已。他们几时把你当人看了？"

"他们是没有把我当人看，但是至少没有把我当龙看。"

"等到你影响他们的利益之时，你的下场怕是连一条龙都不如。"

"哼！你这恶龙别想离间我和帝国的关系，我燕相马对西风、对皇室忠心耿耿，天地可鉴！"

"天地听到你这番话，怕是也要羞愧不已吧？"

"你这恶龙！"

"你这死马！"

"看我挥剑将你斩杀，成就屠龙英雄之名！只要你死了，'燕相马'三字将享誉神州，名留青史。"

"呵呵，怕是不只如此吧。你不仅想要将我斩杀，还想要抢我怀里的万灵玉玺，对不对？"

"万灵玉玺是仙界神器，得之可享神州，谁不想要？我燕相马若能够得到，定会将它交与西风皇室，让我西风君主成为天下之君！"

……

李牧羊和燕相马你来我往，剑拔弩张，都是一副随时有可能拔刀相向的模样。

可是，大家看在眼里，怎么总觉得有点儿不是那么回事儿呢？

他们俩表面上看起来极其愤怒，互相厌恶，可是众人感受不到一点儿厮杀之意，就连一点儿厮杀前互相对抗的威压都没有。

这不是在针锋相对！

这根本就是在"打情骂俏"！

第309章
以爱之名

"够了！"燕伯来暴喝，严厉地盯着燕相马，"逆子，立即给我退回来，不许再和那恶龙多说一句话！"

再让他们俩说下去，怕是所有人都看出来他们交情匪浅了。

燕相马实在太不知进退，不懂好歹。

现在九国皇室和各大宗派的强者都在，你燕相马不立即和那恶龙划清界限，怎么还主动往前凑？

照今天这架势，怕是恶龙只有死路一条。

你燕相马和一条恶龙有什么旧好叙？

燕相马暗自叹息，担忧地看了李牧羊一眼，无比"凶狠"地说道："你现在已经被人族强者围困，只有死路一条。我奉劝你立即将抢到的万灵玉玺交出来，或许还有一线生机。"

李牧羊冷冷一笑，沉声说道："真是天大的笑话！你以为我会相信你们人族的那些谎话？就算我将这玉玺交出来，你们也不会放我一条生路吧？交与不交，我都是死路一条。既然交出来是死，不交出来也是死，我便和你们拼个你死我活，大不了，大家同归于尽！"

听到李牧羊说出"同归于尽"的话，不少人心中大惊。

之前李牧羊故意以龙窟相诱，令他们全部聚集到地下龙窟。后来龙窟倒塌，补天石化作巍峨大山镇压在他们的头顶，差点儿让他们永世不得超生。

这神宫不会也是那恶龙的诱饵吧？

很快，他们就打消了心中的这个念头。

昆仑神宫是神仙居所，上万年才现世一回，就算李牧羊是龙族，也不可能操纵神宫出现的时间和地点。

"同归于尽？你想得美！人族人多势众，当真搏杀起来，你这恶龙只有被屠的份儿。你还想着和人族同归于尽？谁给你的信心？我若是你，就立即想办法逃得远远的。"燕相马一脸"鄙夷"地说道。

"……"

燕伯来听到燕相马的提醒，有一种亲手掐死自己这个儿子的冲动。

你就算想要提醒那条恶龙立即逃跑，也不用做得这么明显吧？

你以为别人都是傻子吗？

燕相马不知道他爹正想着亲自掐死他，又像发现了新大陆似的，指着李牧羊身后的九头怪兽说道："人头虎身，这便是传说中的神宫守护兽开明兽吧？"

"是又如何？"李牧羊冷声问道。

"开明兽是神宫守护者，对神宫无比熟悉，你休想借助它的力量逃跑！"

"……"

这一次，连李牧羊都觉得燕相马的表演太浮夸了。

什么叫作高明的表演？

让人看不出任何表演痕迹，这才是高明的表演。

小伙子，你的演技还有待提高啊！

"燕相马！"燕伯来和崔见同时怒喝。

这浑蛋是在找事啊。难道他不知道自己这么做会引火上身吗？

"恶龙一族，人人得而诛之。"燕相马一脸"杀意"地说道，"更何况这恶龙还假借我的身份四处行凶，这笔账我得慢慢和他算清楚才行！"

"我怎么一点儿也看不出你要杀他？"藏白剑派的一名长老冷笑连连，"我倒觉得燕长史一直在护着他，想让他赶紧逃跑。诸位，你们有没有这种感觉？"

"对。这两人一看就交情匪浅！"

"燕公子，你就不要费这劲儿了。这恶龙今天只有死路一条，你又何必给自己找不自在呢？"

"燕公子还是遵从长辈的意愿吧，不要给自己家族招难。"

"……"

"哈哈哈，你们竟然说我和这恶龙交情匪浅？"燕相马指着李牧羊不停狂笑，装出一副难以置信的模样。

"难道不是吗？"

"是。"燕相马无比肯定地回答，"被你们猜中了。"

"……"

所有人都对燕相马怒目而视。这个浑蛋是在玩人吧？

"逆子！"燕伯来暴喝，他推开人群，大步朝燕相马走来，"我再说最后一遍，立即给我退回来！倘若你再敢和那恶龙多说一句，我就立即和你断绝父子关系。从今天开始，你便不再是我燕伯来的儿子，不再是我燕氏的子孙。"

燕伯来也是不得已而为之。倘若燕相马再胡闹下去，当真在人前坐实了自己和恶龙的情谊，怕是其他帝国和宗派都不会让燕家好过。

原本崔家就对燕氏的忠诚有一些怀疑，最近两家的关系有点儿微妙。如果燕氏在这关键时刻得罪这么多强大的势力，怕是崔家不会再站出来力挺燕氏。

没有崔家的支持，燕氏能否扛得住其他帝国和宗派的打击？

燕相马可以狂妄任性不在乎，燕伯来却不得不在意这些。

太叔永生地位那么高，近乎神明，因为救了恶龙一命，在神州的威望也瞬间降低，甚至被人明里暗里地诋毁攻击。

燕氏差太叔永生远矣。

"是。"燕相马给李牧羊使了一个眼色后转身朝父亲走去，就像一个乖宝宝似的。

"你这逆子，回去我再和你算账！"燕伯来呵斥道。不过，燕相马迷途知返，也让他松了一口气。

李牧羊知道燕相马使眼色的意思是让他赶紧离开，可是现在他被里三层外三层地围着，如何逃得出去？

如果能不出手，他也是不愿意出手的。

大家都这么眼对眼鼻对鼻地站着，耗上三五百年，对他只有好处。到时候肯定是人族强者全部死了，只有他一个人活下来。

毕竟，他身体里有龙族的血脉。

"杀了这条恶龙！"

"不能让他带着万灵玉玺逃跑！"

"若让一条恶龙得了万灵玉玺，那便是我九国人族的灾难！"

……

显然，大家并不愿意让李牧羊如愿，再一次对着他喊打喊杀起来。

"李牧羊。"赢千度一脸笑意地走了过来。

李牧羊看着赢千度——这个让他魂牵梦绕的女子，坚硬的心瞬间柔软起来。他轻声唤道："千度。"

赢千度巧笑嫣然，眼睛里盛满了柔情蜜意。她对李牧羊伸出手，撒娇似的说道："将万灵玉玺赠送给我，可好？"

李牧羊看着赢千度闪亮的眼睛，沉默不语。

谁都看得出来，他并没有将怀里的万灵玉玺掏出来赠送给赢千度的意思。

"李牧羊，你不愿意吗？"赢千度微嗔，问道。

"不愿意。"李牧羊面无表情地说道。

"你不是说愿意为我做任何事情吗？之前你愿意将补天石赠送给我，现在为何不愿意送我万灵玉玺？要知道，万灵玉玺对皇族才有大用。你将它赠送给我，我们孔雀王朝便可一统九国，我父皇便能成为这神州唯一的皇者。"

"那是你们孔雀王朝自己的事情。你的父皇能不能成为神州唯一的皇者，是你们赢氏一家之事，"李牧羊沉声说道，"和我没有任何关系。我只是一个外人，一条恶龙。"

"李牧羊……"赢千度脸上的笑容逐渐消失，取而代之的是委屈和不甘。

"万灵玉玺是世间至宝，我不会把它交给任何人。你不用再说了。"

"难道你不在意我们的感情？难道你忘记了我为你做的一切？我为了救你，不惜率军闯入西风国境，和西风边军惨烈厮杀。这些你都忘记了？"

燕伯来等人听到赢千度的话，脸色难看至极。

这个孔雀王朝的公主说的确实是实情，为了自己的爱人，她竟然违背了九国之间的《守边契约》，闯入西风，斩杀西风军卒数千，后来又联合黑炎大军斩杀西风军数万……

可以说，经此一役，西风边军实力大减。重新培养数万能征善战、悍不畏死的铁军不是三年两载便能完成的事情。

在西风帝国的人恨得牙痒痒时，忠于其他国家的强者却满脸讥讽，都是一副乐于看戏的模样。

看到孔雀王朝贵不可言的公主在一条恶龙面前吃瘪，他们很愉悦。

若西风帝国的人因为风城之事和孔雀王朝那边的人大打出手，他们就更加开心了。

人多神器少，竞争者多死一个，他们就少一分压力。

"我记得，"李牧羊避开赢千度的眼睛，说道，"但这并不代表我要用万灵玉玺偿还。"

"李牧羊，你要这万灵玉玺做什么？"赢千度眼睛泛红，伸出去的手仍然没有收回来，她沉声说道，"把它给我，好吗？"

"你不用再说了。"李牧羊面无表情地说道，"我心意已决。"

"公主殿下，何必和这恶龙多说？"孔雀王朝一位年老的修行者不忍心见到深受国民爱戴的公主被恶龙羞辱，大步上前，一脸怒意地盯着李牧羊，对赢千度说道，"公主殿下想要万灵玉玺，我们孔雀王朝的男人一定会拼命帮你抢回来。公主殿下何必求这狼心狗肺的恶龙？"

"就是。只要公主殿下一句话，我们孔雀王朝的十万修行者愿为公主出战！"

"将死之人还敢如此放肆？公主伸手讨要，那是看得起你！"

……

不得不说，赢千度的魅力是极大的。那些来自孔雀王朝的修行者，不管是年轻的，还是年长的，见自己国家的公主受了委屈，一个个义愤填膺，恨不得把李牧羊拖出去千刀万剐。

李牧羊冷冷地盯着那些言语攻击者，说道："既然如此，那贵国公主还是不要看得起我为好！"

"李牧羊……"嬴千度的眼眶比之前更红，伸出去的手倔强地不肯收回，"把它给我，好吗？"

"不给。"

"就算我们一刀两断？"

"就算我们一刀两断。"

泪珠一颗颗从嬴千度的眼中滑落，嬴千度低声说道："李牧羊，你好狠的心啊！"

李牧羊转过身，不愿意和嬴千度对视，说道："神器难寻，公主休怪。"

"……"

嬴千度不说话。

李牧羊也不再说话。

所有人的视线都聚集在李牧羊的身上，余光扫视彼此，眼睛里有灼热的火焰在燃烧。

就像同时做出了决定，上千人突然有了默契。

"杀了他！"有人嘶声吼道。

"轰——"

一把光刀朝李牧羊劈了过去。

是最先站出来替嬴千度说话的老者出手了。

李牧羊拒绝千度公主，让孔雀王朝的修行者愤恨至极。

"咔嚓——"

白玉地板被那把光刀劈出了一条巨大的裂缝，就连墙壁的一角也被削掉了一大块。

与此同时，数不清的刀气、剑影和火球从天而降，将李牧羊站立的那一小片区域完全笼罩住了。

刀光剑影闪动，拳头锤子齐出。

近百人族强者同时出手，想要一举杀掉李牧羊。

巨大的能量朝一个小小的角落聚集，然后爆炸开来，将那一片区域轰出一个巨坑。

整座神宫摇摇欲坠，似乎随时有可能崩塌。

"轰——"

强烈的光芒在极乐宫中闪耀，照得人睁不开眼睛。

等到光华散去的时候，大家看到一人一兽正朝远处狂奔。

也不知道李牧羊刚才用了什么功法，竟然避开了近百人的合击，冲出人群，朝神宫的东南方向飞速逃窜。

"恶龙逃了！"

"大家快追！"

"杀了他！"

……

"开明兽！"李牧羊将行云布雨诀施展到极致，沿着神宫的长廊朝前方冲去，身体已经变成了一道白色的光影，"你在前面带路。"

"前面就是无忧宫。"开明兽四爪挥舞，脚下踏着一朵祥云，速度竟然比李牧羊还要快一些，"只要进入无忧宫，我们就可以把他们全部关在外面。"

"好，我们就去无忧宫。"李牧羊说道。

看到李牧羊逃跑，上千人紧追不放。

"你这恶龙……"燕相马一拳打飞一个跑在他前面的家伙，那人狠狠地前扑，连续撞飞了好几个跑在前面的人。

说着，燕相马又一脚踢倒一排想要越过自己的修行者，对着李牧羊远去的背影嘶吼："我与你不共戴天，我要杀了你！有本事，你就别跑！"

第310章
惊龙神弓

前面就是无忧宫！

无忧宫是仙人栖息之所，也是整座神宫里最隐蔽、最结实的宫殿。

只要逃进无忧宫，紧闭大门，再连续下几道禁制，李牧羊就可以将自己和那上千人族强者隔开。

李牧羊不是白痴，他虽然不畏惧这些人族强者，但是绝对不会同时和这上千人战斗。

双拳难敌四手，独龙难斗上千人。

近了！

开明兽在前，李牧羊在后，朝无忧宫冲锋。

开明兽脚踏一朵祥云，四爪拼命地划动，就像在水里游一般。与此同时，它的九颗脑袋努力地前伸，摆出一副不管身体有没有进去，脑袋都要先进去的架势。

李牧羊的行云布雨诀是世间神奇的身法之一，修行此功，便可一念腾空，一瞬翱翔于九天之外。

这一人一兽跑得急迫，跑得潇洒，跑得流畅自然。

更近了！

无忧宫的大门就在李牧羊的眼前。

"关门！"开明兽抢先一步冲进了无忧宫内，用稚嫩的声音厉声喝道。

"哐——"

无忧宫的大门迅速合拢。

与此同时，李牧羊的身体也冲到了即将合拢的宫门处。

李牧羊感觉到了危险！

"嚓！"

李牧羊刚感觉到危险，后背就猛地一痛，紧跟着一个跟跄朝地面栽倒下去。

快！

比白驹过隙快！

比疾风骤雨快！

比闪电惊雷更快！

快得让人觉得不可思议！

他的神识刚刚感觉到危险，身体甚至来不及做出任何反应，就已经受伤倒地。

李牧羊甚至不知道自己是被何物所伤，是何人出手。

"扑通！"

李牧羊重重地扑倒在无忧宫的门口，嘴里喷出大口的鲜血。

时间不凑巧，李牧羊正要越过石门。

地点也不对，李牧羊正好扑倒在即将合上的两扇巨大的石门间。

倘若不立即离开，李牧羊怕是会被那重若万钧的石门挤扁。

"快开门，快开门！"已经冲进无忧宫的开明兽听到身后的异响，转过身发现李牧羊已经受伤倒地，九双眼睛里充满惊骇，立即对着无忧宫的大门大声喊叫。

那大门就像有生命似的，竟然能够听懂开明兽的话，在即将合拢的那一瞬间又朝两边分开。

开明兽是神宫的守护者，几乎成为这神宫的一部分，对这里面的阵眼、禁制以及其他秘密自然了如指掌。

开明兽飞奔而来，将李牧羊从地上拖了起来，朝无忧宫里面拽，同时着急地问道："李牧羊，你怎么了？发生了什么事情？"

"有人偷袭。"李牧羊脸色惨白地说道。

说话的时候，他嘴里还在不停地喷血，他知道，自己的脏腑受到了重创。

痛！

他的身体似乎被撕裂了！

此时此刻，就连低头看一眼伤口，对李牧羊而言都是奢望。

"谁偷袭？谁偷袭？"开明兽又急又恼。

"是我。"一个清朗的声音传了过来。

只见一个身穿黑色盔甲、手提兽首巨弓的男人大步向前，刚才还在遥不可及的天边，一步便迈到了开明兽的面前，显然是用了缩地术。

"你是谁？"开明兽喝道，"你为什么要伤害李牧羊？"

"夏侯鹰。"男人答道，声音中带着傲视天下的骄傲。

开明兽原本可以将那些危险的人族强者挡在无忧宫门外，却因为回来救李牧羊又将宫门敞开。

这一耽搁，那些人族强者全部聚集而来。

听到高大男人报出来的名字，所有人都惊骇难安起来。

片刻的沉寂后，人群开始窃窃私语。

"夏侯鹰，是不是就是那个神秘的夏侯家的人？听说这个家族和龙族一样神隐，只有神州出现大灾难的时候，他们才会跟着出现。"

"是啊。据说第一次屠龙大战的时候，夏侯家的天才夏侯山鸣率领人族抗击龙族，最终将强大的龙族屠杀殆尽。"

"无知！夏侯山鸣抗击的是蛮族，是来自地狱的恶魔。"

……

人的名，树的影。

夏侯家的人突然出现，并且一出手就重伤了恶龙李牧羊，让这些人族强者既喜又惊。

喜的是，龙族再一次败在了人族的手里。

惊的是，夏侯鹰实力如此强大，倘若他也对万灵玉玺动了贪念，其他人想要和他竞争怕是不太容易。

"李牧羊！"赢千度尖叫一声，就要朝李牧羊扑去。

孔雀王朝的修行者将她死死地拦住，为首的那位白发老者沉声说道："原本公主殿下的事我们不敢置喙，但是此人邪恶，又是恶龙，刚才还如此对待公主，我们不能继续沉默。请公主殿下切莫再自取其辱，不然，承受这侮辱的不仅是公主殿下自己，还有我们孔雀王朝万万子民。"

燕相马也正想朝李牧羊走去，却发现自己的手臂被人抓住了。

燕伯来不知道什么时候站在了燕相马的身边，冷声说道："你敢再向前一步，和那恶龙有什么牵扯，我就废了你这条胳膊！"

"放开我。"

"自私狂妄，无视家族利益和家族处境，一次又一次将家族推向火坑，这样的人不配做我燕氏之子！"

"我去捅他一刀。"燕相马冷声说道。

"夏侯家的人出来了，轮不到你捅刀。"燕伯来手掌用力，燕相马的表情开始痛苦扭曲。

夏侯鹰大步向前，走到李牧羊躺倒的地方。

他居高临下地看着倒在地上的李牧羊，问道："感觉如何？"

李牧羊的视线转移到夏侯鹰手里提着的那张巨大的兽首弓上，声音沉了下来："是它伤了我？"

"不错。"夏侯鹰点头，将手里那张散发黑色光辉的巨弓举到李牧羊面前，说道，"惊龙之弓，可以屠龙。此言不虚。"

《宝器·神器谱》记载，有三件宝物是屠龙利器，其中之一便是惊龙弓。

以高阶巨龙之肋骨做弓背，以神龙之筋做弦，用新鲜龙血浸泡三百年，在昆仑深山雪藏三百年。

一箭便可毁天灭地。

这就是惊龙弓！

夏侯鹰的话犹如一块大石从高空落下，狠狠地砸在平静的湖泊中，溅起了千朵万朵水花。

"夏侯鹰手里的竟然就是传说中的惊龙弓！"

"惊龙弓可以屠龙，难怪夏侯家的人一出手，那恶龙就没有任何还手之力！"

"惊龙弓在这个时候现世，非我等之福气啊！"

……

李牧羊盯着那张惊龙弓，那张由自己同族的肋骨和筋制成的惊龙弓，眼里燃烧起了炙热的火焰。

"惊龙弓！"李牧羊一字一顿地喊出这个名字。

"是啊。"夏侯鹰全身被黑甲裹住，手里提着发出黑色光泽的惊龙弓，给人的感觉阴森又可怖，"你是不是觉得很亲切？或许这张惊龙弓上的龙骨和龙筋的主人还和你是旧识。"

他的祖辈曾经是人族王者，率领整个人族抗击蛮族，走向胜利。

现在，他要做同样的事情。

"难怪。"李牧羊咬牙说道。

他扶着开明兽的脊背，努力地从地上爬了起来。

他的胸口被惊龙弓射中，血正从里面向外流出。

白色的玉石地板上一片红色，一眼看过去令人触目惊心。

这一次，他确实受伤很重。

彩云衣也被穿了一个窟窿，原本白色的衣服变成了黑色的，看起来彩云衣此时的心情极其不好。

不过，彩云衣虽然心情不佳，但没忘记修复李牧羊的伤口，彩云衣上破开的窟窿也在以肉眼可见的速度闭合。

李牧羊知道，倘若不是彩云衣为他挡了一下，怕是他的伤势要比现在更加严重，身体直接爆裂开来也有可能。

惊龙弓有毁天灭地之能，它的威力实在太大了。

"李牧羊，你没事吧？"开明兽担忧地问道。

李牧羊摇了摇头，一只手还撑在开明兽的身上，表现出一副没有它支撑就难以站立的模样。

"倘若不是以龙骨为弓背、以龙筋为弦，惊龙弓怎么可能这么轻易就伤到我呢？"李牧羊冷声说道，"那是我的同胞，带着我熟悉的气息，而我对同胞的气息没有太大的防备。"

"不错。"夏侯鹰点头称是，"更妙的是，惊龙弓不需要箭，只需要人之真元。"

夏侯鹰的视线转移到了李牧羊的胸口："直到现在，你才知道伤到你的是什么兵器吧？"

"倒是有劳了。"李牧羊咬牙说道。

"客气。"夏侯鹰对着李牧羊伸出手，说道，"把万灵玉玺给我。"

李牧羊冷笑不已，说道："你也想要万灵玉玺？"

"皇者之器，谁不想要？"

"你们夏侯家也想称王称霸？"

"幼稚！"夏侯鹰一脸嘲讽，"万灵玉玺的功用何止如此？"

夏侯鹰显然知道别人不知道的内容，只是不愿意当众说出来。

他再次朝李牧羊逼近一步，说道："把它交给我，或者，死。"

李牧羊从怀里摸出万灵玉玺，因为李牧羊的胸口受了伤，所以万灵玉玺也沾上了李牧羊的鲜血。

李牧羊将褐色的方形玉石托在手心，笑着说道："你想要万灵玉玺，他们也想要这万灵玉玺。万灵玉玺只有这一块，你问过他们的意见吗？"

夏侯鹰猛然转身，问道："你们想要？"

"自然……"藏白剑派的一名年轻剑客说道。

话音未落，他就发现自己的胸口多了一个窟窿。

他瞪大眼睛，看着那个突兀出现的伤口，一脸的不可思议。

"扑通！"

那名藏白剑客一头栽倒在地上。

夏侯鹰这才轻飘飘地将惊龙弓收了起来，一副云淡风轻的模样，不像刚才杀了一个人，就像只是射灭了一盏灯。

"还有谁想要？"

没有人开腔。

面对这强势霸道、让人防不胜防的惊龙弓，没有人愿意站出来和夏侯鹰当面对抗。

夏侯鹰这才转身看向李牧羊，再一次对他伸出手，说道："没人争了，你可以把它交给我了。"

"弱肉强食，还真是赤裸裸啊！"李牧羊轻轻摇头，"既然没人争，那我就把它给你吧。"

李牧羊依依不舍地看着万灵玉玺，猛地将它朝藏白剑派的人丢了过去。

"啪——"

万灵玉玺落在一名藏白剑客手里。

那名藏白剑客还没来得及好好看一眼自己手里的万灵玉玺，胸口已经露出一截剑尖。

一名黑衫剑客一剑刺穿他的身体，然后伸手抢他手里的万灵玉玺。

"嚓！"

那名黑衫剑客伸出去的手臂突然断开，而万灵玉玺落入了一名身穿罗汉衫的光头大汉手里。

"杀了他！"

"万灵玉玺是我的！"

"恶贼，敢杀我藏白剑派的弟子，血债必须血偿！"

……

上千名高手乱成一团，厮杀成一片。

万灵玉玺被传来传去，从一个人的手里传到另外一个人的手里，每一任主人的下场都凄惨无比……

倘若不是亲眼所见，实在难以想象这些人族强者会做出这么残忍的事情。

夏侯鹰眼神冰冷地盯着李牧羊，沉声说道："我是让你将它给我。"

李牧羊指了指不远处惨烈厮杀的人群，笑着说道："不好意思，我听错了。你想要，那就去抢吧。"

"自寻死路。"夏侯鹰轻轻叹息，再一次举起手里的惊龙弓。

第311章
逆天改命

"杀了我，你也得不到万灵玉玺。"李牧羊捂着受伤的胸口，虽然彩云衣在极力帮他修复，但是惊龙弓带来的伤害不是那么容易就能够消弭的。

他直视着惊龙弓——这张用龙骨、龙筋制作而成，用龙血浸泡，却又用来屠龙的巨弓，心里只有无穷的哀伤和无尽的仇恨。

何以至此？

龙族到底做错了什么？为何要遭受这般责罚？

举世是敌，全民追杀。

难道仅仅因为生而为龙，上天赋予了龙族强大的体格和腾云降雨的能力？

龙族一次又一次地拯救人族，一次又一次地将神州从恶魔手里抢夺回来，还给人族……

为何每一名人族修行者都要将屠龙当作自己的功勋？

"我知道，你将万灵玉玺丢进人群里，是想让人族互相残杀，给我制造一些阻碍，同时给自己制造一线生机。"夏侯鹰一脸冷漠，藏在头盔下鹰一般凶狠的眼睛一眨不眨地盯着李牧羊，"对我而言，不过麻烦一点而已。只要我杀了你，那万灵玉玺就还是我的，谁也别想抢，谁也抢不走。"

"今日强者云集，你凭什么认为万灵玉玺一定是你的？"

"和那云集的强者相比，你更让我在意。"夏侯鹰阴沉地说道，并不在意旁边在不同人手里传递的万灵玉玺和激烈的搏杀，"夏侯先祖曾经率领人族抗击蛮族，死在惊龙弓下的恶龙也不在少数。"

他继续说道："这惊龙弓传承了数万年，上一次屠龙大战后，我们夏侯一族就几乎隐世不出，惊龙弓几乎没有解封的机会。

"只有龙族，只有强大又邪恶的龙族，才配让我们出动惊龙弓。不然，惊龙弓根本就没有现世的意义。杀鸡焉用牛刀？那样玷污的不是鸡，而是那把牛刀。

"你知道吗？我的族人苦苦等待了数万年。可是，龙族一直没有出现，就像真正在这世间灭绝了一般。可是，我的先祖们知道，龙族一定不会灭绝，终究会有回归的那一天，就如隐藏在另外一个世界的三眼恶魔。

"我的一位先祖曾经说过：当恶魔卷土重来时，龙族必定再次降临。夏侯族一直坚信，三眼恶魔会重返神州。他们征服花语平原的野心只会越来越大，而不会随着时光的流逝而衰弱。

"这一代，惊龙弓传到了我的手里。我一直在等待着，我以为自己也会和先辈们一样枯等一生，恶龙不出，惊龙弓永世封锁。没想到，你出现了，李牧羊，那个被称为龙族少年的李牧羊出现了。"

夏侯鹰怜惜地看着手里的兽首巨弓，轻声叹息："你身负神弓之名，数万年时间不曾饮血，不曾现世，实在太委屈了。今日，我便让你得偿所愿。"

"看来我今日非死不可。"李牧羊苦笑着说道，"如果你只想以屠龙成就自己和家族的无上名声，那我能理解。但是，请你不要总把自己屠龙的目的说得那么高尚，好不好？别人不知道屠龙之战的真相，难道你们夏侯家的人还不清楚吗？你们翻来覆去地把这种话挂在嘴边，怕是连自己都相信了吧。夜深人静的时候你们摸着胸口想一想，难道就不觉得愧疚恶心吗？"

夏侯鹰表情微滞，坚毅的眼神终于有了一丝丝松动。而后，他竟然咧开嘴笑了起来，说道："经你这么一说，还真是这么回事儿。先祖们都说我们是为了拯救人族而屠龙的，这样的话一代又一代地传下来，倒是连我们自己也不曾想过屠龙的真实目的。"

"不过，"夏侯鹰看着李牧羊，说道，"谁会自污名声呢，何况是被世人称为第一家族的夏侯家？所以，就只能委屈你们了。想来这么多年过去了，你们也习惯了。"

"我们怎么会习惯呢？"李牧羊笑着说道，"若是甜言蜜语、纸醉金迷、世人仰慕、无上尊荣，我们怕是很容易就习惯了。可是，每日承受仇恨之火、灭族之痛，日复一日的委屈和愤怒，只会让我们积累越来越重的怨气。这些东西就如同昆仑之冰、泰山之石、地狱之火，我们永远不会习惯。"

"那我就帮不了你了。"夏侯鹰笑着说道。

他举着手里的惊龙弓，弓弦拉开，却不见有箭。

随着真气的凝集，一支白色的箭悄无声息地在他的手指间出现，他搭弓上弦。

真元箭！

每一箭耗费的都是修行者的本命真元。

"习惯也好，不习惯也好，这就是你们龙族的命运。"夏侯鹰沉声说道，"不过，不管怎么说，我还是要对你说一声感谢，感谢你再一次成就夏侯家族的无上威名。"

数万年前，夏侯家族的天才率领人族抗击蛮族，又将龙族屠杀殆尽，成功将夏侯家族推至"神州第一家族"的位置，受世人崇拜景仰。

因为夏侯家族的神秘，甚至还有人称夏侯家族为神族。

在普通百姓的眼里，夏侯家族是神族，夏侯家的人是神仙。

现在，夏侯家是时候再一次做出让整个神州为之震撼敬仰的事情了。

还有什么事情比屠龙更轰动，又能让人更快成名呢？

"如若我要替他逆天改命呢？"一个清冷的声音传了过来。

赢千度一步步地走到李牧羊的身前，用自己瘦弱的身体挡住李牧羊，一脸坚定。

夏侯鹰眉毛微挑，神色一沉。他看着挡在李牧羊前面的清秀女子，沉声问道："你是何人？你可知道自己在做什么？"

"我乃孔雀王朝的公主赢千度。你若杀他，我便诛你九族。"

女孩子眼神坚毅，神情倔强，模样清媚，气度雍荣华贵。

她这语气让人知道这不是玩笑之语，也不是稚子之言，她会言出必行。

倘若夏侯鹰无视她的警告，便要承受她的雷霆之怒。

夏侯鹰的视线终于全部转移到了赢千度的脸上，他认认真真地审视了一番后，相信了她孔雀王朝公主的身份，也相信了她不加掩饰的威胁不是玩笑。

然而，夏侯鹰并不在意，嘴角浮现一丝嘲讽的笑意，说道："孔雀王朝的公主确实称得上身娇肉贵。不过，你当真以为我夏侯一族会惧怕孔雀皇室？"

"你若杀他，便要先杀我。"赢千度冷傲地说道，"你若杀我，便要和孔雀皇室不死不休。我知道，夏侯家族被称为神州第一家族，受世人景仰爱戴。但是，我赢氏想做的事情还从来没有失败过。赢氏说要建立一个王朝，便会建立一个王朝；说要颠覆一个帝国，那个帝国便会轰然倒塌。"

赢千度冷冷地盯着夏侯鹰的眼睛。

别人强势，你要比他更加强势。别人骄傲，你要比他更加骄傲。只有这样，他才会将你当作同级别的对手，才会在心里重视你，或者畏惧你。

"夏侯一族当真要和赢氏不死不休？"

夏侯鹰沉默下来。

良久，他摇了摇头，说道："姑娘，你的威胁很有力量。但是，和夏侯一族的荣光相比，这实在算不得什么。恶龙必须死，而且必须由夏侯一族所屠。不然的话，我就辜负了家族厚望，还有这张惊龙弓的威名。"

"那就出手吧。"赢千度沉声说道。

"千度……"李牧羊出声阻止。

赢千度回头看着李牧羊，笑着说道："能做的我都为你做了，不能做的……怕是以后也没有机会了。"

"你无须如此。"

"要不要这样做，是我的事情，"赢千度嫣然而笑，"与你何干？"

"我不希望你死。"

"我也是这么想的。"赢千度点头说道，"所以，我只能用这种愚蠢的方式保护你。若今天的事让我的那些先生知道，他们一定会气得跳脚，一定会骂我，这么多年的帝王权弈之术白学了。"

"千度……"

赢千度握住李牧羊的手，说道："牧羊，别说了，我都明白。"

"……"

夏侯鹰眼神冷厉，盯着赢千度说道："你当真要如此？"

"怎么，你动摇了？"赢千度冷眼看着夏侯鹰，说道，"还是你想着自己那几句话能够说服我远离这条'恶龙'，然后你将其一举射杀，既完成了屠龙壮举，又不用和我孔雀王朝结下死仇，两全其美？"

"你贵为孔雀王朝的公主，为何要替一条恶龙说话，甚至要替一条恶龙去死？"

"你真笨。"赢千度的声音难得地带着一点俏皮，她不去看夏侯鹰，也不去看夏侯鹰手里的惊龙弓，而是背对着夏侯鹰和那张随时有可能射出利箭将她的身体洞穿的惊龙弓，明亮的眼睛看着李牧羊，说道，"因为我喜欢他啊！"

"和恶龙相恋，不知廉耻。"

"我任你骂，你放过他好不好？"

"……"

夏侯鹰快要抓狂了。

身为神州第一家族的强者，他从来不将九国皇室和其他强者放在眼里。

夏侯一族不参与皇权之争，更不在乎宗门之争。

他们只做一件事情：在神州有难的时候，站出来力挽狂澜，救人族于危难之中。

可是，夏侯一族等了很久，人族一直没有什么太大的危难。

哪怕是国与国之间的纷争，也没有达到危及人族延续的程度。

夏侯一族很担心，再这么下去，他们这神州第一家族会不会被人族忘记。

毕竟，屠龙大战已经过去了数万年，虽然那一战被人们传颂至今，但是神话终究会有褪色的那一天。

终于，李牧羊出现了。

龙族再一次出现了。

当李牧羊龙族的身份暴露，恶龙现世的消息传遍神州时，夏侯家族便开始关注他了，然后一路尾随，直至今日在神宫中射出致命一箭。

倘若刚才不是夏侯鹰及时出手，怕是李牧羊和开明兽已经逃进了无忧宫。而逃进无忧宫不是结束，李牧羊的目的是利用这无忧宫的坚硬大门以及里面的重重禁制逃出神宫。

那个时候，人族强者人多势众又如何？

神州这么大，他们如何能够得到一条龙的消息？

夏侯鹰出手将李牧羊留了下来，却没想到因此引来了孔雀王朝的公主。

难道自己当真要像射杀李牧羊那般，将孔雀王朝的公主也一箭杀了？

什么叫作"我任你骂，你放过他好不好"？

夏侯鹰倒想吼一句：我任你骂，你放过我好不好？

"既然千度公主不知自爱，那就休怪夏侯鹰无情了。"夏侯鹰心意已决，准备出手，"想来，神州百姓听说千度公主站到了恶龙那一边，甚至不惜为其而死，定会对孔雀皇族和千度公主极其失望。"

"不愿意放过李牧羊，你就没有资格指责我。"赢千度不屑地说道，"你们夏侯家做的那些恶事，你敢公布于世吗？"

"看来大家没办法商量了。"

"那就动手吧。"

夏侯鹰一副凶狠的模样，手里的真元箭也蠢蠢欲动。

他夹住弓弦的手指只要轻轻一松，李牧羊以及挡在李牧羊身前的赢千度便会被他射杀于真元箭下。

"父亲不惜杀死一个公主，也要杀掉李牧羊？"一个熟悉的声音传了过来。

身穿白色流云星空袍的夏侯浅白从厮杀的人群中穿了过来，衣不染血，甚至连一点点障碍都没有遇到，好像因为他的出现，那些正在厮杀的人突然停手了一般。

夏侯浅白仍然是那副高贵又懒散的模样，宽袍大袖，潇洒飘逸。他一步步走到李牧羊的面前，挡在赢千度身前，说道："倘若再加上夏侯家一条人命呢？"

第312章
夏侯浅白

"夏侯师。"

在夏侯浅白走进神宫时，李牧羊就发现了他的存在。

毕竟，虽然神宫很大，进来的人很多，但是出场方式比夏侯浅白招摇的还真找不着几个。

李牧羊自认识夏侯浅白起，就知道他是一个极端注重仪态的体面人。

夏侯浅白甚至还说过"星空学院第一美男子之名，二十年前在我之身，二十年后在你之身"的戏谑之言。

如今，他倒也算一语成谶。

夏侯浅白是星空学院三大名师之一，道术大师，李牧羊的道门师父。在李牧羊第一天入学时，他就和孔离、羊小虎两人上演了一出三师争徒的戏码。

即使李牧羊坚持己见，主修屠龙专业，夏侯浅白仍然对李牧羊关怀备至，甚至暗自将李牧羊收为自己的入室弟子，《玄通真经》这般的典籍随手便赠送了，私底下传授的秘技更是不计其数。

倘若没有夏侯浅白传授的清心咒以及青牛咒的帮助，李牧羊初始之时根本没办法压制体内的燥热龙血，说不定动辄化作黑龙翱翔于九天之外。

分别这么久后，夏侯浅白再一次出现在李牧羊的眼前。

起初，李牧羊的内心是忐忑和惧怕的。

他很清楚，自己刻意隐藏龙族的身份，以一个普通学子的身份骗取了恩师的信任以及种种关怀爱护。

修行者最重师徒传承。

自己学了别人的功法，倘若那人觉得自己败坏了他的名声，玷污了他的功法，想要将功法收回，那也是完全说得过去的。

"我是欺骗者！"

这是李牧羊对自己的评价。

李牧羊不知道夏侯浅白这次到来的意图，更不知道如今他对待自己的态度。

倘若他站在人族一方，和在场的人族强者一样想要从自己身上得到什么，或者是万灵玉玺，或者是万世流传的屠龙美名，自己应该怎么做？

可是，李牧羊怎么也没有想到——

夏侯浅白竟然是神州第一家族夏侯家族的嫡系，是这一代惊龙弓继承者夏侯鹰的儿子。

而且，他选择站在自己这一方，将身体挡在了自己和赢千度的前面。

他不惜和他的父亲成为敌人，站在了家传的惊龙弓的对面。

他仍然在保护自己，和在星空学院时一模一样。

夏侯浅白头也不回，朗声说道："李牧羊，别作小女儿姿态，免得惹人笑话。你是我的弟子，我是你的师父。师父不保护自己的弟子，还算什么师父？"

"是，师父。"李牧羊沉声说道。

夏侯鹰脸上的肌肉微微抽搐，这一次他真的动怒了。

孔雀王朝的那位公主愿意挡在李牧羊的身前，他是可以理解的。被皇室宠坏了的姑娘以为爱情就是一切，愿意为自己心爱的男人而死，在历史上也不是没有。

再过十年八年，她们心智稍微成熟一些，便会唾弃这种不切实际的做法。

可是，自己的儿子夏侯浅白也站到那条恶龙的身前，夏侯鹰就没办法接受了。

夏侯浅白是夏侯家族的天才，小小年纪就被道门的掌教真人看重，收为弟子，亲自传授技艺。后来他被送进星空学院进一步修行，很快就崭露头角，成为那些年星空学子的领军人物。

学成之后，夏侯浅白没有离开星空学院，而是接受星空学院院长太叔永生的邀请，加入星空助教团，数年之后便成为星空学院三大名师之一。

他是道门的重要人物，也是夏侯家族大力培养的继承者。

可以说，他集万千宠爱及无数期待于一身，原本应当成为道门和夏侯家族的利益的代表，成为星空下耀眼的人物之一。

可是现在，他将所有的宠爱弃如敝屣，将所有的期待抛诸九霄云外。

他竟选择了那条恶龙。

当着自己这个亲生父亲的面，他放弃了一切，放弃了家族责任，放弃了父子亲情，选择和那条恶龙站在一起。

夏侯鹰的心在滴血，脸上也火辣辣地疼。

夏侯浅白的这种行为等于在他的心脏上刺了一刀之后，看到他还没死，又往他的脸上抽了一记耳光。

"夏侯浅白！"夏侯鹰一副咬牙切齿的模样，在场所有人都能看出他已经处于情绪爆发的边缘，"你知道你在做什么吗？"

"知道。"夏侯浅白对父亲微微鞠躬，说道，"父亲，您知道您在做什么吗？您想射杀的人是我的弟子。"

"他是你的弟子，更是一条恶龙。他欺骗了你，欺骗了整个星空学院！他原本是龙族，却以人族的模样混进星空学院，巧言令色地骗取你的好感和信任，就是为了习得你的神功绝技，增强自己的力量，以后找机会反攻人族！"

"父亲，"夏侯浅白一副云淡风轻的模样，不急不躁，仿佛这世间没有什么值得他激动的事情，"他没有巧言令色地骗取我的好感和信任，这个徒弟是我抢来的。"

"你……"夏侯鹰握箭的手颤抖不休，手里的那支白色真元箭也时长时短，时强时弱，"你知道你的选择意味着什么吗？你视家族为何物？将我这个父亲摆在什么位置？我以夏侯家族族长的身份、以你父亲的名义命令你，立即和那条恶龙划清界限，回到我的身边！"

夏侯浅白打了个呵欠，有些无力地以衣袖遮面，不耐烦地说道："吵死了。"

夏侯浅白一脸不耐烦，看起来是因为昨晚休息得不好，所以今天的脾气有点儿暴躁。

"这箭还射不射啊？不射就散了，大家都回去睡觉吧。"

"夏侯浅白，你就不怕我夺你姓氏，将你驱逐出夏侯家族，与你断绝父子情分？"

夏侯浅白看着父亲，说道："你舍不得。"

"你……"

"夏侯鸿儒倒是从来不敢违背家族之命、父母之言，但是父亲与他的父子情分淡薄得很吧？"夏侯浅白说道，嘴角带着漫不经心的笑意。

"……"

夏侯鸿儒是夏侯浅白的弟弟，天赋和才华却远不及夏侯浅白。在修行破境的道路上，他刻苦努力，耗费心神，却仍然止步于闲云上品，难以更进一步。

在夏侯家族，闲云上品的修行者和不会修行的普通人没有什么区别。所以，夏侯鸿儒一直在家族里抬不起头，与夏侯鹰的父子关系也极其疏远。夏侯鸿儒常年居住在昆山，几乎不与族人相聚。

夏侯浅白提起弟弟，一方面是为弟弟多年的处境抱屈，另一方面也暗指父亲并不会因为谁是他的儿子而给予特殊关照，关键还得看这个儿子能不能为家族带来荣耀。

"倘若父亲夺我姓氏，那我更换一个姓氏便是，姓张姓李、姓闻人姓太叔都没有关系。倘若父亲将我驱逐出家族，我便去龙湖山跟着师父他老人家修道读经。至于父子关系，关乎血脉传承，岂是说断就断得了的？"

"……"

夏侯鹰对自己这个儿子无计可施了。

以前夏侯浅白不是这样的，虽然也有些骄傲自负，却从来不会用这样的语言与人说话，更不会用这样撒泼耍赖的语气与长辈说话。

这个儿子变了，变得连他这个当父亲的都不认识了！

星空学院误人子弟！

"既然夏侯师都来了，又怎么能少了我解无忧呢？"

同样身穿星空学院的白色流云星空袍的解无忧，宽袍大袖，举止风流。

这真是一个俊美至极的少年，每一步都像踩在春风上，每一个眼神都像秋月般迷人。

他双脚挪动，看起来是在行走，但是足不沾地，竟那般踏空而来。

是星空学院的第一美少年解无忧！

当然，这是星空学院的学生对解无忧的美称。

解无忧和晋级为白龙后的李牧羊相比，堪称明月对骄阳，实在难分伯仲。

解无忧穿过厮杀惨烈的人群，径直走到夏侯浅白的面前，双手抱拳作揖，朗声说道："见过夏侯师。"

"无忧也来了？"夏侯浅白看着解无忧，没想到这个深受星空学院诸位座师看重的优秀学生也进了这神宫，也选择站在李牧羊的面前。

说来也是，解无忧是院长深为看重的学生。很多时候，解无忧其实就是院长的代言人。

院长为了救李牧羊，不惜和整个人族为敌。

解无忧作为院长看重的弟子，站出来力挺李牧羊也不足为奇。

"有事弟子服其劳。师长都挺身而出，我这做弟子的怎么能畏缩不前？那样不是让星空学院的师兄弟笑话？"解无忧说道，一脸笑意。

他对着赢千度点了点头，然后主动和李牧羊打招呼，笑着说道："牧羊师弟，我们又见面了。"

"无忧师兄，何必如此？"李牧羊一脸感激。

他心里清楚，任何人敢当着这些人族强者的面走到自己身边，很快就会成为整个人族的敌人。

解无忧这么做，等于自毁前程，以后无论走到哪里，都会被人指点议论，甚至攻击辱骂。

"随心而已。"解无忧笑着说道，"我第一次见到你的时候，你还在江南小城，那时就被众人围攻。此番相见，你又被宵小围攻。是你运气太差，还是我运气太差？"

"我的运气差，无忧师兄的运气比我更差。"李牧羊见解无忧毫不在意，便也放开胸怀，与他说笑。

"若此番能够活着回去，我定要让院长帮我占上一卦，看看我的命数是不是出了什么问题，可有什么破解之法。"解无忧认真地说道。

"烦请无忧师兄给院长带话，也请他老人家为我占上一卦。"李牧羊沉声说道。

"这种事情我可没办法代劳。想要占卦，你得亲自去找院长才行，心若不诚，占的卦也定是不灵的。"

"既然如此，那等此番事了，我与无忧师兄一起返回学院。"

"如此甚妙。"

"父亲，"燕相马痛苦地看着拦在前面的燕伯来，指着夏侯浅白和解无忧说道，"他们认识李牧羊比我还晚，却愿意以自己的血肉之躯挡在李牧羊身前。与他们相比，儿子已然晚了一步。还请父亲让开一步，不要让儿子变成无情无义的小人。"

"你若上前一步，我便一掌杀了你。"燕伯来沉声说道，冷厉地盯着燕相马的眼睛。

他亲眼见到夏侯鹰的儿子夏侯浅白站到那条恶龙身前，能够体会夏侯鹰此时此刻内心的痛苦和悲愤。

今日之事若传出去，夏侯家族不仅威名毁于一旦，怕是还会被世人围攻。

他绝对不允许这样的事情发生在自己身上。

他绝对不允许自己成为第二个夏侯鹰。

"父亲！"

"话已说尽。"燕伯来看着儿子近日消瘦不少的脸颊，眼神逐渐柔和，他知道儿子这段时间承受了极大的压力，轻轻叹了一口气，说道，"你我父子一场，勿要逼迫。"

"父亲！"燕相马眼眶泛红，"扑通"一声跪在地上。

第313章
是个好人

"燕相马，你想作甚？"燕伯来脸色阴沉，恶声说道。

以他对燕相马的了解，燕相马的选择定然不是他愿意看到的。不然的话，燕相马也不会愧疚至此，跪伏在地。

果然，燕相马对着燕伯来"砰砰砰"地磕了三个响头，沉声说道："没有我这个儿子，父亲仍然是父亲，能够活得好好的。但是没有我这个兄弟，李牧羊就有可能会死。

"朋友有难，我不能眼睁睁地看着他死，不能置之不顾，假装自己什么都没有看见。虽然我和李牧羊相识不久、相交不多，但是我知道，倘若遭遇今日之险、此时之境的是我，李牧羊同样会舍身相救。

"父亲，他是我的知交挚友，也是我的生死兄弟。我想帮他，也必须救他。即便被父亲一掌劈死，我也要和他们一样，用自己的身体挡住李牧羊。夏侯鹰想用惊龙弓杀他，就让那利箭先射穿我的胸膛吧。

"儿子不愿意做一个无情无义的小人，还请父亲大人谅解宽恕。"

燕相马再次对着燕伯来"砰砰砰"地磕了三个响头后，爬起来就朝李牧羊走去。

他昂首挺胸，脚步不快，但是每一步都迈得特别踏实。

这不像慷慨赴死，更像要去做一件了不得的大事。

他举手投足间，竟有一股威武雄壮之势。

"你这孽子！"燕伯来眼睛喷火，脸上的肌肉不停抽搐，右掌高高地扬起，却终究没办法拍向儿子的头顶，"你这孽子！我与你一刀两断！"

燕相马大步走到解无忧身前，对着解无忧拱了拱手，说道："你是解无忧？"

"我是解无忧。"解无忧看向燕相马的眼神充满了笑意，燕相马的表现他都看在眼里，他喜欢这个有情有义的年轻人，"你是燕相马？"

"我是来自江南城的第一纨绔子弟燕相马，这个世界上没有什么事情是我干不出来的。你看，刚才我连自己亲爹的威胁都无视了，我到底有多厉害，你应该稍微了解一点儿了。"

"是一条汉子。"解无忧称赞。

燕相马又看向夏侯浅白，鞠躬行礼，恭敬地说道："见过夏侯师。"

"你是燕相马？"

"我是燕相马。"

"你为何不考星空学院？"

"没考上。"燕相马一脸羞愧。

谁不考星空学院了，那星空学院是人人都可以上的吗？

当时家里也不是没有给自己找过关系，父亲为了争一个名额还和崔家闹了别扭，结果呢？自己不还是被刷下来了？

"那是星空学院瞎了眼。此事一了，你去星空学院找我，我收你为记名弟子。"

燕相马大喜，对着夏侯浅白再次深深鞠躬，说道："多谢夏侯师。"

"好男儿当如是。"

燕相马喜滋滋地看着赢千度，说道："你是李牧羊相好的？"

赢千度嫣然娇笑，说道："话虽然糙了点儿，但是听你这么说，我还是很开心的。"

燕相马也乐了，说道："有意思。第一次见面，我就有些喜欢你了。我是李牧羊最好的兄弟，所以你以后可以跟李牧羊一样叫我大哥，我叫你弟妹。你比天都城的姑娘更配李牧羊。"

"天都城还有其他姑娘喜欢李牧羊？"赢千度问道。

"嘿，不是和你吹，我和李牧羊就是天都城的明月骄阳，喜欢我们俩的姑娘能够从天都城排到古尊寺。整个天都城，除了我能压李牧羊一头外，李牧羊简直没有敌手。所以你自己想想，喜欢李牧羊的姑娘有多少。"

"那我还真有些担心呢。"赢千度一脸笑意。

"没关系，我会帮你看着他的。"燕相马拍着自己的胸口说道，又将视线转移到李牧羊的脸上，摆出一副义薄云天的模样，"你放心，我不会把你和崔小心的那点儿暧昧说出去的。"

"……"

李牧羊捂着胸口，觉得那里又被惊龙弓射了一箭。

"是天都三明月之一的崔小心吗？"赢千度转身看着李牧羊，明亮的眼睛恍若星辰，"李牧羊，你不老实啊。"

"这种时候，你们还有心思谈论这些？"

"反正我都要死了，总要死个清楚明白才行，而且我怎么也要知道，自己为之赴死到底值不值得啊！"

"……"

夏侯鹰握箭的手抖个不停。

这是干吗？

这是干吗？

一个个就跟排队领奖似的站在那条恶龙的前面，难道他们当真以为自己不敢射箭吗？

只要自己的手指头轻轻一松，那条恶龙以及站在恶龙前面的人都会被自己一箭了结。

他对自己的惊龙弓和真元箭有信心。

可恨的是，自己的儿子也站在那群人中间。他是夏侯家族的希望啊！

"李牧羊，铁木心来也！"

一个瓮声瓮气的声音传了过来。

那声音李牧羊极其熟悉，正是李牧羊的同学铁木心。紧随其后的是蔡葩，她四处张望，当看到那些人族强者惨烈厮杀的时候，眼底有一丝不易察觉的嘲讽。

铁木心大步跑到李牧羊身前，高大强壮的身体挡在了人群的前面。

蔡葩一言不发，只对自己熟悉的李牧羊点了点头，便不声不响地站在了铁木心的身边。

铁木心恶狠狠地盯着夏侯鹰这个伤害李牧羊的罪魁祸首，破口大骂："孙子，想伤害李牧羊，就先过了爷爷这一关！"

夏侯浅白衣袖一甩，就把身躯庞大的铁木心扇飞了。

"这个白痴。"

铁木心不识夏侯鹰的身份，以为夏侯鹰只是站在李牧羊对面，想要伤害李牧羊的坏人。

他进来的时候恰好看到李牧羊胸口受伤，而夏侯鹰正举着巨弓瞄准李牧羊，所以第一反应就是夏侯鹰不是什么好人。

没想到，他的一句话却将星空名师夏侯浅白得罪了个彻底。

铁木心称夏侯鹰为"孙子"，那他这个夏侯鹰的儿子和铁木心又是什么关系？

再说，夏侯浅白识得铁木心是星空学院的学生。星空学院的学生如此侮辱师长，罪加一等。

所以，夏侯浅白毫不犹豫地给了他一个教训。

铁木心从地上爬了起来，摸了摸摔得生疼的脑袋，一脸迷惑，问道："夏侯师，您怎么能出手伤人呢？"

"你不知道自己做错什么了吗？"

"不知道。"

"你挡住了我的视线。"夏侯浅白不愿意向别人解释自己和夏侯鹰的关系。知道的就知道了，不知道的就不知道吧。

毕竟，父子对立实在不是什么光彩的事情。

"噢！"铁木心恍然大悟。他从地上爬了起来，重新跑到李牧羊这边站定。不过，这一次他学乖了，不敢再站到夏侯浅白的前面，而是跑到夏侯浅白的身边，指着夏侯鹰又要大骂。

李牧羊赶紧伸手将他拉住，问道："你们怎么来了？"

铁木心只得将到了嘴边的脏话咽回去，转身回答李牧羊的问题："我来找你啊。"

"这里危险，你和蔡葩赶紧离开。"

"看不起人不是？咱们是什么关系？同窗好友。咱们怎么着也算同过窗的兄弟。兄弟有难，我能见死不救？"

"他手里拿的是惊龙弓。"

"嚯！"铁木心眼睛发亮，说道，"竟然是那宝贝，当年听羊师谈起过，我以为这辈子都没机会见着呢，没想到今日竟然见着了。李牧羊，这还是托你的福啊。"

"……"

李牧羊松开了拉住铁木心手臂的手，眼巴巴地看着夏侯浅白，似乎在说：夏侯师你再扇他一下，这一次我绝对不拦着。

"我是不会走的。"铁木心无比坚定地说道，好像为了向李牧羊证明什么，又补充了一句，"我不走，蔡葩也不会走。"

"你们……"

铁木心脸色微红，说道："被你看出来了？"

"……"

"这种时候，怎么能少了我们呢？"一个柔美的声音传了过来。

文弱弱扶着身体虚弱的秦翰走了过来，远远地对着李牧羊福了一福，说道："牧羊公子，我们总算寻着你了。"

文弱弱眼眶泛红，一副欲语先泣的模样。

秦翰比文弱弱更激动，眼神炙热地盯着李牧羊，当看到李牧羊胸口的伤势时，他气愤地说道："牧羊公子，你受伤了？你没事吧？是谁伤了你？让秦翰替你报仇。"

"我没事。"李牧羊心中酸涩，说道。

看到文弱弱和秦翰相携而来，李牧羊心里百感交集。

最开始的时候，他们和自己接触确实用心不纯，只想着有机会就利用自己一回。

后来在他们身处险境时，自己屡次出手相救，他们也开始视自己为救命恩人。

殊不知，正是自己这个救命恩人，利用他们将人族强者引至龙窟中，然后连他们一起埋葬其中。

他们只是自己的一点诱饵而已。

他们明明知道了自己的计谋，清楚他们被自己欺骗了，却仍然不离不弃，在自己被人族强者围攻时，再一次挺身而出，站到了自己的身前。

李牧羊此时有一种无地自容的感觉。

如果可以选择，他宁愿他们没有出现，永远不再见到他们。

"没事就好。"文弱弱走到李牧羊身边，从怀里摸出一瓶丹药递了过去，说道，"牧羊公子，这是我在龙窟里寻着的百灵散，可以治疗身体创伤，有起死回生之效，你快吃了吧。"

李牧羊接过百灵散，却并没有立即服下，而是看着文弱弱说道："你应该知道，我欺骗了你们。"

"我知道。"文弱弱笑着说道，"虽然以前不知道，但是当龙窟塌陷，我们想要从阵眼逃出去，却发现所有的阵眼都被毁坏，叫天天不应，叫地地不灵的时候，我们便明白你欺骗了我们，你以我们为诱饵，将那些伤害过你的人引至龙窟，想要将他们一网打尽。"

"既然如此，为何你们还要跟来？"

"因为你是我们的救命恩人。"秦翰咧嘴傻笑，说道，"你救了我和弱弱好几回，却只害了我们一回，而且你还有苦衷。我和弱弱说了，这一回我们得原谅你。屠心那个小白脸没心没肺，我们原本想拉他一起进神宫找你，他却说自己受伤严重走不动，自个儿离开了。这种事情不能强求，他不愿意来，我们也不会勉强。"

"是我辜负了你们的信任。"李牧羊沉声说道。

他一只手捂着胸口，另外一只手撑在开明兽的背上。

他后退一步，对着文弱弱和秦翰深深鞠躬，沉声说道："我对不起你们。我李牧羊在此发誓，以后定视你们为兄妹手足，和你们生死与共、风雨同舟。若违此誓，家破人亡。"

"牧羊公子不用发誓，我们相信你。"秦翰诚挚地说道，"我秦翰最会看人，我知道牧羊公子是一个好人。"

"是一个好人吗？"李牧羊看着对面的夏侯鹰，狠声说道，"若我是一个好人，又怎么会时时遭人追杀呢？"

"人到齐了吧？"夏侯鹰早就已经失去了耐心，他盯着李牧羊以及李牧羊的同伴，恶狠狠地说道，"既然人到齐了，那我便送你们一同上路吧！"

说话之时，他拉着弓弦的手指头轻轻一松。

"嗖——"

那支又粗又长的白箭朝李牧羊所在的方向疾飞而去。

第314章
将心比心

真元箭由人体的真气凝聚而成，带着射箭者的能量、情绪以及意图。

千百年来，为何一直流传惊龙弓是屠龙利器？

一是惊龙弓本身具备极强的攻击能力，再加上惊龙弓的主人都是世间顶级的强者，两者搭配，即便是半神之族的龙族也占不到任何便宜。

二是惊龙弓里封印着龙族的力量，制作惊龙弓的龙骨、龙筋是从同一条巨龙身体上抽取的，浸泡它的龙血同样来自那条巨龙，那条巨龙的愤怒不甘也因此被封印其中。

每当有人使用惊龙弓时，那巨龙的意识便被唤醒，巨龙想要报复和毁灭一切的意念便汇聚到弓弦上。

惊龙弓不可挡，轮回钟不可逆！

这是神州修行者的共识。

他们每个人都清楚，以血肉之躯与霸道威猛的惊龙弓抗衡，等待自己的只有死路一条。

虽然李牧羊前面站着一个又一个人，挡了一层又一层，但是在夏侯鹰看来，根本没有任何意义。

不管是只有李牧羊一人还是有一百人，反正只需要一箭，他便能够送他们下地狱。

他唯一在意的是，那里面有他的儿子。

一箭出，天地失色！

"嗖——"

那支白色真元箭朝李牧羊站立的位置狂冲而去。

这不是一刹那，不是电光石火，不是惊雷闪电。

不管是一刹那，还是电光石火、惊雷闪电，都代表一段时间，而这一箭袭来不需要时间。

众人的感觉是，夏侯鹰松手的同时，真元箭便要射穿站在前面的秦翰的胸口，然后穿破更多人的胸口，直到将李牧羊的心脏射穿。

李牧羊看得出来，这一箭就是为了射穿自己的心脏而来。

对夏侯鹰而言，只有杀死李牧羊才能成就屠龙之名。

而只有射穿心脏或者砍掉头颅，才能真正地杀死龙族。

夏侯家族的人对屠龙很有经验。

秦翰的瞳孔放大，眼里流露出震惊和浓浓的不舍。

他来不及躲闪，也没想过躲闪，下意识的反应竟然是朝左边看过去。他刚才还没来得及向文弱弱告别。

在死前，他要再看文弱弱一眼。

"三……"

文弱弱只来得及喊出这一个字。

张嘴的同时，文弱弱朝秦翰扑了过去。

但是，真元箭就要穿破秦翰的胸口。

"轰——"

金光大作。

整座神宫弥漫着金色光辉，那耀眼的光华让人根本没办法睁开眼睛。

秦翰以为自己死了。

所有人都以为秦翰死了。

李牧羊身边的人也都以为自己死了。

惊龙弓不可挡！

这句话可不是夸大。

每个人都清楚惊龙弓到底有多么强大。

"我死了？"秦翰问道。

他睁开眼睛，发现文弱弱仍然站在自己的身边。

秦翰大惊失色，急忙问道："弱弱，你怎么也在这里？发生了什么事情？"

他以为文弱弱和他一起被惊龙弓射死了。

他可以死，但是文弱弱要活着，就像李牧羊必须活着一样。

不然，他的死亡就没有任何意义。

可是，那真元箭进入的明明是他的身体啊！

"你没死，我也没死。"文弱弱说道。

"那你……"

秦翰抬头看时，发现自己前面多了一道白色身影。

这是一道熟悉的、瘦弱的白色身影。

李牧羊！

原本被他们挡在后面的李牧羊竟然跑到了他们的前面，以自己的身体挡住了真元箭。

"牧羊公子，你这是……"秦翰大惊。

血滴大颗大颗地从李牧羊身上滴落在白玉地板上，发出"嗒嗒嗒"的响声。

秦翰急了，伸手扶住站立不稳、摇摇晃晃的李牧羊，说道："牧羊公子，你没事吧？"

"我没事。"李牧羊虚弱地说道。

他怎么可能没事呢？

他知道，挡在自己身前的朋友和师长是不可能劝得走的。

既然他们选择站在自己的前面，就不会轻易离开。

他们愿意为保护自己而死，自己就能心安理得地承受他们的深情厚谊，什么都不做吗？

倘若如此，自己如何能够维护与他们之间的情谊，如何对得起他们这般的爱护？

将心比心，便是龙心。

他们愿意为了他而死，他也愿意为了保护他们而牺牲自己的生命。

虽然曾经的他一直为了避免死亡而努力，想要认认真真地活着。

在看到夏侯鹰的眼神变得坚定，知道他即将射出那一箭的时候，李牧羊为了保护秦翰以及秦翰后面的燕相马、夏侯浅白等人，施展行云布雨诀，从人群后面转移到了前方，用自己的血肉之躯硬生生地接下了那一箭。

这是李牧羊中的第二箭！

第一箭的时候，他完全没有防备，甚至没有察觉到分毫，只是胸口一热，身体便朝地面扑倒。

第二箭他倒是有所准备，他知道惊龙弓的霸道，更知道真元箭的凶狠。

在落在秦翰前面的那一刻，他立即施展了龙族的护体神功天龙霸。

天龙霸是龙族的绝学，不是所有龙族成员都能学会的。

它更像龙王专属的神功。

只有每一任龙王才能够接触真正的《天龙霸》秘本，其他龙族成员学的不过是外传出去的简化版本而已。

那满天的金色光华，就是罩住李牧羊全身的天龙霸罡罩和真元箭撞击抗衡时散发出来的。

天龙霸护体，则龙身不灭！

这是龙族内部广为流传的一句话，足见这种护体神功的厉害之处。就算是骄傲的龙族，对这种功法也是相当认可的。

可是，李牧羊实在太虚弱了。

单单是他胸前中的那一箭，就几乎要了他的半条命。

以他现在的实力，根本难以发挥天龙霸真正的威力，仅仅能模仿记忆中黑龙施展天龙霸的样子依葫芦画瓢。

幸好他刚刚得到了彩云衣。

他暂时不知道彩云衣的真正来历，但是，彩云衣的前任主人，被开明兽称为白衣仙人的那个人，很有可能是这神宫的仙人。

仙人的东西不会是凡品。

彩云衣帮他挡下了第一箭的三成杀伤力，可第一箭仍然射穿了他的身体，不是彩云衣很差，而是惊龙弓太可怖。

夏侯鹰的第二箭先被天龙霸罡罩削弱，后又被彩云衣挡了一挡……

即便如此，李牧羊的胸口还是多了一个窟窿。

第二箭对他的杀伤力比第一箭小，但是让他更难以招架。

他本来就受伤极重，现在伤上加伤，连站立的力气都没有了。

"公子，你怎么这么傻？你怎么这么傻？都说好了，我要替公子挡下这一箭，你怎么又跑到了我的前面？牧羊公子，你怎么能替我挡箭呢？这样一来，我欠你的就永远还不清了。"秦翰将身体单薄的李牧羊抱在怀里，哭得一把鼻涕一把眼泪的。

这个不善言谈的大块头，此时就跟一个泪人似的。

秦翰没有劫后余生的喜悦，只有对危急时刻李牧羊的表现的深深感动，以及对李牧羊伤势的深深担忧。

李牧羊苦笑道："倘若不挡在你们前面，我怎么对得起你们挡在我前面的情分？"

"这不是傻？这不是傻吗？"文弱弱也带着哭腔，说道，"公子，我们挡在你前面，是因为我们愿意。我不管你到底是什么身份，你是人，就是我心目中最好的人；你是龙，就是我心目中最好的龙。好人不应该被这样对待，好人不能就这么死了……"

"我没事。"李牧羊笑着安慰，"我挡在前面，还有一线生机。你们挡在前面，大家就都要死。我不想死，也不想看着你们死在我面前。"

李牧羊突然离开的时候，赢千度根本没有察觉到分毫。

等到眼睛能够视物时，她才发现李牧羊的"不安分"。

赢千度惊呼一声，大步朝前方奔来，着急地说道："李牧羊，你怎么样了？你可千万不能死啊，就算死，也要等我一起……"

说话之时，赢千度伸手想要将李牧羊从秦翰的怀里接过来。

"你做什么？牧羊公子受伤了，现在不能动。"秦翰紧紧地抱着李牧羊不放。

"闭嘴！"文弱弱看出了赢千度和李牧羊的关系，狠狠地掐了秦翰一把，让他知趣一些赶紧交人。

"你掐我干什么？牧羊公子受伤了，我不能将他交到别人手里。"

"千度小姐不是别人，你最好立即交人！"文弱弱气呼呼地说道，她要被这个憨货气死了。

秦翰认真地打量了一番赢千度，像在审查赢千度的身份。

良久，他终于把李牧羊送了过去，说道："你愿意和牧羊公子一起死，证明你也是一个好人。"

"……"

不得不说，秦翰的这句话简直打翻了一大群人。

李牧羊突然施展护体神功天龙霸，使得满室金光大作的时候，那些在旁边斯杀不休的人族强者也被闪得睁不开眼睛。

此时他们正休战旁观，想要看看夏侯鹰的屠龙进展，没想到等来了秦翰这样的一句话。

"这傻子怎么说话呢！什么叫愿意和那恶龙一起死就是好人？合着我们这些屠龙者就是坏人？"

"愚蠢，实在愚不可及！此人已经被恶龙蛊惑，成了恶龙奴仆！"

"非我族类，其心必异！此人与龙为伍，已经没有资格为人！"

……

秦翰冷冷地扫了那些人一眼，问道："万灵玉玺现在何处？"

"诸位道友千万不可上当，恶龙这是想让我们互相残杀！"

"对，我们绝对不能内斗，让一条恶龙看笑话！"

"万灵玉玺在谁的手里，韩某是一点都不在意的。"

……

沉默。

死一般的沉默。

众人你看看我，我看看你，然后再一次挥舞着刀剑斯杀在了一起。

万灵玉玺还没有争出个名堂，他们岂能就这么善罢甘休？

秦翰脸上的嘲讽更浓，冷声说道："一群白痴也想和牧羊公子相提并论？你们给公子提鞋都不配！"

"我没事，不许哭。"李牧羊看着赢千度红红的眼睛说道。

"谁哭了？我就是……沙子进了眼睛而已……"

燕相马也跑了过来，认真查看了一番，确定李牧羊不会立即死掉后，生气地说道："你这是什么意思？你要是死了，我们这么做还有什么意义？我们是为了保护你才挡在你前面的，为此我都不惜和我家老头子翻脸了。你看，他脸色到现在还没有缓过来。结果，你却跑到我们前面去了。你什么意思？你要是死了，你让我们如何向别人解释？我们想要保护的人，却在保护我们的时候死翘翘了，我江南城第一纨绔子弟的脸面往哪里搁？你要脸，我就不要啊？"

"对不起。"李牧羊苦笑着道歉。

"行，我原谅你了。不得不说，看到你干出这种蠢事，我心里还是挺热乎的。"

夏侯浅白仰脸看天，对燕相马说道："我终于明白为何你会被星空学院拒之门外了。"

"还请夏侯师指点迷津。"

"废话太多。"

"……"

在对面的小伙伴纷纷去安慰李牧羊的时候，夏侯鹰的眉毛不停地跳啊跳啊，看起来快要从眼眶上面跳到地上去了。

"有情有义，你们还真是有情有义！"夏侯鹰声音阴沉，脸上的笑容也干瘪得可怜，"惊龙弓下，从无活口。李牧羊，你是第一个从惊龙弓下逃生的龙族。仅凭此项，你便可以傲视群雄。"

"惊龙弓下，从无活口？这还真是夸海口，我们现在都活得好好的。"燕相马冷哼出声。

李牧羊站直身体，努力地和夏侯鹰对视，说道："那要多谢夏侯前辈手下留情。"

"我没有手下留情。刚才你施展的应当是龙族秘法吧？果然名不虚传。"夏侯鹰的声音依然冰冷，"既然如此，那就再接我一箭试试。倘若这一箭你也能接下，今日我便放你一马。"

第315章
雪球驾到

"真是欺人太甚！"赢千度大怒，说道，"他已经这样了，如何再接你一箭？夏侯前辈也是神州赫赫有名的人物，没想到竟然如此卑劣可耻。想要杀人，直言便是，用得着这般婆婆妈妈的？"

铁木心赶紧看夏侯浅白，刚才他不过在夏侯鹰面前喊了一声"孙子"，就被夏侯浅白抽飞了。

现在赢千度骂夏侯鹰卑劣可耻，他还不得又抽人啊！

夏侯浅白的眉头皱了皱，很快又舒展开来。

夏侯浅白说道："她说得对。"

"……"

赢千度上前一步，用自己的身体挡住李牧羊，说道："这一箭我替他接。"

"不行，我来！"秦翰挡在了赢千度的前面。

"我来。"燕相马又挡在了秦翰的前面。

大家再一次像之前那样先后排列，只是顺序略有差别。

夏侯浅白一脸冷漠，说道："都不要争了。倘若他想杀人，你们排在第几位都没有区别。"

大家一想也是，便不再争先。

这一幕让那些旁观者暗自心惊，诧异不已。

天下熙熙，皆为利来。

天下攘攘，皆为利往。

可是这条恶龙如此年纪，竟然就已经拉拢了如此多的人族精英聚拢在他的身边。

假以时日，那还了得？

而且，以他们的犀利眼光看得出来，这些人为义赴死都是发自内心的，绝非作伪。

这让他们既羡慕又担忧。

"欺人太甚？我原本就是为屠龙而来，还当如何直言？倘若他再接我一箭，今日他是死是活，都与我无关。"夏侯鹰冷笑。

夏侯鹰再次将弓弦拉满，沉声说道："不管你们谁替他接下这一箭，我的话都会作数。"

李牧羊走到前面，转身对着夏侯浅白等人深深作揖，说道："诸位的深情厚谊，牧羊铭记在心，永生不忘。但是在此，牧羊有一个请求……"

"倘若你还是劝我们离开，那就无须开口。那不可能。"燕相马打断李牧羊的话。

"正是如此。"李牧羊苦笑，开口说道，"你们刚才也看到了，倘若我一人面对这惊龙弓，或许还有一战之力。若你们站在我身边，虽然是为了我好，却也让我因此分心。到最后，我不仅要保护自己，还要想办法保护你们。"

"你的意思是我们是你的累赘？"燕相马冷笑。

"正是如此。"

"……"

众人和李牧羊对视，现场的空气似乎也变得沉重冰冷起来。

我本将心向明月，奈何明月照沟渠。

以命相待，不惜身死，这样付出却被人说成累赘，任谁听了都要疯狂吧？

燕相马看向解无忧，问道："既然他说我们是累赘，你待如何？"

"累赘就累赘吧，总比被人骂愚蠢要好许多。"

"对嘛。"燕相马一拍大腿，大笑着说道，"李牧羊，你还真是没什么长进啊，智商远远不如在江南时。你以为骂我们两句，说一声我们是累赘，我们就会生气，转身离开吗？那样就走的人，证明他内心早就想走了，你只是给了他一个台阶而已。我们是不会走的。"

"对，我们绝对不走。"

"坚决不走，走了就上你的当了。"

……

"诸位，何须如此？"李牧羊开始着急了，脸上的表情也变得严肃起来，"你们说得对，以我现在的身体状况，确实很难再接下一箭。你们也没办法接下。既然如此，你们为何一定要陪我去死呢？留得青山在，不怕没柴烧。你们好好地活着，以后为我报仇，不是比陪我一起死更好吗？"

嬴千度摇了摇头，说道："他们都说你是恶龙，好像那样就可以名正言顺地欺负你、伤害你。我偏偏不让他们如愿，我就是要让世人知道，有一个公主愿意陪你一起死。"

她露出一个轻松的笑容："这种爱情故事传得可快了，你是世人眼中的恶龙，死了大家只会拍手称快，但倘若有孔雀王朝的公主作陪，就能够引起世人更多的关注和讨论。我想，终究会有人知道，李牧羊不是一条恶龙，相反，他是一个很好很好的人。不然的话，孔雀王朝的公主素有贤名，怎么愿意为一条恶龙而死呢？"

嬴千度充满柔情蜜意的眼睛中满是坚定："我就是要让人知道，你不是一个坏人，更不是一条恶龙。总要有人站出来做这件事情。"

"千度……"

"对，我也是这么想的。"燕相马一脸无赖地说道，"倘若恶龙死前身边兄弟如云，别人就会想，这条恶龙就算坏，又能坏到哪里去？"

燕相马伸手指向那些旁观者，说道："倘若他们遭遇同样的事，有几人愿意以血肉之躯挡在他们前面？怕是一个都没有吧。"

"鼠辈何敢！"

"谁说没有？谭某门客三千，每一人都愿意为谭某效死。"

"无知小子，死到临头还敢出言不逊，自不量力！"

……

"看他们的眼睛，这些话他们自己都不相信。"

"混账！"

"你们说完了吧？"夏侯鹰左手持弓，右手拉弦，又有一支真元箭出现在弓弦之间，"说完了的话，那就准备接箭吧。"

李牧羊紧紧地握住赢千度的手。

赢千度想要挡在李牧羊前面，被李牧羊阻止。

李牧羊说道："记住你说过的话，一统神州，为龙族正名。"

"李牧羊……"

"这比陪我一起死，对我更加重要。答应我。"李牧羊正视着夏侯鹰的真元箭，正色说道。

"李牧羊……"

夏侯鹰的眼神变得犀利，表情也变得阴狠。

"嗖——"

夏侯鹰握着真元箭的手一松，那支白色的真元箭便离弦而出，朝李牧羊冲了过去。

这一次，真元箭的飞行速度没有上一次那么快，甚至看起来还有些缓慢。

但是，它出场时的动静有些大。

它挟着狂风，裹着闪电。

刚开始，那箭是白色的，是夏侯鹰真元的颜色。

离弦而出时，那支真元箭瞬间变成红色、紫红、黑紫，最后呈现墨一般的漆黑。

一支黑色真元箭直直地插向李牧羊的胸口。

"龙魂箭！"夏侯浅白低喝，"李牧羊，不可硬接！"

龙魂箭是将龙的魂魄融进自己的真元凝聚成的箭，比普通的真元箭更加凶狠，也更加诡异。

因为里面有龙的一缕神念，所以这支箭是活的，而且因为带着死去的龙族残留在骨子里的恨意，它会和人不死不休。

"嚓——"

龙魂箭不紧不慢，却又急速无比地冲向李牧羊的胸口。

李牧羊右手握拳，周身再一次出现一层淡淡的金光。

他汇聚全身之力，再一次施展出龙族的护体神功天龙霸。

可惜的是，因为他身体太过虚弱，真气耗费殆尽，这层金光非常淡薄。

他自己心里也清楚，怕是这层金光对自己身体的保护效果极其有限，和之前那次的满室金光不可同日而语。

结束了……李牧羊心里想道，这辈子就这样结束了。

这个时候，他有不舍——对家人以及对这个世界的不舍；也有悔恨——早知道是这般结局，自己当初就不应该赶至昆仑，更不应该在没有完全继承龙王之力的情况下行险报复。

但是，他心里更多的是对身边这些朋友以及对赢千度的愧疚。自己就这么死了，留下他们，没有自己，他们应该会更好一些吧？

千万重滋味刹那间涌上他的心头，他却难以一一诉说。

"嗖——"

那支黑色的龙魂箭即将插入李牧羊的心脏，也可能会插入更多人的心脏。

然后一切结束，这个世界和李牧羊再也没有任何关系。

箭未至，箭气先至。

李牧羊感觉胸口撕裂一般地疼痛，就像那里已经被射穿了一般。

生死一线！

千钧一发！

"嗖——"

一只雪白小"球"突然冲来，张开它那红扑扑的小嘴，一口将那支龙魂箭吞了下去。

龙魂箭即使进入了雪白小"球"的肚子里，前行的冲劲也没有消减半分，仍然狂冲乱窜，就像在找一个突破口想要破体而出。

于是，雪白小"球"的肚子里便像养了一条顽皮小蛇似的，被顶起一个又一个包。

好几次那黑色龙魂箭刺穿了雪白小"球"的皮肤，露出细长尖角，只见那雪白小"球"肚子一收，龙魂箭就再一次消失得无影无踪。

"咔嚓——咔嚓——"

雪白小"球"咀嚼得津津有味，一口将那支龙魂箭上汇集的真元全部吞掉，心满意足地打了一个饱嗝，然后挥舞着小短腿朝李牧羊飞了过去。

李牧羊满心狂喜，大声喊道："雪球！"

雪球没有出现时，那是"山重水复疑无路"。

雪球到来后，局势就变成了"柳暗花明又一村"。

李牧羊看到夏侯鹰射出那一箭的时候，是非常绝望的。

他知道，这一次自己真的真的死定了。

惊龙弓不可挡！

以夏侯家族的屠龙经验，以及夏侯鹰本人深不可测的修为，李牧羊在受了重伤的情况下，是无论如何都没办法接下他这一箭的。

而且，这一箭刚刚发出时，李牧羊还听到夏侯浅白在后面提醒自己，称其为"龙魂箭"。

说来可笑，人族视龙族为邪恶一族，将龙族视为心腹大患，人人见而屠之。

可是，人族又喜欢以龙的名字命名一些东西，特别是人族的功法。

当然，他们在前面加上了"诛""屠""灭"一类的字。

譬如诛龙剑法、倚天屠龙拳、灭龙十三式等。

由此可知，人族是在意龙族的，是认可龙族的强大的。

既然这一箭以"龙魂"命名，必然有不凡之处。

不然，以夏侯浅白从容的性子，他也不会出声示警，劝告李牧羊切莫逞强硬拼。

这个时候，雪球出现了！

风城之战时，李牧羊被人族高手围攻，差点儿被打得魂飞魄散，幸得星空学院院长太叔永生出手相救，这才重新焕发生机，晋级白龙，咆哮而去。

后来一段时间，他使用特殊功法屏蔽气息，如孤魂野鬼一般在荒山之巅、黑水之畔游荡。

从那时起，他便和雪球以及红狼王失去了联络。

那一次，是他负了雪球和红狼王。

是他逃跑在先，为了不让任何人族高手寻找到他的踪迹，他切断了与外界的所有联系。

人族强者找不到他，雪球和红狼王自然也找不着。

昆仑墟之行中，李牧羊有心和雪球、红狼王联络，却发现自己找不到它们存在的痕迹了。

显然，无论是雪球还是红狼王，都是高等级的生命体，在人族世界游荡是极其危险的，说不定会再次引起万人围剿。

他当时就想，或许它们也屏蔽了自己的神识，一起躲到某处修炼或者睡觉去了。

毕竟，红狼王之所以能在这个世界出现，主要是因为得到了雪球这个元素体的保护。它想独自行动，还需要极长的时间。

他万万没有想到，在他最危险的时刻，他的这两个小伙伴再次出现在了他的面前，而且一出手，不，一张口就吞噬了夏侯鹰的一支龙魂箭。

"噗——"

雪球满脸喜悦，不停地对着李牧羊的脸吐泡泡。

显然，今天的食物让它非常满意。

虽然刚才它吞进肚子里的那个玩意儿有点儿不听话，一直想要从它的身体里钻出来，但是在它看来，那玩意儿实在是又好玩又好吃。

况且，它还看到了李牧羊这个自己一直喜欢的大玩具，心情自然就更好了。

"噗——噗——"

雪球挥舞着四只小爪子，在李牧羊的面前飞来飞去，嘴里吐出一个又一个白色的小泡泡。

"雪球，好久不见。"李牧羊伸手抚摸它柔软的身体，一脸爱惜地说道。

李牧羊的手刚刚触碰到雪球的身体，雪球就躺倒在地，"唧唧唧"地大笑起来。

李牧羊被雪球逗乐了，笑着说道："你也很开心是不是？我心里也很高兴。分别了那么久，我好想你啊。"

赢千度也对雪球伸出手，高兴地说道："雪球，我们也好久没有见了。来，让姐姐抱抱。"

雪球倒是没有客气，挥舞着小爪子就跳到了赢千度的怀里，还在她的身上蹭啊蹭的。

以前李思念抱它的时候，它就喜欢用这个姿势睡觉。

赢千度"咯咯"娇笑，将它紧紧地搂在怀里，说道："雪球，我真是太感激你了。你救了李牧羊的命，就等于救了我的命。"

雪球的出现让现场的旁观者表情兴奋，一个个眼里闪烁着贪婪的光芒。

"这就是传说中的弱水之灵？"

"弱水之灵和开明兽都到了这小子的手里，加上之前丢出去的万灵玉玺，这小子到底走了什么狗屎运？"

"他不是小子，他是一条恶龙。龙族想得到一样东西，自然要比咱们人族容易许多。所以，恶龙一族必须灭绝，不然的话，哪里还有咱们人族的活路？"

……

夏侯鹰看着自己的第三箭落空，站在那里有一种失魂落魄的感觉。

夏侯家族是神州第一家族，惊龙弓更是世间少有的神器。

夏侯一族神秘而强大，每一代都隐居不出，只在整个人族面临危机时才会站出来带领人族获得胜利。

这是夏侯家族的骄傲，也是夏侯家族的担当！

这次听说有恶龙现世，夏侯鹰就想先出来杀一条小龙，获取一些名望，为接下来的大战做些准备。

没想到，三箭出去，那条小龙还好端端地站在他的面前。

夏侯鹰死死地盯着雪球，每一个字都像是从牙缝间挤出来的一般："这就是弱水之灵？"

"不错。"李牧羊抬头看向夏侯鹰，说道，"它就是弱水之灵。"

"它能够吞噬真元箭？"

"你不是已亲眼所见？"

燕相马冷笑连连，说道："老头，你说只要我们能够接下你的第三箭，今日之事就此了结。你说的话还算数不算数？"

夏侯浅白大怒，冷声说道："夏侯家族的人从不失信，说话自然是算数的。"

夏侯鹰看了儿子夏侯浅白一眼，将空置半天的惊龙弓收了起来，转身朝神宫外面大步走去，身影连闪几下，转眼间便消失在众人的视野中。

第316章
奉龙为主

夏侯鹰遵守诺言离开，李牧羊暂无生命之忧。

李牧羊没有真正和夏侯鹰交手，但是他对夏侯鹰有一种本能的排斥。

这是龙族面对强大的生命体的自然反应。

夏侯鹰的修为太过高深，实力深不可测。

李牧羊没有和夏侯鹰真正近身搏斗，但是他清楚，倘若夏侯鹰全力出手，自己怕是很难全身而退。

在场诸多师友也无一人能够替他挡下惊龙弓射出的箭。

而且，谁知道夏侯鹰还有什么绝技杀招没有使出来。

也只有弱水之灵这种盘古大神开天辟地时便已经存在，由纯粹的水母元素组成的能量体才能一口将他的龙魂箭"咔嚓咔嚓"地嚼了，吞进肚子里后还露出一副这玩意儿很好吃的模样。

当然，夏侯鹰离去，并不代表李牧羊不再有任何危险。

毕竟，在这无忧宫里，还有人在旁边虎视眈眈。

有人觊觎屠龙之功！

有人觊觎龙骨龙筋！

有人觊觎弱水之灵！

有人觊觎开明神兽！

有人觊觎万灵玉玺！

他们觊觎李牧羊拥有的一切！

这么一想，大家发现李牧羊全身皆是宝贝，就连身边的小猫小狗都是世间难寻的神宠。

小伙伴们就像获得了一场巨大的胜利，全部朝李牧羊围拢过去。

"李牧羊，没事了，那个老头子跑了。"铁木心笑呵呵地说道。

夏侯浅白还没来得及甩袖抽人，铁木心就像心有所感似的急忙跳开，指着燕相马说道："刚才他也叫老头，为什么你不出手教训他？"

"星空学子，我想抽就抽，你不服？"夏侯浅白说话之时，衣袖一甩，铁木心再次被抽飞了。

"服。"铁木心从地上爬了起来，一副畏惧的模样，说道，"心服口服。"

此事了结后，他还要回星空学院继续修行呢，可不能让这位威名远扬的星空名师真的恼了自己，不然的话，怕是未来几年他的日子都不好过。

夏侯浅白走到李牧羊面前，小声说道："此地不宜久留，找到机会，你就速速离开，不可耽搁。有什么事情，我们帮你顶着。"

"是，谢谢夏侯师。"李牧羊对夏侯浅白躬身行礼，"夏侯师的恩情，弟子一一铭记在心，永生难忘。"

打他入星空学院的时候起，夏侯师就对他百般照顾，并且将他收为入门弟子，到时候是要带他到龙湖山拜见掌教真人的。

更让他震惊的是，夏侯师竟然是神州第一家族夏侯家族的嫡系子弟，是夏侯家这一任家主夏侯鹰的长子。

夏侯师宁愿违背家族之意志以及父母之意愿，也要将自己的身体挡在他的前面。有师如此，夫复何求？

"你我师徒一场，也是有缘。既然做了师徒，那我们就好好地努力干一番大事业吧，以后是要传为佳话的。"

"是，弟子谨记。"李牧羊躬身说道。

"虽然走了一个老家伙，但是还有很多个老家伙在旁边盯着你呢。李牧羊，你赶紧走。"燕相马也出声劝道，"你放心，天都城的美女佳人，我会帮你照顾好的。"

李牧羊有心询问宋晨曦的病况，但想到宋家和陆家的敌对状态，以及后来发生的种种事端，又不知道从何问起了。

宋晨曦是无辜的，单纯得就像她最喜欢的雪梅。

可是，在国仇家恨面前，宋晨曦的那一点点坚持又算得了什么呢？

"你也保重。"李牧羊看着燕相马的眼睛，沉声说道。

"有一件事情我想问一声……"燕相马一副欲言又止的模样。

"你想问思念的境况？"

"不错。"燕相马笑着点头，说道，"终究是从江南城一起走出来的老朋友，我对她还是非常关心的。再说，你不觉得我很适合做你的妹夫吗？"

"你适不适合做我的妹夫，需要我妹妹决定。不过，我也不知道她的下落。"李牧羊表情黯然，沉声说道，"风城一别后，我们再也不曾见过。"

"不要担心。"燕相马拍拍李牧羊的肩膀，笑着说道，"我知道这件事情，她是被她的师父紫阳真人带走的。有紫阳真人护着她，怕是这神州能够伤她的人寥寥无几吧。"

"是啊，希望她一切都好，无病无难。"李牧羊想起李思念，心中怜惜不已。

李思念原本和宋晨曦一样，是一个不谙世事的单纯女子，却因为自己陷入四处逃难的艰险生活。

李牧羊对自己这个妹妹真是含到嘴里怕化了，捧在手心怕摔了。

现在，因为自己，她反而每日担忧受怕。

李牧羊每念及此，心中就愧疚不已。

铁木心和蔡葩也来向李牧羊告别，说希望有缘大家星空学院再见。

可是大家都清楚，或许这一生，李牧羊再也没机会踏入星空学院一步了。

秦翰和文弱弱一直坚定不移地站在李牧羊的身后。

秦翰说道："我这条命是公子给的，公子去哪儿，我就去哪儿。"

文弱弱点头，认真地说道："我和三哥一样。三哥去哪里，我就去哪里。我们俩都愿意追随公子。"

李牧羊看着秦翰和文弱弱，说道："跟在我身边会危险多多，困难重重。就算我今日能够从这神宫走出去，怕是以后追杀我的人也会增加无数倍。可以说，这注定是一条不归路，有死无生，你们何必如此？"

"我们已经选择站在你身边，哪里还有回头路可走？"秦翰咧开嘴巴笑了起来，一副浑不在意的模样，"再说，倘若不是公子相救，我早就死了好几次。如今，死亡对我来说也没什么好怕的了。我们夫妻俩能够留在公子身边，帮忙端端茶倒倒水，就心满意足了。我身板结实，还能帮公子挡挡箭。"

"谁和你是夫妻了？"文弱弱娇嗔。

"龙窟底下，你抱着我的时候，我们不是已经定下终身了吗？"

"你……不许再说。"

"倘若你们在人族世界无牵无挂，那就随我一起吧。我们风雨同舟，不离不弃。"李牧羊终于点头答应。

"扑通！"

秦翰和文弱弱同时跪伏在李牧羊的面前，齐声说道："从今日起，我秦翰（文弱弱）誓死追随牧羊公子。"

这算是正式认李牧羊为主，与李牧羊福祸相依，生死永随了。

而且，他们当着这么多人族强者的面认一条"恶龙"为主，已经算自断生路了。

显然，他们俩已经下定了决心永不回头。

李牧羊一手拉起秦翰，一手拉起文弱弱，沉声说道："正如我之前说过的话，我已经负过你们一次，绝对不会再负你们第二次，如果违背此誓，天雷轰顶，万箭穿心。"

"公子无须立誓。"文弱弱急忙劝道。

李牧羊轻笑，说道："既然没有想过违背誓言，那立誓又有什么可怕的呢？"

"好好的人不做，偏要跟那恶龙同党！"

"我等耻于与此等败类为同胞！"

"他们是恶龙同党，一并杀了！"

……

果然，秦翰和文弱弱的认主行为激怒了在场大多人族修行者，他们一个个义愤填膺，出言攻击。

他们是敌视和轻贱龙族的，现在却有人族跑过去做龙族的追随者，这不是当众打他们的脸吗？

"就算公子是龙族，那也比你们这些在场的恶人强上百倍。你们扪心自问，自己还能算人吗？你们看看自己手上的鲜血，有多少是人族同胞的？"秦翰长着一张憨厚的脸，说话也一板一眼。

"该死的家伙，还敢指责我等！"

"杀了他们，连同那条恶龙一起杀了！"

"恶龙想跑，大家当心，可千万不能让他跑了！"

……

夏侯浅白给李牧羊使了个眼色，示意他寻找机会立即开溜，不要停留。

但是，李牧羊受伤严重，怕是逃跑的想法还没有付诸行动，就会引来刀剑相向。

大家原本就是为了屠龙而来的，虽然意外地发现了昆仑神宫，又在神宫里发现了万灵玉玺，但是倘若能将这条恶龙一起屠了，不更是美事一桩？

所以，他们是不会允许李牧羊这条恶龙逃离的。

在伙伴们向李牧羊告别的时候，他们旁边的人族修行者便已经猜到了李牧羊的打算，开始有意识地朝李牧羊靠近，悄无声息地将他们围了起来。

有人深情告别，有人厮杀不休，还有人苦候机会等着砍下龙头。

无忧宫内众生百态。

那些人极其默契的围拢行为，让李牧羊身边的人都感觉到了压力。

不知不觉间，他们已经被那些人困在中间，难以逃脱。

想要离开的话，他们必须杀出一条血路才行。

可是，在场的都是修行高手，他们岂能那么容易杀出一条血路？

"你跟紧我。"嬴千度一直搀扶着李牧羊。危急关头，她也顾不上男女授受不亲了。

再说，在弱水之境的时候，两人比这更加亲密的行为都有，只是两人都将其视为梦境，不愿意说出来而已。

"我有琉璃镜护体，倘若他们动手攻击，我在前面帮你挡着。"

赢千度准备带李牧羊杀出一条血路，为李牧羊赢取一线生机。

刚刚走了一个手握绝世神器惊龙弓的夏侯鹰，李牧羊还没来得及喘一口气，又有更多的敌人站到了他的对立面。

"放心吧，我不会有事的。"李牧羊握了握赢千度的手，冷眼扫视着挡在前面的那些人，沉声说道，"他们想杀我，也要付出惨重的代价才行。"

在李牧羊中箭之后，彩云衣一直在不停地修复他的身体，而且效果非常明显。

李牧羊的身体在迅速恢复，现在身边又有弱水之灵，而弱水之灵肚子里有红狼王，仅这一人两宠，战力就足够惊人，就算没办法将眼前的人族强者全部消灭，自保和逃生还是足够的。

再说，李牧羊身边还有赢千度、燕相马和夏侯浅白等实力强大的高手，那些人倘若欺人太甚，必定会付出惨重的代价。

李牧羊看着飞翔在前面的雪球，说道："雪球，让狼王出来透透气。"

雪球和李牧羊心意相通，立刻就明白李牧羊的意思。

"噗——噗——噗——"

它连续吐出几个泡泡后，小嘴突然张开，变大了几十倍。

"轰——"

一个庞然大物被它从嘴里喷了出来。

这是一只巨兽，狼头，身如巨狮，全身上下长满了红色的毛发，动起来的时候仿若红色的火焰在燃烧。

"嗷——"

红狼王在空中狂冲几圈后，仰天狂啸起来。

它是吸食红月之光后聚集起来的能量体，没办法独自在这个世界上生存，所以大多数时候要被雪球吞进肚子里，吸食雪球体内的水母元素充实自己。

这也是红狼王当初将自己的狼珠借给龙族，换取龙族得到弱水之灵后借给自己修炼一段时间的承诺的原因。

显然，李牧羊满足了它的要求。

和那位龙族前辈相比，李牧羊算是相当信守承诺的了。

修行之旅既苦又闷，此番重见天日，红狼王的心情异常亢奋。

上次风城之战时，有不少人见识过红狼王的凶猛。

见到红狼王再次出现，不少人惊呼出声。

"那只恶狼再次出现了，当日便是它杀人无数！"

"红月狼王，这便是传说中的红月狼王！"

"这恶狼也是那条恶龙的爪牙之一，大家定要小心谨慎！"

……

红狼王吼出了心中的闷气后，竟然口吐人言，看着李牧羊说道："我们正为你与强敌厮杀，你却独自逃逸不见踪迹，又将自己的龙气屏蔽，就是不想让我们找到你。无情无义之徒，还有什么颜面让我们继续助你？"

"狼王，那确实是我的错。"李牧羊诚心道歉，"不过，那个时候我也是迫不得已，希望你能够原谅。"

"永不原谅。"

"真是遗憾。"李牧羊轻轻叹息，一脸无奈地说道，"既然如此，那我们就此告别吧。"

"我们走。"红狼王看着雪球说道。

"噗——"

雪球对着红狼王吐了一个泡泡。它是不会走的。

红狼王瞬间傻眼，一脸不甘地看着李牧羊说道："既然如此，那我暂且信你最后一次。倘若你这次仍然独自逃脱，我定不饶你，我们就此分道扬镳。"

这红狼王的词汇还挺丰富，竟然知道"分道扬镳"的用法。

李牧羊点了点头，说道："你放心，这次我绝不负你。你想想，我之前答应借给你弱水之灵，现在有没有做到？你是不是日日夜夜和弱水之灵在一起？"

"……"

红狼王哑口无言。它倒是想独自闯荡世界，但那也要它能够做到才行啊。

没有了弱水之灵，它很快就会神魂破灭，再也没办法回到红月永不降落的凤麟洲。

这个结果是红狼王没办法承受的。它必须依靠弱水之灵才能存在，而雪球这弱水之灵看来暂时是不愿意和李牧羊分离的。

李牧羊身穿彩云衣，握着赢千度的手大步朝正前方走去，说道："我们走，倘若有人敢阻拦，格杀勿论！"

第317章
剑法第一

李牧羊牵着赢千度的手走在前面，一大一小两只宠物紧随其后。

李牧羊表情冰冷，眼里杀气腾腾。倘若这些人胆敢一而再再而三地阻挡他的去路，那么，他不介意再战一次。

红狼王体格雄伟，红毛飞舞，腾飞在空中时就像一团燃烧着的火焰。它张牙舞爪，嘴里低吼出声，一副随时有可能将人吞噬的凶狠模样。

雪球挥舞着四只小爪子在李牧羊身边盘旋，嘴里不停地发出"噗噗噗"的声音，看起来很萌很可爱、很傻很天真。

李牧羊和红狼王刻意营造出来的紧张压抑气氛瞬间被它破坏掉了。

赢千度还没来得及反对，就被李牧羊拖着前行。

不过，此时霸气的李牧羊还是挺让人着迷的。

一直以来，李牧羊给人的感觉就是善良、随和，有来自江南小城的淳朴，也有在市井间养成的圆滑。

在江南城的时候，李牧羊只是一个小城的普通少年，没经历过大风大雨，没承受过大潮大浪，至于人与人之间尔虞我诈、你死我活的争夺更是不曾遇到。

于他而言，最大的不公就是在学校里被同学欺负，即便如此，还有李思念这个"护哥狂魔"冲出去为他"报仇雪恨"。

在那个时候，李牧羊是可爱的，也是柔软的。

龙魂觉醒，龙族的身份曝光，一下子将李牧羊推到了暴风雪的中心，让他快速成长、成熟。

天都的利益纠葛、人龙两族传承下来的敌视和仇杀、一次又一次的围剿以及一场接一场的战斗……

这个时候，他在江南城时的性格就不再适应环境，也没办法应对走错一步就万劫不复的死局。

李牧羊必须比敌人更加决绝，更加凶狠，更加强大，更加霸道，更加……不择手段。

只有这样，他才能在这个人人屠龙的时代活着。

此时的李牧羊不再仅仅是李牧羊。

他还是龙族之主，是那个半神之族唯一的希望。

赢千度享受着李牧羊的保护，同时立即将琉璃镜释放出来。关键时刻，琉璃镜可以护住她和李牧羊的性命。

她是人族，而且是人族之中的皇族。

她比李牧羊更了解面前的人族强者。在利益面前，谁都不知道他们会做出什么疯狂的事情。

秦翰、文弱弱、燕相马和铁木心等人走在中间，解无忧和夏侯浅白走在人群后面压阵。

他们组成一杆带有攻击性的长矛，以李牧羊为矛头，朝前面拥挤的人群狠狠地扎过去。

前面人山人海，围得密不透风、水泼不进。

但是，李牧羊仍然以一往无前的姿态前行。

李牧羊的脚步很轻，也很重。

轻的是力度，重的是气势。

他的靴子上沾着血，那是他自己的血，是他的身体连中两支真元箭后流到地上的血。

他每一脚迈出去，都会在地上留下一个清晰的脚印。

无忧宫内，强者云集。

所有人的视线全都聚集在李牧羊的脸上、身上，以及他轻轻抬起又落下的脚上。

此时此刻，无忧宫内的氛围紧张而肃穆，还有一种庄严的仪式感。

人多心思多，每个人都想动手，但都不想第一个动手。

一个身穿白袍的年轻剑客似乎受不了这种压抑的气氛，跳了出来，指着李牧羊骂道："你这恶龙斩我藏白剑客，杀我狂鲨长老，此时还想逃命？"

说话之时，他已经从地上飞跃而起。

"我斩藏白剑客，是因为他们自寻死路。狂鲨长老被杀，只怪他修行不精。"

李牧羊说话之时，右手握拳，拳头里隐隐有雷霆闪动。

等到白袍剑客跃近，距离李牧羊只有一丈多远的时候，李牧羊猛地挥拳，将手里的雷霆瞬间释放出去。

"轰——"

雷霆呼啸，冲至白袍剑客的身体内后消失不见。

白袍剑客的身体有瞬间的停顿，然后突然像被什么大力撕裂开来。

"砰——"

一声巨响过后，白袍剑客消失不见。

众人面面相觑。

一拳杀掉藏白剑客，这样的实力在场不少人都有，但是李牧羊表现出来的狠辣决绝仍旧让人心悸且不寒而栗。

"李牧羊，你还记得老身吧？"一个声音尖锐难听如老鸹的老妇问道。

李牧羊定睛一看，眼里顿时浮现一丝恨意，说道："鬼寡妇，我怎么可能忘记你呢？"

"哈哈哈，你小子好记性，竟然还记得我鬼寡妇。断山脚下，老身被那个姓解的小子挡了道，让你逃进了星空学院。没想到今日再次见到你，却听说你成了龙族。有意思，还真是有意思啊！"

鬼寡妇此言一出，许多人纷纷向她投来异样的目光。没想到这个模样丑陋的老妇竟然有过追杀恶龙的经历。

据说此老妇是一个极其有名的杀手，仅凭她追杀过龙族这一句话，就足够让她以后生意兴隆、酬金翻倍了。

毕竟，杀手虽然不要脸面，但是要名声。

不过，他们要的是凶名。

"是啊，确实有意思。"李牧羊眯着眼睛说道，"那日分别后，我时常会想起你。今日在无忧宫内再次相逢，实在是你我的缘分。"

"上次因人误事，老身没机会将你杀了。今日你想要逃离，怕不是那么容易吧？"

鬼寡妇知道以李牧羊现在的修为，想要以一己之力将他杀掉实在难如登天。所以，她就想着发动群众的力量，趁大家一拥而上时，自己用毒和暗器屠杀恶龙。

鬼寡妇扫视周围一圈："你当我们这么多人族修行者会集在此，全部是聋子的耳朵——摆设吗？"

李牧羊不看别人，眼睛死死地盯着鬼寡妇，笑着说道："别人如何，那是别人的事情。你我再次相见，你就不想把上次没做完的事情做完？"

鬼寡妇听到李牧羊这么说，脸色不由得变得难看起来。

以前那个愚蠢无知的小子竟然也有了心计，他故意用这样的激将法，就是想将她和周围的人分开，将她单个击破斩杀。

李牧羊看到鬼寡妇面露难色，嘲讽道："怎么，自己不敢上来，想要别人替你出头？"

"谁说老身不敢？"

鬼寡妇心里清楚，倘若此时不出手，怕是自己以后再难在人前立足。

鬼寡妇心想，无论如何，自己都要硬扛这一次。

她擅长用毒和暗器，只需要远远地用毒攻击李牧羊，将战火引进人群中，就算得上大功告成。

在那么多人族强者的围攻下，她就不信这讨厌的恶龙不死。

说话之时，鬼寡妇手一扬，一团黑色的浓雾将她紧紧地包裹住。

"毒雾，"有人喊道，"触之即死！"

鬼寡妇倒也聪明，她先用毒雾将自己重重包裹起来，再用暗器前去攻击李牧羊。

"嗖——"

那团毒雾朝李牧羊笼罩而去，就像一张黑色的大网，想要将李牧羊和他身边的人一网打尽。

鬼寡妇也是贪心，她这次不仅想贪屠龙之功，毒死李牧羊，而且想把李牧羊身边的爱侣和师友一起杀掉。

倘若成功，她将万世留名，成为这片星空下最耀眼的杀手。

仇人见面，分外眼红。

李牧羊原本就恨极了鬼寡妇，他在前往星空学院报到的路上，被鬼寡妇等人拦在了断山脚下，小命差点儿葬送于这些恶人之手。

他原本还想着若得空隙，定要找他们寻仇。

没想到他没有找到时间，鬼寡妇却主动跳到了他的眼前。

李牧羊看着急速涌来且还在不停弥散的毒雾，不躲不避。

他仍然紧紧地握着赢千度的手，并学着那鬼寡妇的模样，手掌轻轻一扬，一个黑色的光球便出现在他的面前。

那个光球不停地变大、拉长，最后变成了一只丑陋的黑色怪兽。

"去吧。"

李牧羊的衣袖轻轻一挥，那只黑色怪兽便像得到了命令，急不可耐地朝毒雾冲了过去。

"嗷——"

黑色怪兽张开大嘴，一口将包裹着鬼寡妇的毒雾吞进了肚子里。

可怜的鬼寡妇虽然也想过拼命地挣扎反抗，但是那黑色怪兽的动作实在太迅速了，攻击方式又如此简单粗暴。

她还没来得及逃跑，没来得及做出任何反抗动作，就连人带雾被那黑色怪兽吃了下去。

那黑色怪兽不仅吃掉了闻名神州的毒雾，而且连全身都是毒药的鬼寡妇也一块儿吞掉了，还真是一点儿也不挑食！

无忧宫内，所有人都瞪大眼睛看着这诡异的一幕，看着那大口吞咽的黑色怪兽，以及抬手便放出这只凶猛怪兽的李牧羊。

"这到底是什么玩意儿？"

"这不是真气幻化而成的吗，为什么像真的一般？"

"老朽从来不曾听说这等功法，那黑色怪兽到底是何来历？"

……

黑色光球变成黑色怪兽吃人的事闻所未闻，现场不少人都在猜测那黑色怪兽的来历。

天宝真人面露凝重之色，问道："这可是……食尸兽？"

"不错。这便是食尸兽。"李牧羊说道。

不少人听到"食尸兽"这三个字，倒吸了一口凉气。

有人曾经问毒仙吴青牛："天下何毒最毒？"

吴青牛答："尸毒最毒。"

尸毒最毒，食尸兽却专以吞噬尸毒为生。

由此可以想象，食尸兽到底毒到了什么程度。

难怪出自川谷唐门世家的鬼寡妇面对它的时候没有任何反击之力，她今日算是碰到用毒的老祖宗了。

因为食尸兽太过凶猛霸道，又喜欢以尸毒为食，说出去也不好听，多为神州正义人士所不齿，所以驱使食尸兽的秘法万年之前便已经失传。

没想到，为了对付这个险些伤害到自己的鬼寡妇，李牧羊不惜使用秘法召唤来食尸兽将她吞噬。

食尸兽吞噬了毒雾和鬼寡妇之后，舔了舔嘴唇，露出一副"我还没有吃饱"的贪婪表情。

它看向李牧羊，李牧羊却并没有再次驱使它攻击别人。

食尸兽哀号一声，化作一股黑色烟雾消失不见。

它是从另外一个世界来的"客人"，没办法在这个空间停留太久。

"你这恶龙，竟然召唤出这种脏物来残害人族！"有人站出来指着李牧羊说道，"恶龙终究是恶龙……"

"如此恶毒的手段都能使出来，看来这恶龙平时没少接触黑暗事物。"

"他手黑心黑，简直禽兽不如！"

……

李牧羊冷冷地盯着那些以言语攻讦之人，笑着说道："鬼寡妇用毒雾，你们不发一言；我以毒攻毒，你们却跳出来大肆攻击，横加指责。这果然是你们的一贯作风。有利于你们的，就算再黑暗再邪恶，你们也视而不见；不利于你们的，就算只是米里的一粒沙、菜里的一条虫，你们也会将其视为眼中钉、肉中刺。整天攻击这个、指责那个，暗地里却满肚子的男盗女娼、烧杀抢掠，你们有何资格指责我？"

李牧羊顿了顿，嘴角浮现一丝嘲讽的笑意，说道："既然你们口口声声叫我恶龙，倘若我不做点恶事，那岂不是对不起你们嘴里喊出来的这个称呼？"

食尸兽是来自黑暗世界的一种野兽，就像李牧羊曾经在江南城杀的那些血鸦一般。

它们全身上下充满了毒素，攻击力极其强大，但是攻击方式有伤天和。

除了内心邪恶、行走于黑暗世界的杀手，怕是没有什么人会学习它们的召唤之法。

李牧羊之所以特意将食尸兽召唤出来，是因为鬼寡妇不仅想要用毒害他，而且连他身边的朋友也不愿意放过。

"满口胡言！"天宝真人气愤至极，从人群中站了出来，喝道，"夏侯浅白，这条恶龙刚才使用神州禁法，你亲眼所见。难道你当真还要继续助纣为虐吗？你无视父母之命、家族之职，也不将我们道门的宗旨戒律放在眼里？你可还记得我们道门的立教真言？"

夏侯浅白远远地对着天宝真人躬身行礼，说道："原来真人也在，夏侯浅白给真人行礼了。"

"你不用给我行礼，你还没有回答我的问题。你今日所行之事，你知道会给我道门声誉带来多么恶劣的影响吗？你可曾想过，下次回到龙湖山你要如何向掌教师兄交代？"

"没想过。"夏侯浅白面无表情地说道。

“夏侯浅白！”

天宝真人怒不可遏，恨不得一巴掌把这浑蛋拍死。

“真人切莫因我动怒，刚才家父也这么做过，结果自己灰溜溜地回去了，看起来训诫效果并不明显。”夏侯浅白赶紧劝说，“再说，李牧羊到底是不是恶龙，别人不清楚，真人难道也不清楚吗？李牧羊做过什么恶事？龙族为何覆灭？人龙两族的矛盾为何如此难解？这些别人不知道，难道真人也不知道吗？倘若真人确实不知道，我倒是知道龙湖山上有几本珍藏的典籍，推荐真人回去再好生读上一读，说不定会改变自己的想法，选择和晚辈站在一个阵营。”

“夏侯浅白，你……”

天宝真人被夏侯浅白这番话讽刺得快要吐血了。

他当然知道夏侯浅白问的这些问题的答案。

人龙两族的矛盾归根结底，还是利益之争，是整个神州的话语权之争。

天宝真人是人族，自然觉得人族先辈做的事情没什么不对，只不过手段卑劣了一点而已。

搁到现在，人族仍然会选择做出那样的事情。

只是，他能将自己的想法当众说出来吗？

“我定要汇报掌教师兄，将你逐出龙湖山。你这种自私自利、不顾大局的行为，根本就是在给龙湖山和我道门抹黑。”

“师父不会同意的。”夏侯浅白说道，“他比你明事理。”

“……”

“夏侯浅白，你怎能如此和真人说话？”一直跟在天宝真人身后，穿着一件长衫的道门弟子脸色不善地喝道。

“你是何人？”夏侯浅白问道。

“万归一。”

夏侯浅白不由得一愣，但瞬间恢复了原状，冷笑着说道：“据说是道门第一剑，真是久仰大名了。”

“今日我便要跟随真人屠杀恶龙，希望你不要多生事端，免得别人说我们内部不和，道门晚辈无法无天。"

夏侯浅白露出一副无所谓的模样，说道："你想屠龙，那就屠吧。反正以前想要屠龙的人都被龙屠了。"

万归一脸色难看，终究不愿意和夏侯浅白这个背景深厚且在道门有巨大靠山的纨绔子弟在一些无聊的问题上争执不休。

万归一无视夏侯浅白的挑衅，眼神凶狠地盯着李牧羊，说道："据说你擅长使剑？"

"是你擅长使剑，我擅长的东西多着呢。"李牧羊毫不客气地反击。在某些方面，他和夏侯浅白就像一个模子里刻出来的一般。

"好，既然如此，那我便用道门的三清伏魔剑领教一下你这恶龙的绝技秘法。"万归一强行压抑着心中的戾气，用咒语拼命地压制着心中的无名火。

这师徒俩实在太可恨了，每一句话都像刀子，不，更像恶毒的诅咒，让人听了之后心烦气躁。

"随意。既然你用剑，那我就陪你用剑吧。"李牧羊转身对赢千度说道，"长剑借我一用。"

赢千度将自己手里的长剑递给了李牧羊。

李牧羊接过长剑，仔细地感受着这长剑上残留的温度以及长剑本身的不凡。

赢千度嫣然一笑，说道："此剑名为桃花，是我在院子里的一棵老桃树下挖到的。名字是不是取得不好？"

"名字好，剑更好。"李牧羊笑着说道，"你忘记了，人们还给我取了一个桃花公子的外号？虽然我自己不愿意承认，但是这个名号毕竟已经跟我多日。今日，我桃花公子就用这桃花剑会一会道门的剑法第一万归一。"

他心中已经猜测到了此剑的来历，只是暂时不说，准备一会儿给赢千度一个惊喜。

"小心一些。"赢千度柔声说道，看向李牧羊的眼睛里仿佛有星光闪烁，迷人耀眼。

"放心吧，有桃花剑护体，他难伤我分毫。"李牧羊长剑一挥，豪气干云。

他看着对面的万归一，说道："拔剑吧。"

"我不需要拔剑。"万归一从人群中间走出来。

第318章
渡劫再现

之前，万归一一直紧随在天宝真人身后，让人以为他是道门的哪位虔诚的俗家弟子。

没想到的是，当他报出大名时，在场的每一个人都大吃一惊。

他确实是道门的俗家弟子，早年拜在了天宝真人门下，继而自己在外界闯荡苦修，因为天赋过人，竟然在神州闯出了巨大的名声，甚至被人称为"道门第一剑"。

当然，这个名号主要还是相对道门的俗家弟子而言。

龙湖山上高手无数，就算是夏侯浅白的师父——这一任的掌教真人——也不敢自诩道门剑法第一。

道门传承万年，在神州是一个庞然大物般的存在。谁也不知道道门的根基到底有多深，谁也不清楚道门的弟子到底有多少。

道门内强者云集，没有最强，只有更强。

这也是夏侯浅白不愿意在龙湖山和他人比破境速度，却跑到星空学院做学生，后来索性留下来做先生的原因。

星空学院悠闲自在，比道门更有利于他思考和参悟。

李牧羊看着万归一，沉声说道："既然如此，那就开始吧。"

万归一没有佩剑，自然无须拔剑。

可是，既然要施展三清伏魔剑，又怎么可能没有剑？

万归一走出人群，走到空旷的无忧宫正中。

他伸出手，朝天空遥遥一招。

"嗖——"

一把燃烧着黑、白、青三色火焰的长剑飞快地落入了他的手里。

这正是三清剑！

三清剑在手，天下我有。

手里握着三清剑的万归一气势大变。

之前他跟在天宝真人身边时，给人的感觉就像一个教书先生或者一个形象还不错的小财主。

当他手握三清剑时，他便多了一种凌厉逼人的气势，有一剑斩高山、一剑断河流的霸道气势。

"请。"

万归一手提长剑，任由三种火焰燃烧不休。

一剑斩出。

"咔嚓——"

天空被撕开一条缝隙。

无忧宫内，空气为之一滞。

所有人都亲眼见到，万归一轻飘飘的一剑在空中划出了一个真空界。

那里没有空气，没有物质，没有一切。

那是完完全全的空、一无所有的空。

三清伏魔剑斩妖伏魔，驱逐一切邪恶。

只有完完全全的空，才是纯粹的、自然的、没有任何杂质的。

这才符合道门真义。

这一幕很慢。

从万归一斩出那一剑，到空中出现一个真空界，凌厉的剑气朝自己奔袭而来，李牧羊都看得清清楚楚。

他将这一切都看在了眼里。

可是，这一幕又很快。

万归一斩出那一剑之后，天空中出现大片真空空间，真空的范围随着剑气的前行而变大，朝李牧羊的头顶飞快蔓延，就像要把李牧羊吞噬，然后净化一般。

"三清伏魔剑，果然好剑法！"李牧羊抬头看着头顶的三色剑气，赞叹道。

说话之时，他的表情变得凝重起来。

不得不承认，万归一确实是一个用剑好手。

不过，万归一也只是一个用剑好手而已。

万归一的境界应当和自己曾经遇到的止水剑馆的木浴白相当，和止水剑馆的那个老家伙木鼎一还相差甚远。

无论是杀气、剑意，还是对剑的理解感悟，万归一都远远不如那个老头子。

那个老头子最终人剑合一，自身就是一把锋利的古剑。

当然，最终他还是死在了自己的手里。

或者说，他死在了那条黑龙手里。

站在自己眼前的万归一，应该会遭遇相同的命运。

李牧羊手提桃花剑，身体高高地跃起，就像要顶破无忧宫的穿顶飞走。

他人升至半空时，那三色剑气越发近了。

他不闪不避，只是挥出一剑。

那是简简单单的一剑、随随意意的一剑！

可是，当这一剑斩出去的时候，黑色火星铺天盖地，将整个无忧宫笼罩了。

"呼——"

凉风一吹，黑色火星变成了黑色火苗，黑色火苗变成了黑色火焰。

"呼啦啦——"

风助火势，天空中的黑色火焰越烧越旺，就像要把这座神宫烧掉一般。

三清伏魔剑的三色剑气和黑色火焰一碰，瞬间消失得无影无踪。

这一幕让人大为吃惊。

要知道，三清伏魔剑借用的是天地三气：光明的白气、黑暗的黑气以及朗朗乾坤的青气。三气合而为一，方能斩妖伏魔。

这三气为天地之始，是神州根本。

那黑色火焰到底是什么玩意儿？为何连天地三气碰到它都瞬间消失了？

惊骇、恐惧、猜疑……复杂的情绪在无忧宫内的修行者心中蔓延。

"渡劫剑！"燕伯来一脸惊骇，他一眼就看出来了，李牧羊使用的竟然是崔家的无上绝学渡劫剑。

就算是崔家外孙燕相马，都没机会学到崔家的渡劫剑。那是崔家的传家剑法，是传男不传女的核心中的核心。

李牧羊从何处学得了此剑法？

更要命的是，渡劫剑需要配合崔家的十万八荒无意诀使用。

十万八荒无意诀，只允许崔家核心嫡系口口相传，据说连文字版本都没有。倘若崔家的那几位核心人物全部死去，这心法就会随他们一起湮没在时光长河中。

李牧羊又怎么学到了这心法？

"不对。"燕伯来的神色变得更加冷峻，"这不是真正的渡劫剑，或者说，这一剑比崔家的渡劫剑更加纯粹，也更加霸道。"

渡劫剑下难渡劫。

万归一怕是要魂飞魄散、剑折人殒了吧？

燕伯来曾听说过一个不那么可信的传闻：崔照人虽然死于李牧羊之手，却是他主动要求李牧羊杀了他，因为他想见到真正的渡劫剑。

燕伯来不知道这消息是谁传出来的，但是他自己是不信的，崔家人更不信。

崔照人想要见识渡劫剑，直接回来找崔家长辈就好，用得着去找一个外人？

一个外人怎么可能懂得崔家的传家绝技？

后来这传闻就那么不了了之，不过，李牧羊是杀死崔照人的凶手这一点倒坐实了，没有人怀疑。

燕伯来怎么也没想到，自己当真见到了崔家的渡劫剑，而且渡劫剑确确实实是那条恶龙李牧羊使出来的。

更让燕伯来震撼不已且疑惑不解的是，为何李牧羊使出来的渡劫剑比崔家人使出来的还要纯粹霸道，威力也更加强大。

因为两家关系亲密，他曾见过崔家人使出的渡劫剑，而且出手的是崔家老爷子崔洗尘。他居然觉得崔洗尘老爷子使的渡劫剑要比李牧羊使的差上一大截。

这到底是怎么回事儿？李牧羊到底经历了什么？

"卑鄙小人。"崔见咬牙切齿地盯着李牧羊，一副要冲上去和李牧羊拼命的架势。

太可恨了！

这小子实在太可恨了！

这个李牧羊竟然窃取了崔家的传家绝技！

"此龙不除，崔家永难安宁。"崔见对身边的亲近家臣说道。

有人学会了他们崔家的传家绝技，这件事情他必须立即告知崔家。

第一，崔家要找到泄密之人，知道李牧羊是如何得到崔家渡劫剑的剑诀和十万八荒无意诀的心法的，然后将泄密者除之而后快。

第二，崔家应当早做准备，思考如何处理这件事情。倘若今日不能将这恶龙留下，将给崔家带来怎么样的恶果？

第三，崔家应当派遣级别比在场之人更高的高手赶来，或者由老爷子亲自出手，无论如何都要杀了此龙，以保家族千年基业。

"奇怪，实在奇怪至极。"同样惊诧的还有燕相马。

"怎么奇怪？"解无忧问道。

"李牧羊使出来的是崔家的渡劫剑，崔家人视渡劫剑为心肝宝贝，连我这半个家人都不能看那剑谱一眼，李牧羊怎么就学会了呢？"

燕相马好像突然想到了什么，露出怀疑的神色："难道表妹偷听了剑诀，然后私自传授给了李牧羊？可是，表妹应当不会有机会偷听才是，而且她从来不愿意习武，对修行之事也从无兴趣。"

"你可不要忘了，李牧羊体内有龙魂存在。"

"龙族就了不起啊？龙族就是万能的？龙族就无所不知？就算是龙族，也不一定有机会知道渡劫剑的剑诀。他若什么都知道，还会被人追杀得如此狼狈不堪，屡次险些丧命？"

"真相如何，一会儿问问便知道了。"解无忧倒对这些事情没有太大的兴趣。渡劫剑也好，十万八荒无意诀也好，虽然名震神州，但是和他的修行路数是不一样的。他自有绝技，并不需要惦记别人的东西。

燕伯来双眼圆睁，死死地盯着天空上燃烧不休的黑色火焰。

万归一的三清伏魔剑在天空上斩出来一个真空的窟窿，李牧羊这一剑倒好，竟然直接在神宫内洒满了黑色的"星星"。星星之火可以燎原，现在它们在天空上形成了一片巨大的黑色火海。

万归一的三色剑气也被那黑色火海吞噬了。

"怎么会这样？"万归一呆立当场，一脸惊骇。

他原本想着自己一剑斩出，就算不能立即将李牧羊斩落剑下，至少也能让其全力应对。

只要李牧羊出招，就有可能留下破绽。之后他立即斩出第二剑，趁其病，要其命，两剑将李牧羊斩杀。

可是，他全力挥斩出去的一剑仿若石沉大海，悄无声息，没有激起一丝一毫的涟漪。

自己苦修数十年，竟然敌不过这条恶龙的随意一剑？

"你用的是什么剑法？"万归一仰起脸，看着那漫天的火焰，不甘心地问道。

"渡劫剑，"李牧羊沉声说道，"我找人借来的剑法。你还满意吧？"

"竟然是西风崔家的渡劫剑？"

"西风崔家怎么肯将自己的传家绝技传给这条恶龙？此子定然说了假话。"

"我与崔家先辈交过手，这一剑确实有几分渡劫剑的神韵，会不会是崔家和李牧羊有什么暗地里的交易？"

"……"

无忧宫内的修行者听到李牧羊的话后议论纷纷，开始猜测李牧羊是不是和崔家有什么暗地里的交易。不然的话，以崔家视渡劫剑为家族最高机密的风格，怎么可能让一个外人学了去？

"满口胡言！"崔见跳出来反击，"你用的根本不是我们崔家的渡劫剑。崔家与你这恶龙仇深似海，怎么可能将自家剑法和心诀传授给你？你简直是痴心妄想。诸位同道切莫听这恶龙信口开河，挑拨离间。"

"我何时说过用的是崔家的渡劫剑？"李牧羊反问。

"诸位且看，他刚才明明说过用的是渡劫剑，有耳者皆能听见，有眼者皆能看见。现在他又当众悔言，简直不知廉耻！恶龙之言不可相信。"

"不错，我确实说过我用的是渡劫剑，但是，谁说渡劫剑一定是崔家的？"

"你……神州人皆知渡劫剑是我崔家绝技。"

"那是神州人无知。"李牧羊冷笑，"你们崔家人又从哪里得来的渡劫剑剑谱？难道是你们崔家人自己写的不成？"

"现在是我们崔家的，自然就是我们崔家的。"

"你们崔家先祖抢来的渡劫剑剑谱，现在别人再从你们崔家人手里抢走，也没有什么不妥吧？再说，你们崔家人所有的只是一本残谱而已，难道你崔见不知道吗？"

"强词夺理！我们崔家如何得到的渡劫剑，与你没有任何关系。你休想凭几句胡言乱语就污蔑我们崔家！"

"既然如此，"李牧羊嘴角浮现一丝嘲讽的笑意，说道，"那我就替渡劫剑真正的主人夺回渡劫剑吧。"

"你想做什么？"

"我做什么与你何干？"

"你……"崔见很想立即冲上去将李牧羊斩成肉泥，不过理智终究还是战胜了冲动，他扫视全场，然后看着李牧羊说道，"现在是你与他人决战的时刻，我不便打扰。不过，我倒要看看，你如何从我们崔家手里抢回渡劫剑。"

"渡劫剑共有三剑，第一剑为斩尘缘，第二剑为斩因果，第三剑为斩天道。尘缘可斩，因果可解，天意不可违。可惜，崔家后人实在太不争气，虽然得到了渡劫剑，却只悟出了前面两剑，第三剑近乎绝迹，实在让人遗憾不已。"李牧羊轻轻摇头。

其实，连李牧羊都不知道渡劫剑的真正创造者是谁。

有传言渡劫剑是高僧所创，但是这并没有太多的证据支撑。不过，从名字、剑招以及蕴含的深厚剑意看，渡劫剑应当就是出自高僧之手。

倘若不是佛法高深之辈，此人根本不可能悟出这么强大的剑诀。

"李牧羊，你休要欺人太甚！"

李牧羊不愿意再理会崔见，而是看着对面的万归一说道："我将用渡劫剑的第三剑斩天道来攻击。能不能接住，就看你的造化了。"

"多谢提醒。"万归一突然觉得李牧羊是一个值得钦佩也值得尊重的对手。

万归一对李牧羊拱了拱手，沉声说道："万某定当竭尽所能，绝不会让牧羊公子失望。"

李牧羊点了点头，再一次将手里的长剑举了起来。

"此剑名为桃花。"李牧羊郑重介绍。

"嗖——"

一剑出，千万片粉色花瓣飞舞而出，就像那些仍然在天空中燃烧不休的黑色火焰一般，铺天盖地，将无忧宫的上空填满。

以一片黑色火海为背景，千万片粉色花瓣仿若千万只粉色的蝴蝶，翩翩起舞。

这一幕，给人一种惊心动魄的美感。

第319章
不战而胜

黑色的火海上，千万只粉红"蝴蝶"翩跹起舞。

那是一种辽阔之美，也是一种壮丽之美。

正所谓美得惊心动魄。

只有美丽，自然不符合这一剑的真义。

黑色的火海里蕴含着令人绝望的恐怖力量，好像那些野火能够永生不熄，连无忧宫望不到头的穹顶以及这万万年不腐不灭的神宫也要焚化一般。

那些花瓣美则美矣，却让人心生不安。它们密密麻麻，铺天盖地，每一片都可爱又凌厉、漂亮又危险。

它们全部由纯粹的剑气幻化而成，每一片都有让人粉身碎骨的力量。

赢千度看到漫天的粉色桃花，眼睛瞬间明亮起来。

她一脸难以置信，没想到自己随口取下名字的桃花剑，在李牧羊的手里当真幻化出朵朵桃花。

难道李牧羊当真知道这把剑的来历？

粉红桃花遮天，香气阵阵冲天而起。

万归一感受到了极大的压力。

他感觉不到这一剑的剑气，也感觉不到这一剑的剑意，就好像这一剑是单纯地为了好看斩出来的。

可是，万归一清楚，绝对不是这样。

他之所以感觉不到剑气，是因为施剑者将剑气隐藏在千万朵桃花之中。

他之所以感觉不到剑意，是因为施剑者根本没有剑意。

落花随流水，水往哪儿流，花便往哪儿漂。

万归一不动则罢，一动则万剑袭身。

"静则活，动则死。"

李牧羊给万归一出了一个难题——有关生与死的选择。

万归一脸色阴沉，额头上大汗淋漓。

他有一种无计可施、无从下手的挫败感。

一念生，一念死。

他知道斩天道的凶险和霸道，更知道自己用尽毕生所学，怕是也难以破解和接下这一剑。

不，他只要稍有异动，尝试接下这一剑，那漫天的黑色火焰和飘荡的粉红花瓣就会变成洪水猛兽，冲过来将他吞噬、毁灭。

而他将会像自己最开始斩出的那一剑一般，无声无息，永远地消失在这个世界上。

生存还是死亡，这是一个问题。

活着或者有尊严地死去，这也是一个问题。

万归一心念电转，脑海里浮现诸般念头，最终却化作一声悠长的叹息。

"锵！"

万归一将手里的长剑掷落在地上，声音嘶哑地说道："这一剑我破不了、躲不过。我认输。"

话音未落，万归一瞬间精神萎靡，仿佛一下子苍老了好几十岁。

"从今日始，万某不再用剑。"

接着便是沉默，死一般的沉默。

所有人都满脸惊诧地看着万归一，这位被誉为道门剑法第一的用剑天才。

他只斩出去一剑，就当众认输，并且承诺自己终身不再用剑？

"这是怎么回事儿？万归一为何自愿认输？"

"难道那斩天道当真强大至此，让人根本生不出破解的念头？"

"不战而屈人之兵，此子不屠，我心不安。"

……

"归一！"天宝真人出声喝止。

"师父，"万归一转身看向天宝真人，表情凄然，带着歉意说道，"弟子修行不精，境界不够，给师父丢脸了。"

"归一，何必如此？"

"弟子胆已怯，气已失，再提剑又有何意义？"

万归一转身看着李牧羊，沉声说道："今日万某领略牧羊公子剑法，方知天外有天，人外有人。在牧羊公子面前，万某不配使剑。多谢牧羊公子手下留情，万某就此别过，希望后会无期。"

说完，他对李牧羊深深作揖，然后大步朝无忧宫外走了出去。

李牧羊仍然立在半空中，注视着万归一远去的背影。

良久，他对着万归一的背影深深鞠躬。

这是一个值得尊重的对手。

他选择进攻，李牧羊会钦佩他取死的志气。

他选择放弃，李牧羊会尊重他涅槃的勇气。

有时候，放弃只是全新的开始。

或许，他能够走出另外一条辉煌的道路。

李牧羊的双脚轻轻落地，重新站立在赢千度的身边。

赢千度握住李牧羊的手，一脸激动地问道："那些桃花是怎么回事儿？是你故意使出来的吗？"

"你当真不知道？"李牧羊笑着问道。

"我不知道。"赢千度摇头，"我初学剑的时候，找父皇要一把宝剑。父皇说院子里的老桃树下有一把剑，我要是把它挖出来就是我的了。于是，我就兴奋地跑去挖剑，挖了七天七夜，果真在老桃树的树根下挖到了一把宝剑。那把宝剑被老桃树的树根包裹起来，还真不容易发现呢。"

李牧羊宠溺地看着赢千度，笑着说道："桃花坞里桃花庵，桃花庵下桃花仙。桃花仙人种桃树，又摘桃花换酒钱。"

"酒醒只在花前坐，酒醉还来花下眠。半醒半醉日复日，花落花开年复年。但愿老死花酒间，不愿鞠躬车马前。车尘马足富者趣，酒盏花枝贫者缘。若将富贵比贫贱，一在平地一在天。若将贫贱比车马，他得驱驰我得闲。别人笑我太疯癫，我笑他人看不穿。不见五陵豪杰墓，无花无酒锄作田。"嬴千度将李牧羊念出来的诗接了下去，说道，"这首诗我读过，和我的桃花剑又有什么关系？"

"这位桃花仙人好丹青、好诗词、好喝酒、好铸剑，而且最喜酒后铸剑。每每喝醉，他便会将自己新铸的剑埋起来。等到第二天酒醒，就连他自己都不知道昨夜将剑埋在了什么地方。"

"你的意思是，我这把桃花剑便是那位桃花仙人所铸，又被他自己埋在了桃花树下？"

"正是如此。"李牧羊一边点头一边说道，"我想，你父皇肯定知道它的来历，所以才让你去那棵老桃树下挖剑。"

"可是，父皇怎么知道那棵老桃树下埋有剑呢？"

"那我就不得而知了。"李牧羊笑着说道，"你回去问一问你父皇便知道了。"

"那漫天的桃花是怎么回事儿？"

"我刚才接你的桃花剑时便觉得有异样，一股浓郁的桃花香气扑鼻而来。"

"我也时常闻到桃花香气，只是我已习以为常。"

李牧羊点了点头，说道："此剑是从老桃树下挖出来的，桃花败了又开，开了又败，那些凋零的花瓣落在地上，化作泥土护持老桃树生长。这桃花剑埋在树根底部，自然也日日夜夜被那桃花滋养。天长日久，香气入剑。哪怕剑未出鞘，香气也已经散发出来。我用此剑施展斩天道，剑诀和剑气相得益彰，你便看到了千万朵桃花绽放。"

"原来如此。"嬴千度一脸仰慕。

显然，无论是从剑诀来看还是从知识来看，李牧羊今天的表现堪称完美。

嬴千度心里甜蜜地看着李牧羊，说道："既然你的外号叫作桃花公子，这把剑又叫作桃花剑，那我就将这把剑赠送给你。桃花公子和桃花剑才真正相配。你不许拒绝，不然我会生气的。"

李牧羊笑着点头，说道："好吧，那我就收下这把桃花剑。"

其实李牧羊还有一把佩剑，是崔照人赠送给他的通天剑。不过，在弱水之境的时候，那把剑丢失不见了。

不过，就算通天剑还在，李牧羊也不愿意将它携带在身边。那样的话，不是摆明了要挑衅崔家，招惹仇恨吗？

李牧羊曾向崔家人解释过，说那通天剑是崔照人临终时赠送的。崔家人竟然不信，真是岂有此理！

李牧羊姿态闲适从容地和孔雀王朝的公主说笑，人族修行者看在眼里，却心急如焚，悲愤不已。

藏白剑客出手，被他一拳轰死。

鬼寡妇祭出毒雾，被他以毒攻毒。

道门剑法第一的万归一出手挑战，被他一招斩天道惊得弃剑投降，并且扬言此生不再用剑。

用毒，他更毒。

使出绝学，他就施展出更加高明的绝技。

连桃花仙人这么晦涩的典故都能被他信手拈来。

好像这个世间没有他不会的技能，没有他不知道的知识。

恶龙如此强大，人族当如何抵挡？

两难！

人族难，龙族也难——假如李牧羊愿意承认自己是龙族的话。

人族难的是，李牧羊的实力太过强大，不仅有人族高手力挺，而且身边有弱水之灵和红狼王这两只战力惊人的宠物。那长了九颗脑袋的开明兽也和他"眉来眼去"，看起来也是他坚定的支持者。

恶龙是必须屠的，但是，如何屠龙是一个问题，能不能成功屠龙也是一个问题。

之前他们从来没有想过这条恶龙他们是屠不了的，毕竟，他们有上千人，就算恶龙的实力再强大，也不可能打得过他们。

在李牧羊连连出手，轻轻松松就击败了人族三名高手后，人族才开始真正地警惕和担忧起来。

李牧羊气候已成，不易对付。

李牧羊同样很为难。

倘若现在给他选择的机会，他最想要的就是安全地逃离人族修行者的重重包围。当然，他不仅要保障自己的安全，还要保障朋友以及赢千度的安全。

但是，看这些人的架势，他们显然不会眼睁睁地再一次看着他全身而退。

无论是屠龙英雄的传世美名，还是弱水之灵、红狼王的归属，都会促使他们做出种种疯狂的事情。

李牧羊从来不会低估这些人的贪欲！

"桃花公子配桃花剑，真好。"赢千度看到李牧羊愿意接受自己的心意，心里非常高兴。

虽然她已经从李牧羊的口中知道自己从老桃树下挖出来的古剑不是凡品，竟然是名满神州的桃花仙人亲自铸造出来的宝剑，但是贵为孔雀王朝的公主，什么样的宝贝她没有见过？

这把剑越锋利越名贵，她就越愿意将它送给李牧羊。礼物重了，自己的情意才显得更重一些不是？

"以后你就用桃花剑防身，谁敢欺负你，你就用桃花剑将他们杀得片甲不留。"

"好，我一定会爱惜此剑。"李牧羊郑重点头，"剑在人在……"

"后面的话不许说。"赢千度急忙阻止，说道，"不过是一把铁剑而已，值得了什么？你要是喜欢，来日去我父皇的藏剑阁，里面有好几把绝世好剑，随你挑选就是了。"

李牧羊明白赢千度的心意，说道："你放心，我不会做那种剑毁人亡的傻事。我会爱惜它，更会爱惜自己。只有人活着，一切才有可能。"

赢千度承受着李牧羊情意绵绵的眼神攻击，又被他那句若有所指的"一切才有可能"的话语迷惑，霞飞双颊，眼眸里的水汽简直要把人融化。

"你终归要和父皇见上一面的。"赢千度说出此话，等于当众接受了李牧羊的情意。

此言一出，在场不少人脸色剧变。

嬴千度要是一个普通女子也就罢了，但是，嬴千度是孔雀王朝的公主。她愿意接受李牧羊的情意，并且当众说要带他回去见父皇，就表明她会无限度地支持李牧羊。

有了女儿的介入，孔雀王又会如何看待李牧羊这条恶龙？和孔雀王朝交好的黑炎王朝在此事上是否与孔雀王朝保持一致？

倘若孔雀王朝和黑炎王朝在背后支持恶龙，人族再想屠龙，恐怕就不是一件容易的事情了。

谁愿意和两个强大的帝国作对啊？

在神州，就算是国与国之间，只要不存在庞大的利益之争，就不会发生大规模的战争。没有哪个国家会为了一条恶龙，与另一个大国不死不休。

虽然那条恶龙的威胁确实很大，让人根本没办法忽略。

无忧宫里心情变化最大的是来自孔雀王朝的修行者。

之前他们看到极受国民敬爱的公主被那条恶龙欺负，一个个义愤填膺，恨不得冲上去将那恶龙剁成肉泥。

现在看到公主和那条恶龙两情相悦，感情极好，他们心如刀割的同时，又有些犹豫不决。

公主有了喜欢的人，他们当真要棒打鸳鸯，将两人拆散？他们这么做，公主定会伤心至极吧？

不得不说，嬴氏皇族极得民心，无论是普通百姓还是高高在上的修行者，都愿意和皇族同甘共苦、同进共退。

这也是孔雀王朝如此强大，令其他帝国畏惧的根源。

其他人也都从自己的利益出发做出思考：是暂时退让，获得千度公主以及她背后孔雀王朝的情谊，还是随大流一拥而上，乱剑齐斩，将这条恶龙当场斩杀？

还有弱水之灵，倘若李牧羊死了，那弱水之灵便成了无主之物。

不得不说，这条恶龙真是一块难啃的硬骨头啊！

那么多势力出动，仍然不知道如何处理才好。

李牧羊一手提桃花剑，一手握紧赢千度的手，再一次大步朝前方走去，同时说道："可还有人要挑战？"

"……"

无人应答。刚才连续有三人向李牧羊出手，但他们都没讨到任何便宜。

三名挑战者死了两名，还有一人立下誓言，终身不再提剑。

李牧羊见无人应答，朗声说道："如果没有，我就不打扰诸位争抢万灵玉玺了。"

这就是李牧羊的聪明之处。他故意将万灵玉玺抛出去，就是想让人族修行者互相厮杀，永远没办法因利益一致而一起来攻击自己。

只要人族修行者没能团结，各有私心，李牧羊就还有逃出昆仑神宫的机会。

活命第一！

至于其他的，慢慢图谋便是。

第320章
功亏一篑

他们横，自己更横；他们强，自己更强。

这就是李牧羊此时此刻的想法。

示弱是不够的，求饶是不行的。倘若李牧羊表现出一丝一毫的惧意，围拢在四周的人族修行者就会立即群起而攻，瞬间将李牧羊和他身后他想要保护的人淹没。

李牧羊必须表现得有恃无恐，只有这样，他们才会生疑，才会犹豫，才会思考得罪李牧羊的严重后果。

李牧羊大步向前，朝无忧宫的大门走去。

因为藏白剑客、鬼寡妇和万归一等人的阻挡，李牧羊前行的步伐有所耽搁。

在解决了那三个人之后，他前行的步伐就更加坚定了。

他一手牵佳人，一手提长剑。

雪球和红狼王分侍在两边。

李牧羊故意释放出龙气，那种有形的气息四处散开，将修为稍弱的人压得喘不过气来。

在李牧羊的身后，秦翰、铁木心、解无忧和夏侯浅白等人紧紧跟随。

文弱弱手握神农匕，秦翰祭出了虔诚战锤，燕相马等人也各自抽出了趁手的兵器，一副要和阻挡者不死不休的架势。

挡在前面的人族修行者受此强大的气势影响，不由得产生了分散退开的冲动。

每个人都想屠龙，但是倘若成为屠龙的牺牲品，那就不值当了。

谁都不愿意做出头鸟，正面和李牧羊抗衡厮杀。

"砰——砰——砰——"

因为李牧羊释放出了龙气，所以每一脚落下去都力道万钧。

白玉地板上，留下了一个又一个清晰可见的脚印。

那是李牧羊脚底的龙气侵袭地板后留下来的痕迹。

李牧羊脚步沉稳，不疾不徐。

他即将正面对上那挡在最前面的人族修行者。

王道冲是正气门门主，一身正气功霸道无匹，折在他手里的高手不计其数。

倘若不是有几把刷子，他也没办法活到现在，并且顺利地跟着这些高手进入昆仑神宫。

此时此刻，他就站在人群的最前面。

刚开始的时候，他也没有意识到自己站在人群最前面。

毕竟，李牧羊四周全部是人，谁知道他会从哪个方向突围？

只是没想到，李牧羊选择了最光明正大，也最霸道直接的一条路——直线突击。

他当时面向哪个方向，便从哪个方向突围。

恰好，那条路连接着无忧宫的出口，是人群最为密集的地方。

等到发现李牧羊大步朝自己走来，自己将要和他正面对上时，王道冲开始有些慌乱了。

说不想要屠龙之功，这是不可能的。

但是，他更知道屠龙的凶险。

刚才的万归一剑法了得，却在李牧羊的斩天道面前缴械投降，连拼一场的勇气都没有。

现在，自己要不要砍出第一剑？

王道冲心神不宁，忐忑不安。

李牧羊一步步地逼近，给他的考虑时间变得越来越少。

他若砍出第一剑，有可能面对李牧羊狂风暴雨般的攻击，被李牧羊当场格杀，连回头的机会都没有。

可是，退缩也不是说退就能退的。全场所有人的视线都聚集在李牧羊的身上，也就是间接地汇集在他的身上。

他若退了，以后哪还有颜面出来见人？正气门的威名怕是也要因此一落千丈吧？

随着李牧羊的逼近，王道冲承受的压力越来越大。

李牧羊的恶龙之名，还有李牧羊释放出来的龙气，都让人胆战心惊、脊背生寒、两腿打战。

三丈！

两丈！

李牧羊还在逼近。

一嘴黄牙的王道冲咬了咬牙，握住的剑柄已经被汗水浸湿。

他必须行动了。

他必须砍出第一剑。

保住自己的颜面和正气门的名声要紧。

他知道，只要自己砍出第一剑，身边的诸多同道便会跃起攻击。

他已经用余光观察过，无论是左侧的藏白剑派的剑客，还是右边的来自苍暝派的高手，都蓄势待发，和自己一样做好了攻击的准备。

"杀！"

王道冲手里的长剑出鞘，不，只出了一半鞘，因为他只来得及抽出一半的剑。

李牧羊脚步不停，气势更盛，眼里的杀气更浓，手里的长剑突然出鞘，同时厉声喝道："滚开！"

"哗啦啦——"

李牧羊一声暴喝，竟然让挡在前面的数十人瞬间后退了好几步。

王道冲原本要斩出去的剑不动了，藏白剑派和苍暝派想要组成战团的意图消散了。

那一声暴喝像来自穹顶，又像来自地狱。

它让人生不出反抗之心，只能连连后退，避其锋芒。

王道冲的额头上大汗淋漓，他张开嘴巴，大口大口地喘息着。

虽然不曾和李牧羊真正过招，但是他有一种从鬼门关走了一遭的感觉。

藏白剑派的两名剑客因为承受不住这巨大的压力，竟然在后退的过程中一屁股坐在了地板上。

又是沉默，死一般的沉默！

所有人都瞪大眼睛看着李牧羊，看着这个仿若战神的少年。

人族当真难以阻挡这恶龙逞威吗？

有了前面的人为鉴，后面的人竟然再也生不出反击之心。

李牧羊一步步地向前，挡在正前方的数百人便一步步地后退。

从无忧宫高大的穹顶看过去，便会看到一幅极其滑稽可笑的画面。

以李牧羊为首的只有寥寥数人的队伍竟然将数百人族修行者逼得节节后退，不敢直撄其锋。

没有人敢挥出第一拳！

没有人敢砍出第一剑！

李牧羊以王者之姿前行，无人可阻！

氛围压抑！

众人沉默！

众人越沉默，氛围就越压抑。

李牧羊一往无前。

无忧宫内，除了李牧羊踏在石板上的声音，便再也听不到其他声响。

威势一点点地增强，杀气一丝丝地凝固。

李牧羊单枪匹马在前，却走出了千军万马的气势。

李牧羊每前行一步，那些人便后退一步。

他们牙根紧咬，衣衫湿透，还有人因为退得太快，差点儿跌倒在地。

他们感觉到了悲愤、屈辱。威武人族，屹立神州万万年不灭的人族，怎能被一条恶龙逼成这样？

没有人想过反击是不可能的，王道冲就是想要反击的一员。

刚才，他太丢脸了，太狼狈了。

他必须重拾信心，重振门楣。

倘若他今日不向恶龙出手，怕是以后会心魔入体，修为再难有寸进。

这条恶龙已经将恐惧植入了他们这些修行者的心底深处。

王道冲心跳加速、血流加速，握着剑柄的手被汗水浸透。

他终于鼓足了勇气，猛地拔剑朝李牧羊斩了过去。

"嚓——"

千万朵桃花绽放。

前冲的王道冲瞬间停滞，被千万朵桃花笼罩。

"砰——"

王道冲的身体爆裂开来，一片花雨散落在雪白的地板上。

快！快得不可思议！

狠！狠得难以置信！

大多数人还没看清发生了什么事情，王道冲的身体就已经消失在了粉红色的花瓣之中。

不过瞬间，李牧羊手里的桃花剑就完成了出鞘和入鞘两件事，就像从来不曾拔出来一般。

李牧羊一手牵着赢千度，一手提着桃花剑，身体微倾，继续前行。

这一次再无人阻挡。

李牧羊牵着赢千度的手，率领着他的护龙小队，朝前走着。

进来的时候没有感觉，想要走出去的时候，他才发现这无忧宫如此巨大，离开的道路如此漫长。

人群不断地后退，像潮水一般朝两边分散开来。

开明兽朝无忧宫巨大的石门看了过去，心想，只要李牧羊走到宫门外，它就使用禁制将大门关闭。到时候，即便人族修行者重新打开无忧宫的大门，李牧羊他们也早就不知道逃到什么地方去了。

"近了。"赢千度看着无忧宫的大门。

她知道，那扇门就是一道天堑，隔着生与死。

倘若他们过了那扇大门，人族修行者仍然没有聚集起阻挡他们的勇气，就再也没办法对李牧羊出手了。

至少今日不会出现变故。

李牧羊一行一步步地前行，距离石门已经不足三丈。

不少人族修行者受李牧羊的威势所迫，已经退到了无忧宫的门外。

"两丈，一丈……"

嬴千度默默地在心里数着。

李牧羊的一只脚就要踏出无忧宫的大门。

这可能是黎明前的黑暗，也可能是暴风雨前的宁静。

越是这个时候，李牧羊的身体越紧绷，心神越集中，周身散发出来的龙气也越强大。

李牧羊用自己无敌的龙威将人族修行者的气势以及胆量碾压在地，让他们生不出任何反抗之心。

他们在内心深处恐惧李牧羊的力量，不停地思考屠龙失败的后果。

失败即死亡！

刚才被桃花剑撕碎的王道冲就是前车之鉴。

藏白剑派的剑客在后退。

苍暝派身穿黑衫的强者在后退。

霸刀盟的用刀高手也在后退。

……

李牧羊的一只脚踏到了无忧宫的门外，只要再迈出另外一只脚，他就能够从无忧宫安全逃离。

"恶龙！"霸刀盟的一名刀客被李牧羊的气势所迫，表情狰狞，瞳孔血红，握刀的手颤抖不休。

他一步步地后退，精神终于紧绷到了一个临界点。

不爆发出来，他就要精神崩溃。

"我要杀了你！"

那名不知名的霸刀盟刀客挥舞着手里的鬼头刀，猛地朝即将脱困的李牧羊扑了过去。

"嚓——"

桃花剑出鞘又入鞘。

若不是桃花漫天，李牧羊手里的桃花剑就像根本没有动过。

那名前冲的霸刀盟刀客停顿下来，身体突然朝地面栽倒下去。

"砰——"

好像石头砸进水潭里，发出一声闷响。

这声闷响虽然不刺耳，但是刺心。

这名霸刀盟的刀客比王道冲死得更快。

可是，他不该在这个时候死。

众人陷入沉默，死一般的沉默！

李牧羊的脚步终于停止了。

李牧羊不走，赢千度也没办法再走，紧跟在李牧羊身后的护龙小队也停下了脚步。

他们知道，有些事情发生了变化。

人族修行者不退了。

他们不少人已经退到了无忧宫外，更多的人还在无忧宫内。

他们的表情依然凝重，眼神仍然恐惧，眼里的血丝颜色更深、数量更多，带着一些说不清道不明的情绪。

"呼——呼——"

那是沉重的喘息声。

所有人都双眼血红地盯着李牧羊，盯着这即将从他们面前光明正大地走出去的恶龙。

"呼——"

喘息的声音突然一滞。

"杀！"有人喝道。那声音是从胸腔发出来的，沉闷嘶哑，又带着一股子火气。

"杀！"人族强者全数响应。

四面八方，人族强者挥舞着手里的武器，朝李牧羊一行砍杀而来。

"功亏一篑！"李牧羊轻轻叹息。

第321章
白龙降世

服装各异的人族强者挥舞着各种各样的兵器，从让人难以想象的角度冲杀而来。

他们咬牙切齿，满怀屈辱和仇恨。

李牧羊的步步紧逼终于促成了他们的同仇敌忾。

所有人都清楚，倘若今日不将李牧羊杀了，怕是以后再面对李牧羊的时候，他们连拔刀相向的勇气都没有。

因为他们的勇气在今日已经被李牧羊打散了！

现在所有人只有一个目标：屠龙。

李牧羊回头看了赢千度一眼，危急关头，他只来得及做出这样的动作。

赢千度对他点了点头。

两人的默契早已形成，千言万语尽在一个眼神中。

"嗷——"

李牧羊嘶吼一声，突然冲天而起，朝无忧宫一眼望不到尽头的高大穹顶疾飞过去。

"嗖——"

他越飞越高，也越飞越快，快得让人难以相信世间竟然还有这般速度。

他回来得更快。

落下的时候，李牧羊已经变成了一条角似鹿、头似驼、眼似兔、项似蛇、腹似蜃、鳞似鱼、爪似鹰、掌似虎、耳似牛，全身雪白，仿若一道闪电的巨龙。

龙头在前，白色的龙角闪烁着耀眼的白光。

除了仿若两汪血水的红色瞳孔，在白龙身上几乎看不到任何杂色。

巨大的龙身拖曳而来，又粗又长，一眼望不到头。

神龙见首不见尾的典故便是因此而来。

白色的鳞片上闪电噼啪作响，张开的龙爪散发出慑人的凶光。

白龙降世！

"轰隆隆——"

白龙居高临下地俯冲而来，朝人群最密集的地方冲撞而去。

说来奇怪，是人族高手率先出手，从四面八方围拢而来，攻击李牧羊的。李牧羊发现了敌人的意图后，高高跃起，化作长龙反攻回来。可是，李牧羊飞上天空再落回地面，人族强者的合击才刚刚形成。

这说明了两件事。

第一，李牧羊的速度很快，几乎是人族强者的速度的数倍。

第二，人族强者虽然在李牧羊的逼迫下有了屠龙之志，但是在真正出手的时候又各自有了私心。

他们心里非常清楚，以恶龙刚才表现出来的高超身手，第一个冲上去的人很有可能第一个被反杀。

心里有了这样的想法，谁又愿意做第一个冲上去的人呢？

所以，他们嘴里喊得大声，表情看来也足够凶狠，但是情不自禁地，速度放缓了许多。

一个人这么干，倒不会让人觉得有什么异样，但是当所有人心里都存着这样的想法时，局势看起来就有些诡异了。

白龙眼睛血红，张开大嘴，一股气味浓重、有着强烈腐蚀性的龙焱喷射出来。

"呼——"

龙焱朝聚集的人族强者喷了过去。

"龙焱！"

"快逃！"

"恶龙！"

……

可怜的人族强者刚刚聚拢到一起，还没来得及和李牧羊拼上一招半式，头顶就有龙焱扑来。

龙焱之威，谁敢硬扛？

于是，那些人族强者便又作鸟兽散。

逃跑的时候，他们倒全心全意，没有人偷懒。果然，每个人的速度都要快许多。

赢千度早就得到了李牧羊的暗示，所以，当李牧羊腾空而起时，赢千度便知道李牧羊接下来要做的事情。

李牧羊想用庞大的龙躯在无忧宫中冲撞厮杀一番，让这些人族强者的攻势没办法形成气候。

人族强者太多了，倘若再有序地发起攻击，齐心协力，李牧羊和他的护龙小队不可能走出这昆仑神宫。

他必须将他们冲散，将一部分人的勇气和野心打压下去，为此他甚至不惜杀掉一部分人。

那样，他才能将他们逐个击破，然后带护龙小队安全逃离。

李牧羊被那名霸刀盟的刀客拦截之时，心里就有了定计。

他知道，接下来将会有一场不死不休的血战。

他回头看赢千度一眼，便是对赢千度的一个暗示。

赢千度身怀琉璃宝镜，带领身后的文弱弱、解无忧等人急速后退。

龙焱落在了无忧宫的地板上。

"咔嚓——"

那坚硬美观、存在了万万年的白玉地板瞬间被龙焱烧出一个巨大的坑洞，有着强烈腐蚀性的龙焱还在不停地腐蚀神宫的地面，坑洞变得越来越大。

地板上的裂痕不停地向四周蔓延，整个无忧宫的地板和墙壁斑驳破烂，巨大的白色玉石"噼里啪啦"地掉落，砸在地面上。

除了跑得太慢，或者被前面的人所阻，没有及时逃离龙焱笼罩范围，瞬间化作一股烟的极少数人，其他人族强者都及时逃出了险境。

不过，那只是李牧羊的第一重攻击。

白龙在半空中翱翔口吐龙焱之后，仍然不停地加速。

等到身体和那些人族高手高度持平之时，白龙突然将一直拖在后面的龙尾横扫而出。

"啪——"

一声巨响传来。

人族高手直接被抽得飞了出去。

白龙甩尾将那些人族高手抽飞后，攻势不减，再一次张开大嘴，朝无忧宫内人最多的地方喷射龙焱。

"嗷——"

龙焱所过之处，又有大量人族强者化作浓烟消失在天地之间。

龙吟阵阵，龙焱熊熊。

无忧宫内，人族强者处境堪忧。

白色巨龙横冲直撞，张牙舞爪，口吐龙焱。哪里人多，白龙便往哪里冲锋。哪里有反抗，白龙便往哪里喷射恐怖的龙焱。

无论是白龙巨大的身躯，还是攻击力极强的龙焱，都不是人族可以抗衡的。

龙族实在太强了，无论是巨大的龙躯，还是让人没有反击之力的龙焱，都让人心生绝望。

龙可翻江倒海，可断山摧城；可翱翔九天之外，亦可潜入深海之中。

不得不说，龙族确实是天选之族，上天对这个族群实在太偏爱了。

但正是因为龙族给人族带来了巨大的威胁，所以人族才不择手段，不惜一切代价屠杀龙族。

在巨龙的冲击和龙焱的摧残下，人族高手溃不成军，死伤惨重。

"呼——"

又是一口龙焱。

紧随龙焱的，是一个三百六十度高空旋转的神龙摆尾。

"呼哧——呼哧——呼哧——"

这是人族强者激烈的喘息声。

白色巨龙在空中盘旋了一阵子后，巨大的身体缓缓降落，等到落在赢千度身边时，再一次恢复了人形。

他瞳孔里的血雾还未退散，仍然沸腾不息。

数息之后，血雾才逐渐消失，露出属于李牧羊的眼神。

人们对视！

众人再次沉默！

气氛再次压抑！

所有人都盯着这心狠手辣的恶龙。

"这条恶龙实在太强大了。"

"我们今日必须屠杀此龙，不然的话，以后必会遭到他的报复。"

"人族修行者应当同心协力，不可藏有私心，不然的话，根本就不是这条恶龙的对手。"

……

李牧羊的强大让他们心里畏惧，但是李牧羊的大开杀戒让他们无比愤怒，连恐惧也被压了下去。

今日，他们要和李牧羊不死不休。

"李牧羊，你没事吧？"赢千度着急地问道。

"没事。"李牧羊沉声说道。

他看着分散在无忧宫各处的人族修行者。

有人满怀仇恨，有人满脸恐惧。

有人身受重伤，强忍着疼痛在支撑。

还有人伤及肺腑，性命堪忧，不顾颜面地哀号着。

无忧宫内，原本无瑕的地板和墙壁上多出一个又一个坑洞，以及仿若一张巨大蛛网的大大小小的裂缝。

由此可见，李牧羊刚才的冲撞和龙焱给无忧宫带来的破坏有多大。

若再来一轮，怕是这万万年不倒的昆仑神宫都要被他毁掉。

"无量天尊。"天宝真人单手作揖，口诵道号。刚才他的衣角被龙焱扫了一下，身上的青色道袍被烈火侵袭，倘若他灭火不及时，怕是他身上的衣服都被烧掉了。

他嘶声吼道："你这恶龙杀人无数，有伤天和，你就不怕遭天打雷劈吗？人能容你，天也不容你！"

李牧羊冷笑，讥讽道："我没杀人的时候，你们就容得了我？我不想死，谁能奈我何？"

"狂妄之徒！"燕伯来一脸怒意，冷声说道，"这神宫内，人族强者上千。神宫外，人族强者万万。你以为人族当真奈何不了你吗？"

"嘿嘿，人族能不能杀掉这条恶龙还真难说。人族修行者虽然数量不少，心却不齐，一个个贪生怕死，畏惧不前。刚才和那恶龙交手的时候，我可看得清楚。你想着我去送死，我想着你替我挡刀。人族虽然数量上占优势，却只有挨打的份。奈何？！"黑雾中，鬼王的声音如夜枭的叫声一般刺耳难听。

"鬼王，你怎么有脸说出这种话？刚才众人齐心屠龙的时候，你又做了什么？"藏白剑派的一名长老怒喝道。

藏白剑派人数众多，却没有力压全场的高手在。

不知道李牧羊是不是故意为之，刚才他横冲直撞口吐龙焱时，主要的攻击对象就是藏白剑派的人。

所以，在刚才的那一轮厮杀中，或者说在白龙的疯狂冲击中，藏白剑派是战死人数最多、损失最大的一方势力。

他们心里原本就憋着一股子火气，听到鬼王还躲在后边说风凉话，火气瞬间就爆发了，怒意还有朝鬼王一方倾斜的趋势。

鬼王冷笑，说道："怎么，你们藏白剑派屠不了龙，就想和我鬼域过不去了？别人怕你们藏白剑派，我可不怕。你们要是不服气，那就和我们真刀真枪地干上一场，如何？"

"打就打，谁怕谁？龙，我们先不屠了，先杀了你们这群自私自利的恶鬼再说！"

"那就来吧。"一身黑袍的鬼王弟子崔见心说道。

"锵——"

藏白剑客纷纷拔剑，似乎下一刻就要冲过去和鬼王一方拼命。

正如鬼王他们所说，恶龙还没有屠，人族就已经内乱了。

不过，人族从来没有将鬼域的这群人当作人。

"住手！"天宝真人表情狰狞，双眼喷火，怒喝道，"恶龙未屠，大战未休，神宫尚在，万灵玉玺还未落入正义者之手，你们就要自相残杀，难道不怕被人耻笑吗？"

以天宝真人的心性，一般情况下他是不会有这么大火气的。

但是，如今连清心咒都没办法将他心里的火气压下去，而这一切与这条恶龙完全脱不开关系。

自从遭遇这条恶龙，他心里的火气就时不时地澎湃而出。

为了屠杀这条恶龙，避免生灵涂炭，他率领众多人族强者赶来昆仑墟。

结果龙没有屠着，他们反而中了恶龙的诱敌深入计，被埋进了地底龙窟中。

好不容易太叔永生相劝，让恶龙将他们放了出来，他的知交好友莲花大师却殒命于恶龙之手。

进入神宫后发生的事情，更让他心中憋火。

他既痛恨恶龙的大肆杀伐，又气愤人族修行者的不肯尽力。

现在恶龙将他们打得落花流水，他们仍在内斗不休，嘴里还吆喝着屠龙之语，这不是自取其辱吗？

第322章
斩仙大阵

天宝真人看不惯人族强者的各有私心，却对这种状况无可奈何。

他贵为道门七真人之一，在道门算得上跺一跺脚连龙湖山都要抖上一抖的大人物。

可是他没有资格训诫其他宗门，更没办法影响鬼域这种黑暗势力。

但是屠龙之时，倘若藏白剑派当真和鬼域厮杀，那可就是天大的笑话了。

不仅是人族，怕是那条恶龙也要笑得合不拢嘴吧？

天宝真人看到那条恶龙一脸嘲讽的神色，就觉得自己的脸火辣辣地痛。

早知如此，他就不掺和这些破事了。

屠龙之功岂是那么容易得到的？

藏白剑派是继佛、道之后的神州第三大势力，而且是强势崛起的，行事狷獗。

他们不怕道门的真人，不过也没理由和天宝真人过不去。

于是藏白剑派的玉树长老对天宝真人拱了拱手，朗声说道："既然真人开口了，我们就暂且放过这些鬼域之人。终有一日，我藏白剑派要踏平鬼域，将这些人不人鬼不鬼的家伙全部铲除。"

黑雾中的鬼王大笑，声音冰冷："最好不要让本王等太久。"

"你……"

"怎么，你还是决定现在出手？"

"藏白早晚灭了你们这群恶鬼！"玉树长老脸色铁青，努力将视线从鬼王的迷雾上转移到李牧羊身上，狠狠地说道，"藏白剑客听令，恶龙才是我藏白剑派最大的敌人。只要我藏白剑派有一人活着，尚有一口气在，就要与恶龙不死不休！"

"是！"数十名藏白剑客齐声喝道。

"不自量力。"李牧羊面无表情，声音冰冷，"他日有暇，我定要亲赴藏白山，到你们的洗剑池搓个灰。"

洗剑池是藏白圣地，每一任藏白宗主继任之时都要在洗剑池中沐浴七七四十九天。而且无论是三年一次的小戒，还是十年一次的大戒，藏白宗主都要在洗剑池中修行。

这条恶龙竟然说要到藏白圣地搓个灰，简直欺人太甚。

藏白与恶龙不共戴天！

"恶龙，敢如此欺我藏白剑派，我和你拼了！"

"玉树长老，您发号施令，我等和他拼了！不杀此龙，不回藏白！"

"恶龙狂妄，到达藏白之时，便是你被万剑穿心之时！"

……

玉树长老神色冷峻，双眼血红。他盯着李牧羊，喝道："恶龙如此欺辱我藏白，我藏白与你不共戴天！"

"锵！"

玉树长老猛地抽出手中长剑，对着人群大声喊道："人龙两族，不死不休。今日，便由我藏白剑派打个头阵。我藏白剑客就算全部战死，也死得其所。我相信，诸位同道定会接力前行，定不会让这恶龙安然走出神宫大门。只要恶龙身死，我等死不足惜。"

众人皆惊。

说实话，神宫内人族强者众多，势力颇为复杂，有九国皇室的势力，有正道和邪道各大宗门的势力，有独行的修行者，也有隶属于某一豪门的修行者……

要将这么多这么复杂的势力拧成一股绳，不说在场德高望重的天宝真人，就算是被称为星空第一人的太叔永生也很难做到。

既然没办法保证其他人全力出战，那大家就只能尽可能地保存自己的实力。

没想到，在这个时候，最不被人看好、行事风格最受诟病的藏白剑派竟然挺身而出，做起了先锋。

难道他们要以自己的血促成人族修行者同仇敌忾、统一抗龙？

倘若果真如此，藏白剑派当真让人高看一眼。

"藏白剑客随我屠龙！"玉树长老手提长剑，厉声喝道。

"是！"

玉树长老一马当先，数十名藏白剑客也悉数走出人群。

他们在玉树长老的率领下，大步朝李牧羊走了过去。

赢千度满脸怒气，说道："牧羊，你稍作休息，我替你把他们打发了。"

"还是我来吧。"燕相马扛着长剑走了过来，"我和家里的老头子都闹翻了，除了帮你喊几声口号外，我还什么事情都没有做呢。要不，这一战就交给我吧？不然的话，我实在得不偿失，老头子也白受气了。"

"公子，秦翰愿为你冲锋。"秦翰提着虔诚战锤就想冲上去。

"不用了。"李牧羊出声阻止，"你们的心意我领了，今日我便让他们输个心服口服。龙王不发威，当我是蚯蚓？"

李牧羊松开了赢千度的手，一步步朝场中走去。

而后他站定，任由数十名藏白剑客将他团团包围。

"你们准备好了？"李牧羊问道。

他穿着彩云衣，提着桃花剑，面如冠玉，气质潇洒，姿态风流。

倘若不是有一重龙族身份，这样英俊潇洒的美少年走到哪里都会让女子痴迷。

"杀！"玉树长老发出一声暴喝，第一个提剑朝李牧羊冲杀过去。

玉树长老一剑斩来，竟然有九道虚影。

虚虚实实，真假难辨。

剑罡！

玉树长老作为藏白剑派的长老，果然本领不凡。

玉树长老在前，数十名藏白剑客在后，同时发动了攻击。

他们步伐诡异，暗合了天罡三十六变。

一时间，只见白袍翻飞，却不见藏白剑客的身影。

藏白斩仙大阵！

难怪这数十名藏白剑客能够坚持到现在，他们不仅每个人身手不凡，还有阵法庇护，要将他们逐个击破，当真不是容易之事。

李牧羊看得眼花缭乱，索性闭眼不看。

他从地面上跃起，身体在半空中旋转三百六十度。

"嚓——"

长剑横斩，天空中出现了星星点点的粉红桃花。

桃花花瓣布满穹顶，连李牧羊也被包裹其中。

"砰——"

有人碰到桃花花瓣，立即被花瓣里蕴含的无匹剑气击飞。

有人修为精湛、境界高深，一剑斩出，面前的粉红花瓣立即"噼里啪啦"地碎成一片。

等到他们疾冲到花海中心的时候，李牧羊早就消失不见，留在那里的只是一道幻影。

"人呢？"玉树长老冲到花海中，却四处搜寻不到李牧羊的身影。

李牧羊就像凭空消失了一般。

所有人都仰脸朝穹顶看去，想知道李牧羊会不会再一次疾冲而下。

毕竟作为一条龙，李牧羊动不动就喜欢翱翔于九天之外，再从高空俯冲而下。

刚才李牧羊化作白龙的时候就是那么一套程序。

全是套路！

藏白剑客都觉得自己已经看穿了李牧羊的套路。

可是让他们失望的是，穹顶也不见李牧羊的身影。

这一回，李牧羊甚至没有化龙。

李牧羊到底去了哪里？

玉树长老心中疑惑，悬在半空中，一脸警惕地四处搜索。

看得到的对手不一定弱小，但是看不到的对手一定恐怖。

那数十名藏白剑客同样在寻找李牧羊的身影。他们已经摆下了斩仙大阵，倘若李牧羊一直不见踪迹，难道他们就一直保持这阵形不变？

这让人很难做到啊！

正在这时，无忧宫的坑洞中突然蹿出来一条粉色长龙。

那长龙由无数粉红花瓣组成，速度极快，朝玉树长老和数十名藏白剑客冲了过去，从他们的腿部往上绕。

众剑客急忙挥剑斩去。

粉色长龙就像真龙一般，避开了一次又一次的长剑袭击，"嗖"的一声钻入他们的胯下，在他们的双腿之间蹿来蹿去。

这样一来，那些藏白剑客就束手无策了。剑法再高明，他们也不能朝自己的腿劈过去吧？

粉色长龙在每一个藏白剑客的双腿间游走了一遍后，被玉树长老一剑斩成了两截。

斩仙大阵中，数十名藏白剑客一脸惊诧地看着自己的小腿。

钟求子是斩仙大阵三十六天罡中最小的一位，粉色长龙被玉树长老斩断后，他觉得自己的腿部有些异样。

不过，这个时候他还不曾多想。

他抬起腿，按照阵法的变动规律朝左侧挪动。

这个时候，诡异的事情发生了。他明明抬起了腿，却看到自己的双腿还停留在原地没有动弹。

"怎么回事儿？"钟求子瞪大眼睛，看着留在原地的双腿，"发生了什么事情？"

他的小腿竟然断了！

更诡异的是，整个过程中，他像没有知觉一般，感受不到痛苦，顶多觉得有一只蚂蚁在他的小腿上轻轻地咬了一口。

"啊——"

钟求子嘶吼出声。

一是因为疼痛。直到这个时候，他才感觉到疼痛。双腿断掉，就算是铁人也难以承受这般痛苦。

二是因为愤怒。断人双腿，等于毁人前途。一个废人就算修为再深、境界再高，又有什么意义？

那条恶龙实在太残忍了，完全不给人留一点活路。

这个时候，他们却不曾想过，他们又何尝给那恶龙留过一点活路。

"砰——"

钟求子的身体朝地面掉落，重重地砸在无忧宫的地板上。

他没有了双腿，自然没办法站立。他又大喊大叫，泄了体内的那股子真气，所以没办法再立在空中。

钟求子的遭遇让人震惊不已，没想到那粉色长龙不过在他的腿间绕了一圈，就让他失去了双腿。

这种手段实在骇人听闻。

有了钟求子这个前车之鉴，其他藏白剑客突然就不敢动弹了。

他们瞪大双眼，死死地盯着自己的腿。

可是让人恐惧的事情还是发生了。

他们没有抬腿，没有挪动，甚至还暗自提气，将身体绷得紧紧的。

他们以为，这样的话，他们的身体就仍然可以立在空中，他们的双腿就永远不会和自己的身体分离。

可是事实是他们的膝盖处开始渗血。

那只是细小的血丝，倘若不是因为他们身穿白袍，大家很难发现血丝的存在。

他们一个个全部绝望了。

"我的腿断了，我的腿断了……"

"我的腿流血了，那条恶龙……他斩断了我的双腿！"

"不要，不要，千万不要，我不想死！"

……

藏白剑客因为发现血丝而心慌，因为心慌而泄气。

于是那些藏白剑客的双腿突然与身体分离，朝地面落下去。

藏白剑客的身体仍然在空中，他们双眼血红，目眦尽裂，声音悲愤，犹如一群来自鬼域的恶鬼。

不，他们比鬼王带来的人吓人多了。

"李牧羊，我杀了你，我杀了你！"

"恶龙不屠，天地不宁！恶龙不屠，天地不宁！"

"杀了他，杀了他！"

……

恨啊！

他们实在恨极了李牧羊！

他们知道，没了双腿的他们注定将被藏白剑派抛弃。

藏白剑派再也没有他们的栖身之地，等待他们的只有死路一条。

在他们心里，没了双腿还不如被一剑斩了畅快。

粉色长龙被斩时，李牧羊已经重新站在了赢千度的身边。

他盯着空中的数十名藏白剑客，眼神冷然。

"呼——"他对着空中轻轻地吹了一口气。

"砰砰砰——"

那数十名藏白剑客纷纷朝地面掉落。

第323章
白云长老

数十名藏白剑客纷纷掉落在地。

更确切地说，是数十名失去双腿的藏白剑客纷纷掉落在地。

这一幕太过诡异，大家面面相觑，一时间竟然不知道应当说些什么。

李牧羊这是要对藏白剑派赶尽杀绝，和藏白剑派不死不休？

"李牧羊……"赢千度一脸担忧。

李牧羊这是辱人。

倘若李牧羊一剑将这些藏白剑客杀了，藏白剑派只会觉得是自己宗门的人技不如人。

但是李牧羊将他们的双腿斩断，这就是侮辱人了。

他这么做，就是当众抽藏白剑派的耳光，一巴掌又一巴掌，抽完后还要吐一口唾沫。

他轻轻吹一口气，看着那些平日被称为"精英"的藏白剑客纷纷从空中掉落，就是往藏白剑派的人的脸上吐了一口唾沫。

李牧羊心里当真恨极了藏白剑派啊！

可是他如此行事，藏白剑派又岂会善罢甘休？

"桃花剑果然是一把好剑。"李牧羊知道赢千度想说些什么，说道，"剑里蕴含的桃花香气，辅以《玄通真经》里的'小成龙'，出其不意，攻其不备，效果看起来还不错吧？"

赢千度和李牧羊对视，知道多劝无益，轻声说道："注意安全，寻机逃走。"

"我明白。"李牧羊点了点头，说道，"我正在寻找机会。"

乱中求生。倘若局势不更乱一些，李牧羊如何有机会逃离呢？

破斩仙大阵，斩数十名藏白剑客的双腿原本就在李牧羊的计划之中。

"霸道！"燕相马爽快大笑，"恶人自有恶人磨。"

　　燕伯来凶狠的目光扫了过来，燕相马立即收起脸上的笑容。他知道，父亲不愿意他跳出来得罪藏白剑派这个大派。

　　李牧羊可以和藏白剑派撕破脸皮，他们燕家不可以。

　　"残忍啊，太残忍了……"燕相马轻轻叹息，一副悲天悯人的模样。

　　玉树长老是在场唯一一个双腿没有断的藏白人士，他看着自己带来的藏白剑客纷纷落地，心里又惊又惧，气血上涌，羞愤难当。

　　"李牧羊，你欺人太甚，我藏白剑派定要和你……"

　　"怎么样？"李牧羊问道。

　　"你欺我藏白无人？"

　　"对。"

　　"你……"

　　"我就是欺负藏白剑派，就是要和你们不死不休，你能怎样？"

　　"你……你有本事将我也杀了。"

　　"如你所愿。"李牧羊一脸坚定地说道。

　　他看着玉树长老，眼神冰冷，手里提着桃花剑，战袍猎猎，杀气腾腾，一副降世凶神的模样。

　　"……"

　　玉树长老哑口无言。

　　他只是说说而已，李牧羊怎么就真的答应了？

　　当然，话已出口，更改是不可能的。

　　倘若他在此时避而不战，不仅自己颜面扫地，藏白剑派也会威名大跌。

　　那样的话，不用李牧羊出手，怕是宗主会亲自处置他。

　　"长老，您要替我们报仇啊！"那些藏白剑客躺在地上，声音凄惨地喊道。

　　"……"

　　玉树长老只觉得胸口一闷，我帮你们报仇，谁来帮我报仇？

　　不过这种话，他是没办法当众说出来的。

"藏白剑客可杀不可辱。"玉树长老提着长剑，眼神凶狠地看着李牧羊说道，"今日，我玉树与恶龙决一死战！"

李牧羊一言不发，身体却从原地消失了。

他再次出现的时候，已经在玉树长老的身后。

"嚓——"

一剑斩出，粉红色的剑气肆虐长空。

玉树长老虽然感觉到背后的剑意凌厉无匹，但心里冷笑不已。

"无知小儿，这剑虽利，但是杀我怕是没那么容易。"

玉树长老站在原地不动，手里的长剑却带着红光转了一百八十度，朝背后斩了过去。

他要以硬碰硬，以剑气拼剑气。

"砰——"

两股强大的剑气撞击在一起，发出可怕的响声。

玉树长老这一剑用尽了全身的力气，竟然将李牧羊的剑劈了回去。

不仅如此，这一剑在将李牧羊的剑气斩灭后势头不减，仍然朝前方攻去。

一击成功，玉树长老心中大喜。

"恶龙，去死吧！"玉树长老嘶声吼道。

他准备将李牧羊斩杀在这一剑下。

李牧羊的身影竟然慢慢消失了。

刚才明明在眼前的身影，随着玉树长老的急速靠近，竟然越来越淡，越来越模糊。

玉树长老心知不妙，同时脊背生寒，身体紧绷，有一种被毒蛇猛兽窥视的感觉。

"嚓——"

李牧羊出现了。

这一次，他光明正大地出现在玉树长老的前面。

一剑斩出！

粉红色剑气扑面而来，这一次，李牧羊要从正前方攻击玉树长老。

"嚓——"

剑气纵横！

杀气破空！

所有人都一脸惊恐，心知玉树长老此次必死无疑。

"我命休矣……"玉树长老瞳孔放大，脸色惨白地看着急速斩来的剑气。

这一次，他连反抗的时间都没有了。

"当——"

一道人影突然挡在了玉树长老的前面。

来人轻飘飘地伸出手，两根纤细的手指恰好将李牧羊的桃花剑夹在中间。

上古剑神陆凤的灵犀一指克敌无数，闪耀了一个时代。

可是随着一代剑神隐居孤岛，威慑神州的灵犀一指也跟着消失了，众人无不扼腕叹息，遗憾不已。

小时候，李牧羊不止一次听到说书人讲起一代剑神陆凤的故事。

他曾为没能和那样风流潇洒的美郎君生活在同一个时代，把酒言欢，结成挚友而感到遗憾。

没想到，今日他见到了和灵犀一指一样神奇的绝技。

只是他还没办法确定此人就是剑神传人，使出来的便是灵犀一指。

但是双指一夹，便能接下他的桃花剑，凭这份修为，这人怕是和当年的剑神相比也不遑多让。

李牧羊很清楚，自己刚才那一剑到底用了多大的力气，也清楚它能够带来多么强大的杀伤力。

让玉树长老连反抗的勇气都没有的一剑，却被一个贸然闯进来的人用两根手指接了下来。

众人心中不由得浮出这样的疑问：此人的功力到底有多么高深？此人的境界怕是早已到了星空境吧？

还是说，此人的境界到了传说中的神游境？

神游境亦称仙人境，可神游天外，万里之外取人首级，一丝一缕意念都能杀人。

此人当真有如此实力？

桃花剑仍然在对方的两根手指间，李牧羊仍然保持着身体前倾的姿势。

李牧羊抬起头，朝前面的搅局者看了过去。

乍一看，李牧羊不由得一愣。

这是一个女人！

来者竟然是一个女人，而且是一个极其漂亮的女人！

来者面若桃花，腰若绿柳，肤如白雪吹弹可破，看起来是正值二八年华的妙龄少女。

可是，她长了一头白发。

那头白发极其耀眼，看起来就像一片雪花，和她稚嫩的面容极其不搭。

来者拥有少女的面容，却有着老年人的发色，让人难以揣测她的年纪。

李牧羊从来不曾见过这样古怪的人，其他人见到此人也都诧异不已。

"你是何人？"李牧羊问道。

"忘了。"女人嘴角浮现一丝笑意，声音清脆如泉水。

她明明拒绝回答问题，却一点儿也不让人反感。

至少，李牧羊没有因为这个回答而动怒。

"是忘了还是见不得人，不敢对人言说？"李牧羊反唇相讥。

"有何区别？"女人鼻翼微动，轻声说道，"身体发肤，受之父母，不敢稍有损害。名号不过是身外之物，如雾如风，如浮云如彩霞。叫张三还是李四，王五还是赵六，又有什么区别？"

"张三就是张三，李四就是李四。倘若张三欠我钱，我绝对不会找李四偿还。"

"白云。"这个怪异的女人说道，想了想，又补充了一句，"就叫我白云吧。"

"白云？"李牧羊神色微凛，觉得这个名字有点儿耳熟。

"白云长老？"玉树长老露出狂喜的表情，他终于知道面前这个救命恩人是何来头了，她竟然是藏白剑派最神秘也最强大的白云长老。

据说在钟无言被恶龙杀掉后，宗主亲自请求白云长老出山，无论如何都要将那恶龙的脑袋带回藏白。

听说白云长老答应了宗主的请求，不过她并不愿意和其他人一起出发，而是一个人进入这危险重重的昆仑墟。

其他长老率领数百藏白剑客一分为三，在昆仑墟搜寻李牧羊的下落，此为明棋。

白云长老一个人进入昆仑墟寻找恶龙，此为暗棋。

藏白剑派的人一明一暗全部活动起来。

没想到，藏白剑派出师不利，才进入昆仑墟就中了李牧羊的诱敌之计，一路人马死伤殆尽。

而白云长老神秘莫测，别说和她联络，就连她长什么样子，他们都不知道。

所以，玉树长老只能率领所剩不多的藏白剑客和其他人族高手会集在一起。倒霉的是，李牧羊在这些人里盯住了他们藏白剑派的人，只要他一出手，他们藏白剑派的人就损失惨重。

他们一退再退，直到不能再退，站到了李牧羊的面前。

没想到，在生死关头，白云长老会突然出现并且出手相救。

倘若不是白云长老及时出现，玉树长老怕是已经成为死人。

"藏白剑派，白云长老！"

人的名，树的影。

在场众人听到玉树长老喊出白云长老之名，不由得惊呼出声。

"竟然是藏白剑派的白云长老，白云长老竟然是一个女人？"

"据说白云长老是藏白剑派第一人，就算是藏白宗主也不及她修为精湛。没想到她也赶到了昆仑神宫，这下有好戏看了。"

"难怪用两根手指就夹住了恶龙全力刺出的一剑，原来是白云长老。看来今日那恶龙插翅难飞。"

······

此时最兴奋的是那些失去了双腿的藏白剑客,他们挣扎着从地上爬起,对着高空中的白云长老哭喊道:"长老,您一定要为弟子们报仇啊。那恶龙太可恨了!"

李牧羊听到周围人的议论声,也总算搞清楚这个女人的真实身份了。

难怪他觉得这个名字耳熟,之前他就从藏白剑客的嘴中听到过,只是那个时候他没有当一回事儿。

他当时是这么想的:狂鲨长老也是神州赫赫有名的人物,不同样败在自己的手上了吗?那个白云长老来了又能如何?

没想到,这个白云长老竟然有如此高深的修为。

"你为何事而来?"李牧羊眼神微凛,直接问道。

"为屠龙而来。"白云长老丝毫不掩饰自己的真实目的,她眼若星辰,脸上浮现一丝若有若无的笑意,看着李牧羊说道,"我与你一见如故,看着就觉得亲切,不如我们打一个商量,你让我屠了如何?"

第324章
神游之境

"不如我们打一个商量，你让我屠了如何？"

听起来白云长老是和李牧羊商量，但是，谁愿意在这种事情上商量啊？

没想到，李牧羊认真地想了想后，点头说道："好啊，想屠就来吧。"

白云长老露出一脸喜色，说道："那我真的来了？"

"真的来吧。"李牧羊依旧一脸认真，"我不让你来，你也会来的。"

"真聪明，难怪我与你一见如故。"白云长老笑容甜美。

"不过，你来之前是不是应该先把我的剑还给我？"李牧羊看了一眼白云长老夹住桃花剑的手指，认真提议。

"我怕我还给你，你又用这把剑来刺我。"

"你不伤我，我不刺你。"

"不伤你，我又怎么屠龙呢？"

"不屠龙，我又怎么会刺你呢？"

白云长老想了想，说道："看来我们谁都没办法说服谁呢。"

"你可以说服我，但不能杀我。"

"你也怕死？"

"谁不怕死？"

白云长老的两根手指紧紧地夹着李牧羊的桃花剑不放。那是两根非常好看的手指，骨节修长，白白嫩嫩。

可惜，那两根手指中间夹着一把剑，一把削铁如泥的桃花剑。

"其实我并不想杀你，你活着还是死了，都和我没有任何关系，影响不了我的心绪。不过，受人之托，忠人之事，我答应了，总要给人一个交代。"白云长老轻轻叹息，好像在说一件颇让人伤感的事情。

"那还真是让人遗憾。"李牧羊也跟着叹息。

说话之时，他藏在袖子里的左手突然握成拳头轰了出去。

"嗷——"

一条白色巨龙朝白云长老的面门冲撞过去。

惊龙拳！

近在咫尺的惊龙拳！

李牧羊在和白云长老说话时，就准备轰出这一拳了。

但是在真正轰出这一拳前，他既不能让她有所发现、有所防备，又必须运功蓄力，形成拳劲。

面对白云长老这种级别的高手，他只要稍有异动，就会被发现。

所以李牧羊只能一边和白云长老说话，吸引她的注意力，一边迅速蓄力，急速出拳。

心随意动，从他准备这一拳到惊龙拳击出，只是一刹那的工夫。

电光石火！

"咔嚓——"

白色巨龙张牙舞爪，拖曳着长长的尾巴，嘶吼着攻向对面的敌人。

这一招又急又快，而且攻势凶猛，加上距离太短，实在让人防不胜防。

"啊！"有人惊呼出声。

谁都没有想到，刚才还和白云长老聊得火热的李牧羊突然就翻脸了。

而且，他一出手就是如此凌厉的杀招。

"这条恶龙果然很恶啊！"

人族修行者自然是站在白云长老这边的。

他们看到白云长老突然出现时，心里又惊又喜。

喜的是，以白云长老在神州的赫赫威名，倘若她出手，那条恶龙恐怕只有死路一条。

惊的是，倘若白云长龙也是为了屠龙之功而来的，那么，根本没有人能和她抢。甚至他们厮杀半天也没有抢到，仍然飘在半空中没有认主的万灵玉玺，也有可能落在她的手里。那样的话，藏白剑派便是此番神宫降世最大的赢家。

他们千想万想，却没想到白云长老竟然中了李牧羊的诡计。

以李牧羊这一拳的速度和声势，就算是神仙怕是也难以躲避。

"白云长老休矣！"

这是所有人心里的想法。

在白云长老的右手手指夹着桃花剑的情况下，李牧羊也是这么认为的。所以，当左手那一拳轰出去时，他心头不由得一松。

他知道，自己要赢了。

没有人能够接下他的惊龙拳！

更没有人能够在这么近的距离下接下他的惊龙拳！

"轰——"

白色巨龙张开大嘴，撞向白云长老的面部，一副要将白云长老一口吞掉的模样。

白云长老竟然不慌不忙，一副完全不将面前的困境放在眼里的架势。

如此危险关头，她的右手仍然夹着李牧羊的桃花剑，没有松开的意思。

她宽大的衣袖微微一动。

只见她伸出了自己雪白、纤细，看起来柔弱无力的左手。

她的手掌张开，朝龙头抓了过去。

"砰——"

龙头落在了她的手心。

"嗷——"

白色巨龙不甘地嘶吼。

巨大的脑袋拼命地挣扎，长长的尾巴疯狂地甩动，可是不管怎么做，白色巨龙都难以逃离白云长老手掌的钳制。

白色巨龙的脑袋被白云长老抓在手心，成了可笑的俘虏。

所有人都被白云长老这一手惊呆了。

"白云长老竟然抓住了那条白龙！"

"白云长老果然名不虚传，那条恶龙今日怕是要成为死龙了。"

"白云长老是藏白第一高手，据说连藏白宗主都远远不及她。看来此言不虚。"

……

就连李牧羊也有一种心脏遭受重击的感觉。

"这怎么可能？"

如此短的距离，如此突然的袭击，惊龙拳怎么就被她接住了呢？

自己明明一拳就可以打到她的脸上。

这个女人到底是什么修为？

此时此刻，无忧宫上空，场面极其诡异。

李牧羊右手握着桃花剑，保持劈斩的姿势，左手刚刚轰出去一拳，还没有收回。

白云长老的右手手指夹着李牧羊的桃花剑，左手抓着拼命挣扎、咆哮不休的白色巨龙。

白云长老饶有兴致地看着李牧羊，嘴角露出一丝狡猾的笑意，说道："李牧羊，你不乖。我们好好地说着话，你怎么能突然出手伤人呢？"

"……"

李牧羊不知道如何回答她的这个问题。

不过就算知道，他也不想回答这个女人的问题。因为现在他心情不好。

"你知道吗？你用这样的方式攻击一位神游境的高手很无礼。"

李牧羊瞪大眼睛，沉声问道："你说什么？神游境……你达到了神游境？"

"怎么，我看起来不像吗？"

白云长老说着，左手微微用力，白色巨龙就被她捏爆了。

"砰——"

真气飞溅，却伤不到白云长老分毫。

什么是神游境？

很久很久以前，李牧羊觉得，神游境是传说中的境界。

何谓传说？就是大家都听说过，却从来不曾见过。

融合了那条黑龙的记忆后，他才明白神游境的高手是存在的。当年以树枝为剑，使出一招天外飞仙的西门扫雪是神游境，独创灵犀一指的陆凤是神游境，据说以诗入道的李秋白也是神游境。哦，对了，还有夏侯家的那位天才王者夏侯山鸣，也是神游境。

后来因梅花悟道的宋孤独也是神游境。

虽然神游境高手确实存在，但是整个神州兆亿人口里，神游境高手加起来也寥寥无几。

天空星辰亿万，明月和骄阳却永远只有那么一轮。

因为万中无一，所以神游境的修行者才会那么耀眼，即使千年万年过去了，仍然让人念念不忘。

随着时间的流逝，原有的神游境高手避免不了地进入轮回，新的神游境高手却迟迟没有出现。而第一次屠龙大战中，人族高手死伤大半，武技旁落，秘籍失传。自此，人族的修行境界整体上越来越低，远远不及人龙共存时。

李牧羊熟悉的高手里，陆行空是星空境，木鼎一是星空上品，死前最后一击能够达到神游境。

宋孤独垂死之际突破桎梏，最终踏入了神游境。而神游境的大日光术可搬山倒海，使日月无光。因此，宋孤独堪称西风帝国第一人。

宋孤独踏入神游境后，第一件事就是对付李牧羊，在李牧羊逃走后，依旧穷追不舍，直到在李牧羊体内打进八根幽冥钉。

李牧羊没有想到，在宋孤独之后，今日自己在昆仑神宫竟然又遇到了一个神游境高手。

而且这个神游境高手还是自己最痛恨、结仇最深的藏白剑派的第一长老。

今日怕是不好善了！李牧羊在心里想道。

其他人听到白云长老自称神游境高手，也全都惊诧不已。

"白云长老竟然达到了神游境，世间竟然还有一名神游境高手！"

"神游境高手可一念杀人，恶龙今日必死无疑。"

"藏白剑派还有如此强大的底牌，难怪他们行事如此嚣张跋扈。"

"师兄慎言！"

……

"李牧羊危险了。"燕相马的脸色难看至极，"千百年来人族都极少听说哪里出了一个神游境高手，西风帝国前些日子倒出了一个，已经是西风第一人了。没想到今儿个，偏偏又让本少爷碰着了一个。这神游境的高手怎么跟大街上捏糖人的师傅似的，一拐角就能遇到好几个？"

解无忧同样表情凝重："倘若当真血拼，牧羊师弟也不是完全没有还手之力。只是原本的困局依旧存在，仅仅我们几人相助，仍显势单力薄。发如雪，颜如玉，这女人实在古怪得紧。"

"是啊。头发都白了，模样还似二八少女。倘若她当真是神游境高手，怕是不下两百岁了吧？"

"很有可能。"夏侯浅白说道，"神游境又称仙人境，据说神游境的人会越活越年轻。那是真正的返老还童，不是枯荣境的先枯后荣——先抽取身体所有的力量，再一次性补充进来，让身体瞬间焕发神采。童颜，证明此人的容颜在返回以前；鹤发，证明她是刚刚晋级神游境的。她此番出来，怕也是想寻找机遇再次晋级吧。"

"还真是老妖怪。"燕相马恨恨地说道。

白云长老一手捏爆李牧羊轰出去的白龙后，笑嘻嘻地看着李牧羊说道："这条假龙还伤不着我呢，怕是要真龙来才行。我一直向往人龙共存的那个时代，希望与强大的巨龙战斗。"

李牧羊眼神阴沉，沉声说道："你定会得偿所愿。"

如果伤害总是难免，自己也没必要躲躲闪闪。

既然人家铁了心要杀自己，那自己就和她拼一个不死不休吧。

白云长老的两根手指仍然夹着李牧羊手里的桃花剑，听到李牧羊的话，她笑着说道："希望如此吧，堂堂龙族，总不会让人失望。"

话已说尽，大战一触即发。

赢千度看着空中的局势，心里担忧至极。

她有心上去帮忙，却知道自己冲上去只会给李牧羊增加麻烦。

李牧羊的实力在众人之上，或许只有宽袍大袖、潇洒不凡的夏侯师才能帮到李牧羊。

但夏侯师身为星空三大名师之一，实力深不可测，如果他没有上前帮忙的想法，自己也不好催促。

身为学生，哪有逼迫老师上阵杀敌的道理？

"锵——"

李牧羊手腕一抖，手臂突然用力，想挣脱白云长老的两指，将桃花剑从白云长老的手里抽回来。

在李牧羊发力的时候，桃花剑散发出一层红光，看起来就像快要烧着了。

可惜，桃花剑仍然被死死地夹在白云长老的指间，不曾挪动分毫。

"这么着急抢回去？看来这把剑对你非常重要喽。"白云长老看着李牧羊，神态十分笃定，"这把剑要废掉了。"

话音未落，白云长老夹住桃花剑的两根手指突然将剑尖向前一折。

她的手指前伸，夹在她手指间的桃花剑也跟着向前卷起，就像盘起来的银蛇。

显然，白云长老想要用外力将这桃花剑掰断。

李牧羊怎能让她如意？他的右手继续抽取桃花剑的同时，左手再次握成拳头轰了出去。

"轰——"

惊龙拳！

又一次的惊龙拳！

倘若白云长老想再次接下李牧羊的惊龙拳，那就得放弃折剑。倘若她继续折剑，就有可能被李牧羊的惊龙拳轰中。

然而，白云长老只吐出四个字："还是不够。"

白云长老既没有放弃折剑，也没有阻挡李牧羊的惊龙拳。

她的眼睛一眨，天空中便出现了一把白色巨剑。

那把白色巨剑居高临下地朝李牧羊的后背劈斩而来。

一念杀人，此言不虚！

"咔嚓——"

神宫在颤抖，空间被撕裂。

"嚓——"

那一剑狠狠地斩在了李牧羊的头顶之上。

（本册完）

《逆鳞12》即将上市，敬请关注！

本书的复制、发行及图书出版权利已由柳下挥授予长沙天使文化股份有限公司，并由长沙天使文化股份有限公司授权安徽文艺出版社在中国大陆地区独家出版中文简体版本。未经长沙天使文化股份有限公司书面同意，本书的任何部分不得以图表、电子、影印、缩拍、录音和其他任何手段进行复制和转载，违者必究。